KB264998

TIM BOWLER

# BLADE

1

# 블레이드

## 열다섯 살 소년의 위험한 도망기

**팀 보울러** 지음 **신선해** 옮김

나를 블레이드라고
부르는 데는 이유가 있다.

그것을 기억하라.

자, 그가 날 쳐다보고 있다. 퍼그 같은 얼굴에 덩치만 큰 경찰
관. 난 생각 중이다. 손봐줄까, 내버려둘까?

중대한 문제다.

난 문제가 싫다. 문제는 선택을 강요하고, 선택은 고통스럽다.
난 확실한 게 좋다. 이렇게 하고, 저렇게 하라. 의문이나 고민 따
위 없이. 맛을 보여줘라, 무시해라. 자기가 할 일을 아는 것. 확실
하게.

하지만 지금은 확실치 않다. 물론 마음 같아서는 한번 손봐주
고 싶다. 눈앞에서 얼쩡거리는 것도 싫고 내가 경찰서로 끌려온
것도 마음에 들지 않으니까.

양말 속에 숨겨둔 칼의 감촉이 느껴진다. 퍼그 녀석, 몸수색을
하면서도 찾아내지 못했지. 하지만 나를 함부로 대했다간 곧바로
그 위력을 보여줄 작정이다. 조그만 칼이지만 내 손안에서는 자

유자재로 움직인다.

그가 퍼그 같은 눈동자로 날 계속 쳐다본다.

"그래, 얘야."

"난 그쪽 아이가 아닌데요."

놈은 내 말을 무시한다. 능글맞게 웃기만 할 뿐.

"네 말에 의하면……."

"내 말에 의하면, 뭐요?"

"네 말에 의하면…… 무슨 일이 있었다고?"

"무슨 일이 어디서 있었는데요?"

그가 무겁게 한숨을 쉰다. 일부러 과장을 섞어서 더 깊고 크게. 꼴도 보기 싫다. 나는 손을 허벅지 쪽으로 슬금슬금 움직인다.

그는 책상 건너편에 있어서 내 손을 볼 수가 없다. 저기 문 옆에 서 있는 가슴 큰 여자 경찰관이 이쪽을 보고 있지만 아무것도 모르는 게 확실하다. 표정을 보면 알 수 있다.

알아도 상관없다. 멀찍이 떨어져 있으니까. 내가 칼을 꺼내서 휘두를 때까지 그녀는 이쪽에 다다를 수 없다.

퍼그는 거만한 목소리로 계속 지껄인다.

"횡단보도에서 무슨 일이 있었지?"

손가락이 거의 칼에 닿을락 말락 한다. 그쯤에서 손을 멈춘다. 더 이상 움직일 필요가 없다. 이 정도면 안심이다. 언제든 바로 휘두를 수 있으니까. 여자 경찰관이 끼어들면 할 일이 좀 더 늘어나겠지만 말이다.

"횡단보도에서 무슨 일이 있었냐고."

퍼그가 또 묻는다.

"아무 일 없었어요."

"신호등이 파란불로 바뀌었는데도 넌 도로 한가운데에 그대로 서 있었어. 자동차가 쌩쌩 지나가는데도 꼼짝도 안 하고서."

"그랬나요?"

"지나가려고 기다리던 운전자한테 욕을 했다지?"

"기억 안 나요."

"특히 너랑 가까운 쪽에 있던 사람한테."

"기억 안 나요."

"카키색 차에 있던 아저씨. 자동차가 지나갈 수 있게 좀 비켜달라고 하니까 네가 저속한 몸짓을 해대며 욕설을 퍼부었다던데."

"그가 무례하게 굴었다고요."

"무례한 건 너라는 생각 안 드니?"

난 어깨를 으쓱해 보인다.

"응?"

퍼그가 재차 확인하려 든다.

"몰라요."

"위험한 짓이었어."

"아뇨, 안 위험해요. 그 아저씨가 날 치려고 한 것도 아닌데요."

"왜냐하면 말이다, 그 사람은 너랑 달라서 책임감이란 걸 갖고 있거든. 그냥 차를 몰고 너한테 달려들면 네가 식겁할 거란 것쯤은 그 사람도 알고 있었을 거야. 진짜 그랬다면 너, 번개 같은 속도로 비켜섰을걸?"

"그럴 만한 배짱도 없을걸요."

"그래서 그 사람이 멈춰 섰다는 거냐? 배짱이 없어서?"

"네에."

"그러는 넌 배짱이 두둑하고? 횡단보도 한복판에 서서 꼼짝도 안 하는 무례한 꼬맹이를 봤다면 넌 어떻게 했을 것 같냐? 그 꼬맹이가 실실 쪼개면서 너한테 욕지거리를 할 때 넌 용감하게 녀석을 향해 차를 몰겠다? 가속페달을 밟아 꼬맹이를 치어버리겠다? 너라면 그렇게 할 거다, 이거냐?"

"당연하죠."

그가 의자 등받이에 몸을 기대고는 가슴 큰 여자를 쳐다본다. 재미있다. 둘 다 당황한 기색이 역력하다. 날 어떻게 다뤄야 할지 모르는 것이다. 그들은 날 기소할 수 없다. 아무것도 못한다. 어차피 대단한 범죄도 아니니까. 끽해야 경고나 내리겠지.

퍼그가 자리에서 일어선다.

"그렇다면 문제가 좀 되겠구나."

그가 책상을 돌아 내 쪽으로 다가온다. 왠지 그의 표정이 맘에 들지 않는다. 이유는 모르겠다. 그가 책상 모서리에 걸터앉는다.

너무 가깝다. 누군가가 이렇게 가까이 다가오는 건 싫은데. 여러 가지를 생각나게 하기 때문이다. 난 칼을 떠올리며 주먹을 쥔다. 그가 다시 가슴 큰 여자를 쳐다보고는 나를 돌아본다.

"그 운전자 아저씨는 일을 크게 만들고 싶지 않다고 하셨다. 그저 사건을 말해주었을 뿐이야."

난 대답하지 않는다.

"그 사람은 우리가 그 꼬맹이를 찾아내지 못할까봐 살짝 걱정이 됐나봐. 5분간 교통을 마비시키고 운전자들한테 욕을 해대다가 내빼버린 녀석을 말이야."

퍼그는 코를 킁킁대더니 이렇게 덧붙인다.

"네 녀석이 이 주변에서 얼마나 유명한지 몰라서 그랬겠지."

그가 내 쪽으로 몸을 숙인다. 아, 이제 기분이 나쁘다. 퍼그 양반, 그 얼굴 좀 치우시지? 지금 당장, 얼른 물러서라고.

하지만 그는 그 자세를 유지한다. 또 능글맞게 웃더니 오히려 더 가까이 다가온다.

놈이 속삭인다.

"너 정말, 양말 속에 숨겨둔 칼을 우리가 모를 거라고 생각하는 거냐?"

난 재빨리 칼을 향해 손을 뻗지만…… 실패다. 퍼그의 손이 먼저 내 팔을 단단히 쥐었다. 나는 여자가 움직이는 것도 못 봤다. 좀 전만 해도 문가에 있더니, 어느새 내 뒤로 와서는 내 어깨를 잡아 강제로 앉힌다. 난 침을 뱉고 고함을 치며 벗어나려고 안간힘을 써본다. 어차피 부질없는 짓이지만.

"이 악당들!"

난 몸부림을 치고 악다구니를 쓰며 비명을 질러댄다.

"빌어먹을 악당들아!"

"그래, 그래."

퍼그가 아기 어르듯 말한다.

"빌어먹을 악당들이지."

"애한테 말조심해요."

여자가 퍼그를 나무란다.

"나쁜 놈들! 악당들아!"

난 계속 고함친다.

"녀석 양말 속을 살펴봐."

퍼그가 지시를 내린다.

여자는 칼을 꺼내고는 다른 쪽 양말을 뒤적인다.

"거긴 아무것도 없어!" 하고 앙칼지게 외쳤지만, 여자는 아랑곳 않고 내 양말 속을 헤집은 후 일어선다. 손에 칼을 들고서. 남자는 나를 놓아주고는 여자에게서 칼을 받아 든다. 난 그들 팔 밑을 파고들어 문 쪽으로 냅다 달린다.

난 그리 빠르지 않다. 빠른 척해봐야 소용도 없고. 하지만 체구가 작은 것도 때로는 도움이 되는 법이다. 난 어느덧 그들의 손아

귀를 벗어나 문 앞에 서 있다. 퍼그와 여자의 손이 날 붙잡을 기세로 달려들지만 난 그 사이로 날렵하게 빠져나간다. 둘은 서로를 향해 엉거주춤 넘어지고 만다.

복도로 나왔다.

안에서 고함소리가 들린다. 안내 데스크에 앉아 있던 경찰관이 내 쪽으로 달려온다. 마침 옆에 소화기가 있군. 소화액을 뿜었더니 그가 쭉 미끄러진다. 경찰관을 훌쩍 넘어서 문밖으로 나온다.

별거 아니지, 뭐.


이게 내 나이 여덟 살 때의 일이다.

지금은 열다섯 살이 되었다. 돌이켜보니 신기하다. 변한 게 아무것도 없는 것 같다. 난 지금도 경찰이 싫고 사람들이 가까이 다가오는 것도 싫다.

그건 이 이야기의 구경꾼인 당신도 마찬가지다.

애초에 내가 왜 당신한테 얘기를 시작했는지도 모르겠다. 그쪽이 누군지도 모르는데. 베키가 한 말 때문일까. '삶을 이해해야 해. 자기가 뭘 하고 있는지 잘 생각해야 해. 먼저 생각한 후에 행동하고. 언젠가 네가 이야기를 하고 싶다면, 내가 들어줄게.'

하지만 이제 베키는 없다.

내가 당신을 귀찮게 하는 건 아마 그녀가 없기 때문일 것이다.

명심해야 한다, 내게 진실을 털어놓을 의무는 없다. 그러니 아무엇도 믿지 않는 게 좋다. 그러니까, 난 진실을 얘기할 수도, 그렇지 않을 수도 있다. 그냥 그렇게 알아두도록.

여기선 내가 대장이다. 뭘 말하고 말하지 않을지는 내가 정한다. 여기 계속 있건 딴 데 가서 난리를 치건, 그건 당신이 선택할 일이고. 가버리기로 결정한다 해도 난 괜찮다. 나한테 댁이 필요한 건 아니니까.

내겐 아무도 필요 없다.

전부 허상이기 때문이다. 다들 거짓말은 나쁘다고 말한다. 사실을 말해라, 진실을 털어놔라, 거짓말은 안 된다. 하지만 정말 그렇게 행동하는 사람을 본 적이 있나? 기억하는 한 난 늘 거짓말만 일삼았다. 왜냐고? 내가 알았던 사람 중 내게 거짓말 하지 않은 사람이 한 명도 없었으니까.

그럼 이제부터 댁한테 뭘 말할 거냐고? 별거 없으니 흥분하지 말라. 아마 내 이름이 궁금하겠지. 글쎄, 그게 좀 문제다. 난 이름이 많으니까.

아기 때 얻은 이름이 있긴 하지만 하도 머저리 같아서 실제로 사용한 적은 없다. 그 후로는 내가 이름을 만들었다. 쓰레기통을 꽉 채울 만큼 많은 이름을 만들었다. 사람마다 날 다른 이름으로 불렀다. 내가 어디에 있는지, 누구와 있는지에 따라 이름도 달라진다.

그렇지만 내가 좋아하는 이름은 하나밖에 없다.

베키가 지어준 이름. 과거의 이름. 한때는 모두가 날 그 이름으로 불렀다. 지금은 아무도 그렇게 부르지 않는다. 이 도시에서 그 이름을 아는 이는 없으니까. 그래도 상관없다. 난 과거를 회상하는 걸 좋아하지 않는다. 하지만 그 이름만은 좋아한다. 원한다면 당신이 그 이름을 사용해도 괜찮다.

블레이드.

과거 한때 내 이름은 블레이드였다. 난 그 이름이 마음에 들었다. 좀 멋있기도 하고, 챙챙 소리가 들리는 것 같기도 하고. 하지만 기억해라, 이건 비밀이다. 어디 가서 발설하는 멍청한 짓거리는 금물이다. 만에 하나 당신 때문에 내가 곤란해졌다간, 베키가 날 블레이드라 부른 이유를 알게 될 것이다.

그 밖에 다른 이름은 알고 싶어하지 마시길. 이름 따위 아무렇게나 만들 수 있는 건데 왜 다들 이름 가지고 난리법석인지. 그리고 그거 아는지? 우리네 인생도 좀 그런 구석이 있다는 거.

쉽고 간단하다. 어려울 거 없다.

아니 왜 고개를 젓지? 내 말을 못 믿겠다, 이건가? 뭐, 나야 상관없지. 믿거나 말거나, 그쪽 맘이니까. 어쨌든 그건 사실이다. 인생은 한 방이다. 자잘한 일들 해결하는 거야 식은 죽 먹기다. 다른 사람들? 인생을 여물통으로 만들어놓고 스트레스에 찌들어 사는 사람들 말인가? 난 아니다, 그런 사람들하곤 다르다.

말하자면 나는 홀로 산꼭대기에 있는 셈이다. 엄청 크고 높은 산 정상에, 세상 모든 사람들보다 높은 곳에, 그 뭐냐, 에베레스트보다 높은 곳에. 몇 킬로미터는 더 높다. 누구보다 높은 곳에 홀로 서 있지만 난 괜찮다. 아무도 내 곁에 얼씬대지 못할 테니, 날 정복할 자도 없겠지.

구경꾼 양반, 잘 들어두길!

내 경우는 그렇다. 그 누구보다도 높은 곳에서 세상을 굽어본다. 다른 누구도 볼 수 없는 걸, 나는 본다.

가령 저기 카페 '블루삭스'에 있는 남자 보이는가? 난 저 남자한테서, 남들 눈엔 안 보이는 걸 볼 수 있다. 심지어 저 남자 자신도 못 보는 것을. 누군지 알겠는가? 창가 옆 테이블에 앉은 남자. 아니, 우스꽝스러운 머리스타일을 한 남자 말고. 그는 곧 자리를 뜰 것이다. 어떻게 아냐고 묻지는 말도록.

내가 말하는 건 다른 사람이다. 손에 휴대폰을 든 남자. 갈색 머리칼에, 나이는 스물한 살쯤 돼 보이는. 좀 뺀질뺀질하게 생긴 것도 같고. 찾았나?

이 주변엔 저런 부류가 넘쳐난다. 머리만 크고 뇌는 작은 사람들. 이 도시가 저런 사람들을 증식시킨다. 아주 쉬운 먹잇감이다. 잠시 후 저 남자는 통화를 끝내고 자기 옆의 빈 의자에 외투를 걸쳐놓고서는 까맣게 잊어버릴 것이다.

왜냐고? 관심이 온통 바에 앉은 금발 여자한테 쏠려 있으니까.

그럼 그렇지. 방금 우스꽝스러운 머리를 한 남자가 나갔다. 자,

그럼 휴대폰을 든 남자 쪽을 한번 볼까? 역시 내가 말한 대로다. 휴대폰을 내려놓고, 커피를 홀짝이고, 의자에 외투를 걸어놓고.

좀 걸어야겠다. 카페 밖에 서서 어슬렁거려야지. 거리는 붐비고 소음도 상당하다. 다 좋은 징조다.

아무도 날 알아보지 못한다. 이런 일엔 선수거든. 내가 원하지 않으면 아무도 날 못 알아본다. 어쩌면 내가 투명인간인지도. 바에 있는, 입술을 빨갛게 칠한 여자만이 날 보지만 그건 내가 커피를 주문하려고 하기 때문이다.

금발은 벌써 창가로 가서 휴대폰 맨과 대화를 나누고 있다.

"주문하시겠어요?"

빨간 입술이 묻는다.

"라테 주세요. 미디엄 사이즈요."

그녀가 나에게 라테를 건넨다. 창가로 가져간다. 금발은 아직 거기 있다. 남자가 앉은 의자에 비스듬히 기댄 채로. 별 시답잖은 애기를 하는군. 종알종알, 키득키득.

옆 테이블에 앉는다. 그들은 눈치채지 못한다. 의자를 남자 쪽으로 당긴다. 그들은 아직도 종알종알, 키득키득이다. 남자가 아는 어떤 얼간이 녀석에 대해 애기하고 있다. 그 얼간이 이름이 케니인가 보다.

주변을 확인한다. 남자랑 여자도.

내가 여기 있다는 것조차 모른다. 그들에게 난 어쩌면 유령 같은 것인지도 모르겠다. 이런 짓하는 거, 정말 짜릿하다니까. 난 지갑이 어디 있는지 잘 안다. 이 자리에서도 지갑 형태가 보인다. 재킷 안쪽, 지퍼 가까이에 있는 주머니 안에.

다시 한 번 주위를 둘러보자…… 잠깐 스톱. 금발이 상체를 일으킨다. 날 쳐다본다. 하지만 날 알아보진 못한다. 날 쳐다보는 순간에도 앞에 앉아 있는 남자 생각에 빠져 있다.

남자는 고개를 돌려보지도 않는다. 금발이 맛있는 칵테일이라도 되는 양, 그녀를 두 눈으로 홀라당 마셔버릴 기세다. 그녀는 다시 그에게로 시선을 돌리고 상체를 숙이며 그의 어깨에 손을 짚는다.

2분이 지나고, 나는 라테를 다 마신 후 자리를 뜬다. 그리고 두둑한 지갑이 생겼다.

이런, 생긴 게 또 있다.

미행꾼. 누군가 내 뒤를 쫓고 있다.


난 지금 누군가에게 미행당하고 있는 중이다.

구경꾼 양반, 경계를 늦추지 말라니까.

난 머저리가 아니다. 그 정도는 안다. 카페 블루삭스에 있던 사람은 아니다. 그들은 다른 데 있었을 것이다. 게다가 한 명 이상이다. 여러 군데에서 날 지켜보는 시선을 느낄 수 있다. 정신 사납게 하지 마라. 날 쫓는 자가 몇 명인지 파악해야 하니까.

최소한 넷이다. 그 이상일 수도 있고. 장담하긴 어렵다.

뒤를 돌아본다. 큰길도 살핀다.

아무도 없다. 아무튼 위험한 녀석은 없다. 사람은 많지만 다 별 볼일 없는 작자들이다.

계속 걷는다.

덩치가 크고 털이 많은 사내 둘이 어떤 건물을 나서는 참이다. 저들은 아니다. 또 다른 남자 하나가 반대편에서 이쪽으로 온다. 하지만 그는 막 출발하는 버스를 향해 뛰어간다.

그래도 아직 위험하다. 그런 느낌이 있다. 어느 길로 간다지? 왼쪽? 오른쪽? 당신은 신경 쓸 거 없다, 결정은 내가 하니까. 왼쪽, 크로우스톤 로드를 타고 내려가서, 길 끝에서 오른쪽으로 꺾어 보행자 전용로로 가야겠다.

걷는다. 걷고 또 걷는다.

아직도 안심이 안 된다. 분명 네 명이 넘는다. 적어도 다섯은 되는 것 같다. 아마 그 이상이겠지.

주변을 슬쩍 둘러본다.

아무도 없다.

계속 걷는다. 보행로 끝에서 골목으로 접어들면서 발길을 재촉해 미드웨이 드라이브로 간다. 그 길을 따라 운하로 가자. 달리면 안 된다. 내가 겁먹은 줄 알 테니. 그냥 빠르게 걷는 게 좋겠다. 아직 주변에 사람들이 좀 있지만 점점 인적이 뜸해진다.

운하는 고요하고 뚝방길도 황량하다. 딱히 안전한 곳은 아니지만 좀 더 내려가면 다리가 있으니 그리로 질러가면 공장지대쯤에서 놈들을 따돌릴 수 있을 것이다.

이런, 판단 착오. 뚝방길 끄트머리에서 걸음을 옮기려던 순간 깨달았다. 세 형체가 앞을 가로막는다. 트릭시 일당이다. 그들이 내 뒤를 쫓아왔다면, 날 앞질러서 울타리를 넘어야 했을 텐데? 나머지가 더 있다는 소리다.

뒤를 돌아본다.

다른 세 명이 내 뒤를 막아선다.

젠장, 조짐이 좋지 않다. 누가 여자가 남자보다 주먹이 약하단 소리를 했던가? 다 헛소리. 오히려 훨씬 더 사악하고 남자들보다 지저분하게 싸운다. 게다가 지금 난 무기도 하나 없다.

트릭시가 조롱하듯 나지막이 날 부른다.

"어이."

그들이 움직이기 시작한다. 난 재빨리 주변을 살핀다. 왼쪽에 운하, 오른쪽에 울타리. 도리가 없다. 울타리를 향해 냅다 뛴다.

하지만 손쉽게 잡혀버린다.

혼자 여섯 명을 상대로 싸울 순 없다. 사실 한 명하고라도 붙고 싶지 않다. 이 무지막지한 여자 패거리들이라면 더더욱. 남자들이라면 경우가 다르다. 만만한 녀석이 한둘쯤 꼭 껴 있어서 그놈들만 집중 공격하면 된다. 하지만 트릭시 일당은 하나같이 지독

하다. 누군가를 심하게 괴롭힌 경험이 없다면 그 패거리에 끼지
도 못한다.

"저놈 끌어내!"

트릭시가 지시한다.

오크녀들이 날 질질 끌고 와서 내팽개친다.

트릭시가 내려다보며 "멍청한 놈" 하고 내뱉는다.

"트릭시. 제발 그냥 보내줘."

"가진 거 좀 있나?"

"없어, 아무것도."

나는 그녀들을 올려다본다. 차가운 눈빛. 저들이 들고 있는 게
뭔지 알고 싶지도 않다.

"아무것도 없어, 트릭시."

"멍청하긴. 애송이 같으니."

난 그만 입을 다물고 만다. 날 애송이라 불러도 어쨌거나 트릭
시가 나보다 나이가 많은 건 사실이니까. 다들 열일곱 살 언저리
다. 날 애송이라 불러도 할 말 없지.

"멍청한 애송이 녀석."

그녀가 다시 한 번 읊조린다.

"나 아무것도 없다니까."

"지갑 없어?"

"없어."

그녀가 발로 내 명치를 세게 걸어찬다.

"으윽!"

"이래도 없어?"

버텨봤자 소용없다. 아무리 저항해도 모조리 다 뺏기고 말 것이다.

"저기 트릭시, 내가……."

"주머니 뒤져."

패거리들이 내 온몸을 뒤져 주머니에 든 것을 모두 꺼낸다.

"오우, 놀라워라."

트릭시가 휴대폰 맨의 지갑을 들어 보인다.

"또 뭐가 있나 볼까?"

"지갑이 또 있어."

새시가 말한다.

"하나 더 추가."

태미도 거든다.

"부지런한 놈이야, 안 그래?"

트릭시가 비아냥댄다.

"트릭시, 그게 말이야……."

"이 녀석, 손 좀 봐줘."

그녀가 무심하게 내뱉는다.

패거리들이 덤벼든다. 다섯 명이 한꺼번에. 트릭시는 끼어들지 않는다. 불행 중 다행이다. 그녀가 가장 악독하니까. 그래도 불행은 불행이다. 여자 깡패들이 날 흠씬 두들겨 패고는 거친 숨을 몰아쉬며 뒤로 물러선다. 나는 뚝방길 위에 널브러진 채 그녀들이 사라지기만을 간절히 바라고 있다. 얼굴은 긁힌 상처투성이고, 입에서는 피가 흘러나온다. 온몸이 멍으로 뒤덮였다.

트릭시가 앞으로 나와 나를 내려다보며 말한다.

"이제 딱 하나 남았어."

나는 마음의 준비를 한다. 그녀는 내 머리를 발로 걷어찰 것이다. 분명하다. 하지만 내 생각이 틀렸다.

"끝내버려."

그녀가 나머지 패거리들에게 지시한다.

그녀들이 다시 달려든다. 나는 몸을 공처럼 둥글게 말고 방어한다. 트릭시의 '끝내버려'가 무엇을 말하는지 짐작도 할 수 없지만 어쨌든 나쁜 것이리라. 그녀들이 내 팔을 등 뒤로 홱 젖힌다. 나는 몸부림치지만 금세 제압당한다. 트릭시가 내 등을 걷어찬다.

"으윽!"

"더 쓴맛을 보게 될 거야."

트릭시가 다시 말한다.

"끝내버려."

패거리들이 다시 내 팔을 등 뒤로 젖히고, 나는 그제야 무슨 일이 벌어질지 깨닫는다.

"안 돼! 제발!"

그러나 막을 수 없다. 그녀들이 내 옷을 벗긴다. 먼저 재킷을 벗기고, 스웨터와 셔츠를 벗긴다. 신발, 양말, 바지까지. 이제 남은 건 팬티뿐이다.

"안 돼."

나는 애처로운 눈빛으로 그녀들을 올려다본다.

"부탁이야."

그녀들이 내 말을 들어줄 리 없다. 팬티가 벗겨지고, 나는 벌거벗은 채 누워 있다. 그녀들이 물러서자 나는 재빨리 몸을 웅크린다. 울고 싶다. 제기랄, 울고 싶어 미칠 지경이다.

안 돼, 눈물은 안 된다.

그녀들이 아직 내 주위를 둘러싸고 나를 내려다보고 있다.

"트릭시, 내 말 좀 들어봐……."

"닥쳐."

"트릭시!"

"닥치라고 했지!"

그녀가 시선을 내리깔고 쳐다본다. 경멸이 가득한 눈빛. 즐거운 표정을 숨길 생각도 않는다. 나는 무릎을 가슴께로 끌어올려 두 팔로 감싸 안는다. 몸서리치며, 온몸을 떨며, 눈물을 참으며.

울지 마. 빌어먹을, 울지 말라고.

"잘 안 보이잖아."

낮게 깔리는 트릭시의 목소리.

나는 대답하지 않는다. 감히 대꾸할 수 없다. 트릭시가 동료들에게 눈짓을 보내고 아무 말 없이 고개만 까딱한다. 그녀들이 다시 나에게 다가온다.

"싫어!"

나는 외친다.

그녀들은 다시 내 팔을 뒤로 젖히고 몸을 강제로 편 후 바닥에 눕힌다.

울지 마. 제발, 울면 안 돼.

트릭시의 시선이 나의 아래쪽을 향한다.

"오, 이런. 이렇게 실망스러울 데가."

울지 마, 제발.

이제 나는 빌고 있다. 제발 울지 말아달라고, 나 자신에게 애원하고 있다.

그녀가 주머니칼을 꺼내 들고서 날렵하게 획 편다.

"하지 마!"

나는 정신없이 비명을 질러댄다.

"안 돼, 그만둬!"

그녀가 웃는다. 나머지 여자 깡패들도 덩달아 킬킬댄다. 그녀는 칼을 이리저리 놀리며 몸을 숙인다.

"뭘 하지 마?"

그녀의 나직한 목소리.

어쩔 수 없이, 눈물이 새어나온다. 홍수처럼 눈물이 가득 차올라 트릭시의 얼굴이 뿌옇게 흐려진다. 내 눈에 보이는 건 칼날의 번뜩임뿐이다. 눈물이 볼을 타고 흘러내리자 아까 긁힌 상처가 쓰라리다.

"그만."

나는 힘없이 중얼거린다.

"제발 그만……."

어느덧 나는 흐느끼고 있다. 엄마를 찾는 꼬마아이처럼 서럽게 흐느낀다. 간신히 눈앞이 맑아진다. 트릭시가 코앞으로 다가와 있다. 칼날이 얼굴 쪽으로 다가오는가 싶더니 살갗을 스치다시피 훑으며 천천히 몸 쪽으로 내려간다.

더 많은 눈물이 솟구친다. 다시 눈앞이 보이지 않는다. 그러나 어느 순간, 팔과 다리가 자유로워지면서 웃음소리와 천 찢는 소리가 들려온다. 나는 손등으로 눈물을 훔치고 그 광경을 바라본다.

그녀는 이제 내 옷을 찢고 있다. 나는 입을 꾹 다문 채 꼼짝도 하지 않는다. 뭘 어쩔 수 있는 상황이 아니다. 어쨌든 그녀들은 하고 싶은 걸 끝낼 테니까. 이제 모두들 칼을 꺼내어 내 바지와 셔츠, 재킷, 팬티까지 모든 걸 썩썩 베어내고 있다.

그녀들은 신발을 운하로 던져버리고 갈기갈기 찢긴 내 옷가지들도 차례차례 던진다. 트릭시가 나를 내려다보며 미소를 짓는다.

"또 보자고."

그래, 안다. 당신이 무슨 생각하는지 안다. 내가 한 첫 번째 거짓말은 인생이 쉽다고 한 것이고 두 번째 거짓말은 아무도 필요 없다고 한 것이다.

하지만 나는 이미 스스로 거짓말쟁이라고 인정했다. 안 그랬다고는 말 못하겠지. 그러니 그런 눈빛으로 쳐다봐야 소용없다.

젠장, 얼어 죽겠네.

옷가지랑 몸을 녹일 곳을 찾아야겠다. 하지만 옷이 먼저다. 아니, 잊어버리자. 옷은 이미 물 건너갔다. 뭔가 다른 걸 하자. 모르겠다. 몸에 걸칠 만한 게 있는지 찾아보자. 담요든 낡은 신문지든, 뭐라도.

승산이 없다는 건 안다. 이 주변에서 찾을 수 있는 건 별로 없다. 운하와 뚝방길, 덤불, 울타리뿐이다.

걷자. 걷는 게 최고다. 시내로 돌아가진 않는다. 공장지대로 향한다. 거기 있는 누군가한테 남는 외투 같은 게 있을지도 모르니.

걷고, 걷고, 걷는다.

온몸이 아프다. 그 패거리들은 사람을 다치게 하는 방법을 제대로 알고 있다. 또 눈물이 솟구친다. 그만 울고 싶지만 멈출 수가 없다. 알겠나? 당신은 날 그저 어리고 건방진 불량배 정도로 알고 있겠지만, 뭐, 그것도 사실이긴 하지만, 이런 내게도 감정이란 게 있단 말이다.

뚝방길에 있는 저 인간들은 도대체 누굴까.

운동복을 제대로 갖춰 입고 조깅하는 여자 셋. 서로 수다를 떨면서 뛰고 있다. 나한테 절실한 사람들. 적어도 저들이 이런 내 모습에 겁먹지 않아야 할 텐데. 그녀들을 향해 소리친다.

“저기요!”

그들이 날 쳐다본다.

“저기요!”

믿을 수 없다. 그녀들이 돌아선다.

“저기요! 잠깐만요!”

그녀들은 멈추지 않는다. 오히려 달리는 속도를 높인다.

“저기요! 좀 도와주세요!”

가버렸다. 단 한 번 뒤돌아보지도 않고.

그저 걷는다. 춥다. 한기에 몸이 덜덜덜 떨린다. 맙소사, 11월은 질색이다. 춥고, 흐리고, 우울하다. 벌써 어둠이 깔린다. 조깅하던 여자들이 내뺀 후로 인간이라곤 코빼기도 보이지 않는다.

잠깐. 그게 아니다.

뚝방길에 또 한 명의 여자가 있다. 조깅하는 것 같진 않다. 늙은 할멈이다. 하얗게 센 머리, 질질 끄는 발걸음. 이렇게 홀로 외출하는 건 무리일 텐데. 잠깐. 덤불 안에서 뭔가 시커먼 게 움직인다.

로트와일러 개다. 어쨌거나 백발 할멈은 별로 놀란 기색도 없다. 날 발견하고선 이쪽으로 온다.

나는 걷는다. 당당하게. 엉덩이를 가리려 애써봐야 부질없다. 할멈은 이미 다 봤을 게다.

개가 덤불 밖으로 튀어나와 나를 향해 뛰어온다. 할멈이 개를 부른다.

"버피!"

그 소리에 개가 멈춰 선다. 백발 할멈이 다가온다. 조깅하던 여자들처럼 겁먹은 표정은 아니다. 개 옆으로 다가와 허리를 굽히고 개목걸이에 줄을 끼운다. 나도 걸음을 멈춘다. 로트와일러하고는 적당한 거리를 유지한다.

할멈이 나를 올려다본다.

"어쩌다가 그리 됐누?"

아일랜드 억양이다. 나는 대답하지 않는다. 이유는 모른다. 말이 나오지 않는다.

"얼굴이 피범벅이구나. 여기저기 긁힌 상처투성이고. 어쩌다가 그리 됐누?"

"맞았어요."

할멈이 고개를 젓는다.

"저런, 가엾은 것."

할멈이 외투를 벗으려 한다.

나는 "아니에요" 하며 운을 뗀다.

하지만 거기까지다. 실은 그 외투를 입고 싶어서 죽을 지경이다. 어떻게 보이건 상관없다. 조금이라도 따뜻해지고 싶을 뿐이다. 몸을 가리고 싶을 뿐이다.

"이거 입거라."

할멈은 한 손에 외투를 들고 다른 손으로는 개 줄을 잡고서 나에게 다가온다.

"버피는 걱정 안 해도 돼. 무시무시해 보이지? 누가 날 공격하면 정말 사납게 돌변한단다. 하지만 얘가 친구 삼기로 결정한 사람은 겁먹을 필요가 없어요. 보아 하니 버피도 벌써 마음을 정한 것 같구나."

과연 그런 것 같다. 개는 오랜 친구 사이라도 되는 양 나한테 몸을 부비고 있다.

나는 할멈의 외투를 걸친다.

"그럼 할머니가 감기에 걸리실 텐데요."

"걱정할 것 없다. 너나 좀 어떻게 해야겠어. 따라오렴."

할멈은 몸을 돌려 앞장선다. 나도 뒤따라 뚝방길을 걷는다.

"어디 가요?"

"우리 집. 첫 번째 다리를 건너면 바로야. 으리으리한 저택은 못 되지만 따뜻하지. 거기서 경찰을 부를 수도 있고."

"안 돼요!"

나는 걸음을 멈춘다.

할멈이 고개를 돌려 나를 본다.

"경찰하고 무슨 문제라도?"

"아뇨, 하지만 원래 경찰을 싫어해서요."

할멈은 어깨를 으쓱한다.

"그럼 어떻게 할지 나중에 의논해봐야겠구먼. 일단은 집으로 가자꾸나."

우리는 말없이 계속 발걸음을 옮긴다.

하지만 문제가 또 생겼다. 두려움이 다시 몰려오고 있다는 것. 왜인지는 모른다. 백발 할멈이 무서운 건 아니다. 할멈은 친절하다. 나이는 어림잡아 일흔쯤, 어쩌면 더 많을 수도 있겠다. 다리가 영 부실해 보인다.

하지만 난 두렵다. 진심으로 두렵다. 금방이라도 무슨 일이 벌어질 것만 같은데 그게 뭔지 모르겠다. 미친 소리 같겠지만 난 내 직감을 믿기에 가능한 한 잽싸게 주위를 둘러보고 있다.

하지만 너무 추워서 제대로 생각할 수가 없다. 외투는 두툼하고 단추도 끝까지 다 채웠지만 온갖 틈새로 차가운 공기가 스며든다. 맨발로 딛는 땅도 차갑고 딱딱하다. 아직도 온몸이 쑤신다. 콧구멍 언저리가 바삭바삭 부서지는 느낌이다. 말라붙은 피딱지 때문이다.

꼴이 말이 아니리라.

백발 할멈도 추운 모양이다. 신발까지 내려오는 얇고 낡은 원피스 위로 변변치 못한 카디건을 받쳐 입고 앞단추를 모두 여몄지만 할멈은 오들오들 떨고 있다.

“죄송해요.”

“왜 그러니, 아가?”

“저 때문에 할머니가 떨고 계시잖아요.”

할멈이 부드럽게 미소를 지어준다.

“나보다 네가 훨씬 더 심하게 떨고 있어. 그럴 만도 하지. 고작 외투 하나 걸쳤을 뿐이니까. 하지만 곧 따뜻해질 게야. 2분만 더 가면 도착이다. 보이니? 다리 너머 바로. 저게 우리 집이란다.”

할멈이 가리키는 곳에 집이 있다. 운하 건너편에 오롯이 자리한 자그마한 오두막집.

그러고 보니 이상하다. 내가 지금까지 이곳을 수천 번은 지나쳤을 텐데, 할멈을 따라 절뚝거리며 다가선 그 집은 마치 난생 처음 보는 것만 같다.

두려움이 아직도 날 휘감고 있다.

할멈이 오두막집 문을 연다.

“들어가라.”

들어가고 싶지 않다. 이유는 묻지 마라. 물론 지금 나는 얼어죽을 지경이다. 외투도 그다지 큰 도움은 되지 않는다. 눈앞에 따뜻한 집과 친절한 할멈이 있고, 그 할멈이 은신처를 주겠다고 하는데도 들어가고 싶지 않다.

"어서 들어가렴. 몸을 녹여야지."

그래도 나는 꼼짝하지 않는다.

할멈이 나를 바라본다. 의아하거나 화가 나거나, 둘 중 하나인 것 같다. 정확히 어느 쪽인지는 모르겠다.

이윽고 할멈이 말한다.

"나는 들어가야겠다. 문은 열어두마. 들어오고 싶으면 들어와라. 하지만 들어오기 싫다면 외투는 계단 위에 놓아두려무나. 추운 날 걸칠 만한 거라곤 그거 한 벌뿐이니까."

버피는 이미 안으로 들어간 모양이다. 녀석이 어디 있는지는 몰라도 실내를 누비는 개의 발소리가 들린다.

백발 할멈은 나에게 눈길 한 번 주지 않고 거실 가운데로 들어간다.

누추하고 좁은 공간. 가구도 별로 없고 그나마 있는 것들도 한참 낡아 보인다. 카펫 역시 걸레나 다름없다. 여기저기 올이 풀린 구멍 사이로 마룻바닥이 훤히 보인다.

나는 여전히 현관 계단 위에 서 있다. 버려진 담배꽁초가 된 기분이다. 백발 할멈이 뒤돌아봐주었으면 좋겠다. 이유는 알 수 없다. 그러나 할멈은 앞만 바라보며 거실 맞은편 끝까지 걸어간다.

나는 결국 안으로 들어가서 등 뒤로 문을 닫는다. 기분은 여전히 엉망이다. 몸은 따뜻해졌지만 기분은 나아지지 않는다. 실내에서 케케묵은 곰팡내가 난다. 청소라곤 해본 적 없는 곳, 혹은 사람이 살았던 적 없는 곳인 것처럼. 냄새의 원인은 모르겠다.

문득 옛 기억이 번개처럼 머릿속을 스친다. 전에 이곳과 비슷한 곳에 가본 적이 있다.

어디냐고 묻는 수고는 접어두길 바란다. 댁한테 털어놓을 생각은 없으니.

버피가 입에 낡은 신발 한 짝을 물고 거실로 깡충깡충 뛰어 들어온다. 나한테 주는 환영의 선물인가보다.

"고맙지만 사양할게."

하지만 녀석은 신발을 내 발치에 떨어뜨린다.

"됐다니까."

아직도 이곳이 낯설기만 하다. 이대로 몸을 돌려 도망치고 싶다. 이런 옛 기억 따위 달갑지 않다.

백발 할멈은 거실에 없다. 방으로 들어간 것 같다. 서랍 열리는 소리가 들린다. 버피가 내 맨다리에 머리를 비벼댄다. 슬쩍 녀석을 밀친다. 하지만 또 달라붙는다. 장난인 줄 아는 모양이다.

옛 기억이 자꾸만 떠오른다. 이 집이 싫다. 무서워 죽겠다. 몸까지 부들부들 떨린다. 옷이 없으니 밖으로 나갈 수도 없고, 그렇다고 여기 머무를 수도 없다. 이 집은 느낌이 영 께름칙하다. 마침 할멈이 옷가지를 잔뜩 들고 나온다.

"자, 여기. 맞는 게 있는지 모르겠구나. 버피, 방해하지 말고 저
리 가."

할멈은 내 왼편에 있는 방문을 열어준다. 나는 방 안으로 들어
간다. 좁은 침실이다. 보잘것없고, 허름하고, 이상한 냄새가 나고.
집 안의 다른 곳들과 똑같다.

"이 방을 쓰려무나. 이것도 한번 입어봐라. 손자 녀석이 입던
옷이야."

할멈한테는 아무 말 안 할 작정이다. 무엇하러 그러겠는가? 하
지만 손자가 어쩌고 하는 얘기는 거짓말이다. 나는 거짓말을 귀
신같이 알아챈다. 귀신도 날 못 속인다.

어떻게 아느냐고 묻지 마라.

하지만 공연한 소동을 일으킬 마음은 없다. 난 옷이 필요하고
여기엔 옷이 있다. 거지 같은 옷이고 나한테 잘 맞지도 않겠지만
아예 없는 것보다는 낫다.

할멈은 나에게 옷가지를 안겨주고 방문을 닫는다.

입어보니 생각보다 나쁘진 않다. 좀 헐렁하고 내 스타일도 아
니지만 여기서 달아나기엔 충분하다. 똑똑, 문 두드리는 소리에
이어 할멈의 목소리가 다시 들린다.

"다 입었니?"

나는 문을 연다.

"입을 만하니?"

할멈이 나를 위아래로 훑어본다. 그 곁에서 버피가 꼬리로 바닥을 탁탁 내리치고 있다.

"점퍼는 톡톡하니 상태가 괜찮구나. 좀 긴 감은 있지만 너무 짧은 것보다는 낫지. 벨트를 가져다주마. 그럼 바지도 입을 만할 거야. 있다가 네가 신을 만한 신발을 찾아보자꾸나. 자, 그럼…… 당장 너희 부모님에게 전화를 걸어야겠다."

할멈과 나 사이에 침묵이 흐른다.

버피도 어색한 분위기를 감지했는지 꼬리로 바닥 치는 짓을 멈춘다. 할멈이 내 표정을 신중히 살핀다. 이제 보니 할멈의 눈동자가 초록빛이다. 적대적인 눈빛은 아니지만 난 더 이상 할멈을 신뢰하지 않게 됐다.

"어째서 날 믿지 못하는 게냐?"

얼씨구, 이제 내 생각까지 읽으시는군. 나는 대답하지 않는다. 할멈은 내게 미소를 지어 보인다. 저 미소도 믿을 수 없다.

"원래 아무도 믿지 않니?"

"할머니 뭐예요, 심령술사라도 돼요?"

할멈은 대답 대신 어깨만 으쓱해 보인다.

"어디 사니? 택시를 불러줄 테니 집으로 돌아가렴. 택시비는 내가 지불하마."

나는 아무것도 말하지 않을 작정이다. 할멈이 상관할 바가 아니다. 그리고 구경꾼 당신한테 할 얘기도 없으니 나한테서 그 시선을 좀 거둬주길 바란다.

시간이 흐를수록 점점 더 불편해진다. 백발 할멈이 너무 가까이 있다.

"물러서세요."

난 할멈을 노려보며 경고한다.

"물러서요."

할멈은 움직일 생각을 하지 않는다. 그저 나를 빤히 응시할 뿐.

"내 이름은 메리다."

할멈의 목소리가 변했다. 내가 듣지 못하길 바라는 듯, 그 소리를 듣고 싶다면 이만큼 가깝게 다가와야 한다는 듯, 아주 낮은 목소리로. 나는 오히려 한 걸음 물러선다.

할멈은 움직이지 않고 한참 동안 바라보기만 하다가 다시 입을 연다. 여전히 낮은 목소리로.

"난 아일랜드 출신이야. 남쪽의 작은 마을에서 왔지."

마치 내가 고향을 궁금해하기라도 했다는 투로군. 할멈이 북극에서 왔다 해도 내 알 바 아니지. 잘도 꾸며대고 있지만 다 거짓말이다. 나는 안다.

"네 이름을 알려주지 않으련?"

할멈의 초록 눈동자가 나를 훑는 게 보인다. 도대체 뭘 보는 거지? 시선 관리 좀 하셔야겠어. 내 얼굴만 보란 말이야.

"네 손을 보는 거란다."

할멈이 불쑥 내뱉는 말.

"나 때문에 불안한 것 같구나. 하지만 이제 나도 너 때문에 불안하다. 그래서 네 손을 보고 있어."

"왜요?"

"날 공격할까봐."

"멀찍이 떨어져요. 그럼 안 덤빌 테니."

또 한 번 무거운 침묵이 흐른다. 할멈과 나는 서로를 노려보고 있다. 버피를 흘긋 곁눈질해본다. 녀석도 날 보고 있는데, 아까와는 다른 눈빛이다. 이젠 친구가 아닌 것이다. 녀석은 내가 말썽을 일으킬 수 있다는 걸 눈치챘다. 내가 메리 할멈에게 달려든다면 녀석이 날 물어뜯을 것이다.

"왜 그렇게 겁에 질린 게냐?"

"할머니 때문은 아니에요."

"왜 그리 겁에 질렸누."

나는 대답하지 않는다. 버피를 내려다본다. 당장이라도 나를 향해 달려들 기세로 잔뜩 긴장해 있다.

"버피."

할멈의 목소리는 이제 속삭임에 가깝다.

"괜찮아, 괜찮아."

개가 긴장을 푼다. 메리 할멈의 눈빛도 순식간에 부드럽게 풀린다. 부드러운 초록빛 눈동자가 나를 돌아본다.

"이리 와서 차 한잔 하렴."

주방. 이 너저분한 공간은 도대체 뭐지? 저 오븐 좀 보라지. 중세시대 유물이나 다름없잖은가. 조명도 마찬가지다. 양초가 웬 말이냐. 메리 할멈이 뚱뚱한 향초에 불을 붙인다. 그걸 식탁에 놓인 받침 위에 세운다.

"앉아라."

버피가 할멈 곁에 얌전히 앉는다. 혼란스러운 표정이다. 내 손을 핥아야 할지 깨물어야 할지 고민하는 것 같다.

나도 식탁 앞에 앉는다. 촛불이 깜박인다. 할멈은 향초 하나를 더 켜서 선반 위에 올린다. 할멈은 내 맞은편에 앉는다. 나하고 거리를 유지하려 애쓰고 있다.

나로선 잘된 일이다. 할멈이 나를 쳐다보기에 나도 할멈을 쳐다본다.

"뭐요?"

"마음 놓으렴."

버피의 코끝이 내 손에 닿는다. 녀석을 쓰다듬어준다. 녀석이 내 손바닥을 핥는다. 메리 할멈의 얼굴에 빙그레 미소가 피어난다.

"버피가 널 다시 믿게 되었구나. 잘됐어. 이런 우리를 못 믿다니, 야속하구면."

"버피는 믿어요."

"그럼 나는 왜 못 믿는 게지?"

나는 어깨를 으쓱한다. 식탁 위의 촛불이 꺼진다.

메리 할멈이 다시 불을 붙인다.

"난 널 모른다. 아는 게 없어. 내가 아는 거라곤, 네가 늘씬하게 두들겨 맞았고 옷도 죄다 벗겨졌다는 것뿐이야. 난 널 돕고 싶다. 그게 다야. 더 바라는 것도 없고. 널 여기에 가둘 생각도 없어. 네가 원한다면 언제든 현관문을 열고 나가면 그만이다. 아무도 널 방해하지 않아. 아, 어쩌면 신발이 필요하겠구나. 잠깐 기다려라."

할멈이 자리에서 일어선다.

"너한테 필요할 만한 것들을 더 찾아다 주마. 그럼 네가 원치 않는데 계속 여기 머무를 이유가 없어지겠지?"

할멈의 표정이 바뀐다. 뭔가 결심한 듯 단호한 표정. 할멈이 나가자 버피도 뒤를 따른다. 할멈은 신발 몇 켤레와 낡은 외투 한 벌을 가지고 금방 돌아온다. "여기 있다"며 물건들을 현관에 내려놓는다.

"참, 벨트도 찾아주기로 했지."

할멈이 다시 방으로 들어가더니 금세 다시 나온다. 기다란 검은 벨트를 물건 더미 위에 놓고는, 그 위에 갈색 봉투를 하나 올려둔다.

"필요할 듯싶어 몇 푼 넣었다. 돌려줄 필요는 없어. 그냥 넣어

뭐.”

어떻게 받아들여야 하나? 무슨 말을 해야 하지? 모르겠다. 할멈이 식탁으로 돌아와 앉는다.

나는 겨우 “고맙습니다” 한마디를 내뱉는다.

할멈은 짧게 미소를 지은 후 촛불 쪽으로 얼굴을 들이민다. 할멈의 얼굴에 닿은 촛불 빛이 한들한들 흔들린다.

“전화할 곳 없니? 네가 어디 있는지 알려야 할 것 같은데.”

“집 안에 전화기 한 대 없으면서 어떻게 전화를 한다는 거죠?”

“전화기가 없는 건 어떻게 알았지?”

“봤으니까요.”

“전부 다 둘러본 건 아니잖니. 네가 못 들어가 본 방도 있단다.”

“문틈으로 다 봤어요.”

“전부 다?”

“네.”

“난 그런 줄도 모르고.”

“꼭 아셔야 하는 것도 아닌데요, 뭐. 전 어디서든 경계를 늦추지 않거든요. 주변 상황 살피는 데는 도사예요.”

난 그래야만 한다. 무슨 말인지 아는가? 조금이라도 경계를 게을리 했다간, 짭새들한테 당하기 십상이란 말이다.

할멈이 일렁이는 불꽃 너머로 나를 지그시 바라본다.

“아직 어려 보여도 진정한 생존자로구먼, 그렇지?”

버피가 내게서 한 걸음 물러선다. 또다시 우리 사이를 흐르는 공기가 변했다. 난 다시 위험해졌고, 버피가 누구 편을 들지는 두말할 여지가 없다.

나는 메리 할멈의 시선을 맞받아친다.

"여기까지 오면서 방들을 살폈어요. 할머니가 앞장서 왔잖아요. 난 뒤를 따라오면서, 방문 안을 일일이 엿봤고요."

"그런데 전화기는 보지 못했다?"

"네."

"그 밖에 또 뭘 봤지?"

"나이 먹은 여자한테 어울리지 않을 법한 물건들이요."

"이를테면?"

"장난감 기차 세트."

"손자 녀석 거야."

"손자 없으시잖아요."

"그걸 어떻게 아나?"

"그냥 알아요. 차라리 귀신을 속이세요."

"그게 무슨 소리냐?"

"알아서 생각하세요."

할멈이 고개를 젖혔지만 여전히 불빛이 얼굴에 어른거린다. 갑자기 할멈의 얼굴이 찌푸려진다.

"너 아주 예리하구나. 전화기는 네 말이 맞다. 집 안에는 전화기가 없어. 하지만 나한테 휴대폰이 있을지도 모르잖니.”

“그럴지도 모르죠.”

“네가 알 리 없지. 내 가방 속까지 살펴보진 못했을 테니.”

할멈은 나를 슬며시 떠본다.

“설마 가방 속까지 본 게냐?”

나는 일부러 뜸을 들이다가 대답한다.

“아뇨, 가방 속까지 보진 않았어요. 그럴 필요가 없거든요. 휴대폰이 없다는 건 그냥 알아요.”

“직감? 그런 거냐? 아니면 혹시 너, 독심술 도사냐?”

할멈의 목소리가 짐짓 묵직하다.

“좋을 대로 생각하세요.”

할멈은 시선을 내리깔고 촛불을 응시한다. 향초의 향이 코끝에 스며든다. 하나는 레몬, 또 하나는 라벤더 향이다. 할멈이 다시 입을 연다.

“전화기도 없는데 왜 내가 너 대신 전화를 걸어준다고 했을까?”

나는 대답하지 않고 버피를 쳐다본다. 녀석은 언제든 날 덮칠 태세로 온몸에 힘을 주고 있다. 당장 여기서 빠져나가야겠다. 눈앞에 앉은 노파가 어떤 인물이건 간에, 확실히 미심쩍은 구석이 많다. 곤경에 처한 나를 구해줬고 위험한 사람도 아닐 테지만, 난 그녀를 믿지 않는다. 게다가 난 갈 데가 있다. 여기 머무를 수는 없다.

"공중전화를 이용할 생각이었다. 집 근처 뚝방길 쪽에 공중전화박스가 하나 있어."

"알아요."

"거기서 전화하려고 했어."

"그거 고장 났는데요."

"아아."

할멈의 놀란 표정을 보고 하마터면 그녀를 믿을 뻔했다. 하지만 그래도 가야 한다. 아무래도 여긴 께름칙하다. 버피가 나에게 시선을 고정시킨 채 몸을 떨며 나지막이 으르렁대고 있다. 메리 할멈도 녀석의 몸짓을 알고 있다.

나는 일어선다.

"가야겠어요."

"그러려무나."

"옷 주셔서 고마워요."

"고맙긴. 다른 것들도 걸쳐봐라."

나는 벨트를 차고 신발을 신고 외투를 걸친다.

"맞니?"

"그럭저럭 입을 만해요."

봉투를 집어 들고 슬쩍 안을 살펴본다. 100파운드.

"인심이 후하시네요."

"별거 아니다."

"저 이거 필요 없어요."

"100파운드를 쓸 수 없다고?"

"쓸 수는 있지만 필요 없다고요."

"돈이 많은가보지?"

"그만 가볼게요."

"좋을 대로 하렴."

나는 식탁 위에 봉투를 내려놓는다. 버피가 험상궂게 잇몸을 드러낸다.

"괜찮아, 안심하렴."

메리 할멈이 녀석을 달랜다. 잠시 후 나는 할멈이 달래는 대상이 버피가 아니라는 걸 깨닫는다.

"제가 어쩔 작정이었다고 생각하신 거예요?"

"그거야 모르지."

할멈의 시선이 나의 표정을 살핀다.

"그래서 네가 더 두렵구나."

나는 고개를 숙였다가 다시 쳐든다.

"할머니가 절 무서워하지 않으셨음 좋겠어요."

할멈은 아무 말도 하지 않는다. 나는 현관을 향해 걸어가다 멈칫한다. 다시 엄습해오는 불안감. 아직도 뭔가 잘못됐다, 하지만 그게 뭔지 도무지 모르겠다. 그때 버피가 다시 안절부절못하는 몸짓을 보인다. 이번에는 나를 향한 게 아니다.

"왜 그러냐?"

할멈이 묻는다.

대답하지 않고 가만히 귀를 기울인다. 들리는 거라곤 선반 위의 초가 녹아내리는 소리뿐이다. 그 외에는 온통 정적이다. 집 안에도, 집 주변에도. 하지만 분명 뭔가 잘못됐다. 전에도 여러 번 경험한, 익숙한 느낌. 이런 느낌은 빗나가는 법이 없다.

"집 근처에 누가 있어요."

"왜 그런 소리를⋯⋯?"

내가 뭐라 답하기도 전에, 주방 창유리가 산산이 깨지면서 벽돌 하나가 안쪽으로 날아 들어온다.

밖에 선 두 명의 형체가 눈에 들어온다.

남자들이다. 거칠어 보이는 괴한 둘. 처음 보는 놈들이다.

버피가 목청이 터져라 짖어댄다. 메리 할멈이 벌떡 일어나 나를 거실 쪽으로 밀쳐낸다. 불필요한 행동이다. 나도 번개처럼 이곳을 빠져나가고 싶단 말이다.

"도망쳐!"

할멈이 외친다.

나는 현관을 향해 내달린다. 그래, 그래, 당신이 무슨 생각하는지 나도 안다. 할멈을 데리고 나와야 한다고? 집어치워라. 난 거실을 가로지른다. 또 한 번 주방 창문이 깨지는 소리가 들리고,

현관 쪽에 그림자 하나가 나타난다.

잠깐 멈추고 생각 좀 하자. 아니다, 시간이 없다.

현관문 유리가 산산조각 나고 제3의 괴한이 안을 들여다본다. 놈이 툴툴대는 소리. 등 뒤에서 메리 할멈의 목소리가 들려온다.

"창문! 침실로 가! 창문으로 빠져나가라고!"

난 벌써 할멈을 지나쳐 달리고 있다. 주방에서 또다시 유리 부서지는 소리가 들리고, 현관 쪽에서 쿵 하고 둔탁한 소리가 들린다. 투덜이 괴한이 뭔가 커다랗고 단단한 물건으로 현관문을 부수려는 듯하다.

버피가 한껏 격앙된 채로 미친 듯이 짖어대고 있다. 주방 쪽에서 남자 목소리가 들린다. 묵직한 저음. 괴한들이 창문을 통해 침입하려는 참이다. 나는 침실에 서 있다.

문 앞에서 멈춰 서서 뒤를 돌아본다.

메리 할멈이 거실에 서 있다. 그 자리에 못 박힌 듯 꼼짝도 하지 않는다. 할멈 곁에 우뚝 선 버피는 이제 짖지도 않는다. 마치 둘이서 기다리는 것 같다. 다가올 일을 가만히 기다린다. 느닷없이 할멈이 나를 향해 소리친다.

"도망쳐!"

나는 침실 벽에 달린 창문을 연다. 밖에는 아무도 없다. 비루한 뒷마당과 그 너머로 운하가 보일 뿐이다. 나는 창문을 넘어 땅바닥으로 굴러떨어진 후 벌떡 일어나 울타리를 향해 내달린다.

집 안에서 남자들이 고함치는 소리가 들린다. 메리 할멈의 목소리는 들리지 않고 버피가 다시 짖어대기 시작한다. 집 안 반대편 끝에서 뭔가가 부서지는 소리가 들린다. 투덜이가 현관문을 거의 다 부순 것 같다.

잠시 멈추고, 한숨 돌리며 생각해보자.

나도 안다. 안다니까. 자꾸 말 안 해줘도 아니까 그만!

기어서 집으로 돌아간다. 천천히, 아주 천천히. 뭘 하려는 건지는 나 자신도 모르겠다. 뭘 하건 아마 소용없을 것이다. 저 괴한들을 상대로 내가 뭘 할 수 있단 말인가?

그렇지만 할멈을 두고 갈 순 없다. 나한테 거짓말을 했지만 날 구해준 은인이기도 하니까. 내가 입을 옷도 기꺼이 내준 사람이니까. 난 떨고 있다. 왜 이렇게 조용하지? 버피조차 짖지 않는다. 사람 목소리도, 부수고 두드리는 소리도, 아무 소리도 들리지 않는다.

창문 바로 바깥까지 왔다. 여전히 조용하다.

별안간 울리는 총성.

몸이 얼어붙는 듯하다. 부들부들 떨며 창문을 꽉 붙든다. 다시 정적이 덮쳐온다. 죽음의 정적. 집 안, 집 밖, 온 세상이 정지해버린 느낌.

탕!

두 번째 총성이 울린다.

나는 달린다. 잔디밭을 지나 울타리를 넘어 도로 위로 공장지대를 향해 질주한다. 구경꾼 양반, 날 막아설 생각일랑 접어라. 머리칼을 잡아당겨봤자 시간낭비다. 옳고 그른 것 따위, 난 모른다. 할멈은 죽었다. 내가 아는 건 그것뿐이다. 아마 버피도 세상을 하직했을 것이다.

난 이곳에서 벗어나려고 몸부림치는 중이다.

돌아보지도 멈춰 서지도 마라. 이 도로, 정말 마음에 안 드는군. 소름끼치도록 텅 빈 길, 울퉁불퉁한 가드레일, 양옆으로 펼쳐진 황량한 들판. 괴한들이 나와도 내가 숨을 곳이 없다. 훤히 보일 것이다. 그들은 목격자가 있다는 걸 안다. 집 안에서 나를 보았으니까.

그러나 여기를 빠져나갈 다른 길이 없다. 운하로 돌아가진 않을 것이다. 거기선 내가 더 잘 보일 뿐이다. 공장 건물이 있는 곳에 닿을 수만 있다면 조금이나마 안심할 수 있다.

100미터, 50미터, 20미터. 숨이 턱까지 차오르지만 조금만 더 가면 된다.

영국 GJB 전기회사. 이렇게 만나 반갑다고 해야 하나? 건물 옆을 돌아 트럭 주차장을 가로질러 쓰레기 하치장을 지나니 낮은 담벼락이 나타난다. 담을 넘어 옆 공장부지로 간다. 타이어 창고 옆으로 내려가 용접 작업장을 지나쳐 공사장 뒤편으로 간다.

여기서 멈추고 벽에 기대어 숨을 고르고 생각을 해본다.

생각할 수가 없다. 메리 할멈의 모습이 자꾸만 떠오른다. 난 할멈에게 못되게 굴었다. 할멈은 거짓말을 했지만 날 도와주었다. 돈까지 주려 했다. 내가 돈을 챙겨 나왔더라도 날 나무라지 않았을 것이다. 뚝방길에서 조깅하던 여자들은 날 보고 줄행랑을 쳤지만 메리 할멈은 지나치지 않고 나를 도와주었다.

그런 눈으로 쳐다보지 마라. 안 그래도 충분히 속상하단 말이다. 당신까지 나한테 죄책감을 덧씌울 필요는 없다.

메리 할멈. 그녀의 초록빛 눈동자, 그녀의 얼굴에서 춤추듯 일렁이던 향초 불빛이 뇌리를 떠나지 않는다.

일어나, 어서 일어나.

나는 일어난다. 비록 얻어터져 다친 몸이지만 난 두 발로 설 수 있고 이제부터 뭘 할지도 알고 있다. 메리 할멈을 구할 길은 없다. 대신 저 괴한들한테서 벗어날 수는 있을 것이다.

생각해, 어서 생각해. 머리를 쓰란 말이야.

공사장을 가로질러 반대편으로 빠져나간다. 한결 낫다. 움직임도 좋고 생각도 잘된다. 담장을 넘어 부지 끝으로 간다. 어느덧 어둠이 깔린다. 도시는 환하지만 이 주변은 어둡다. 조명등 불빛마저 화성에서 비추는 듯 희미하다.

공중전화가 있다. 누군가 부숴버리지 않았기를. 멀쩡해 보인다. 수화기를 들어본다. 신호음이 들린다. 심호흡을 하고 차분하게 생각해본다. 다시 한 번 심호흡을 한다. 정부와 관련된 놈들이랑 통화하는 건 질색이다. 다시 한 번 심호흡. 좋아, 해보자.

9…… 9…… 9…….

금세 받는다. 여자다. 나긋나긋하고 친절한 목소리. 누구든 그 목소리를 들으면 대화를 나누고 싶어질 것이다. 나만 빼고는. 그런 눈으로 쳐다보지 마라. 도무지 입이 떨어지지 않는데 어쩌란 말인가. 그녀가 다시 묻는다. 무슨 일이시죠?

나는 수화기를 내려놓는다. 그 빌어먹을 수화기를 내려놓는다.

생각을 해야 한다. 온전히 혼자가 되어야 한다. 안전한 곳으로 이동해야 한다. 다행히 마침맞은 장소를 안다.


잘 들어둬라. 이제부터 아무도 모르는 비밀을 얘기할 생각인데, 솔직히 내가 당신을 믿어도 될지 모르겠다. 아니, 톡 까놓고 말해서 난 그쪽을 믿지 않는다. 알겠는가? 난 당신을 눈곱만치도 못 믿는다.

믿을 이유가 없지 않은가? 난 댁이 누군지 모른다. 내가 좋아하는 이름을 털어놓긴 했지만 그뿐이다. 당신은 그저 내 주변을 얼쩡거리는 것뿐이다. 당신은 메리 할멈을 믿지 않은 날 배은망덕한 놈이라고 생각하겠지. 그러나 배은망덕한 게 아니다. 내가 15년을 살아오며 본 것을 당신도 보았다면, 당신 역시 아무도 믿지 못하게 되었을 것이다. 물론 전화로 공무원과 통화하는 데 시간을 쏟고 싶지도 않을 것이다.

그쪽이 내 뒤통수를 치지 말란 법이 어디 있는가? 그래도 나는 도박을 해보련다. 오늘밤엔 동료가 필요하니까. 그러나 내가 하는 말은 절대 새어나가선 안 된다, 알았나?

나 같은 아이들은 대개 오래 못 버틴다. 노숙, 추위. 잠시 동안은 버텨내는 듯하나, 자기 자신도 모르는 사이에 헐벗고 굶주리고 마약에 빠지고 만다. 그들은 짭새한테 잡히거나, 아니면 못된 놈들한테 이용당한다. 무슨 말인지 이해하는가?

혹은 죽는다.

아니면 엄마 품으로 돌아가거나.

나는 위의 어느 경우에도 해당되지 않는다. 왜냐고? 전에 내가 한 말 기억 안 나는가? 난 다르다고 하지 않았나. 난 굳이 여러 밤을 노숙할 필요 없다. 일주일에 다섯 밤은 아늑한 실내에서 자고 나한테 이래라저래라 할 사람도 없다. 내가 거기 있는 걸 아무도 모르기 때문이다.

어떻게 가능하냐고? 간단하다. 간단하지만 기술을 요하는 일이다.

먼저 도시를 알아야 한다. 도시라는 여자를 알려면 시간이 좀 필요한데, 이 여자는 변덕이 심하다. 시시각각으로 변한다. 때로는 여왕이고 때로는 내숭쟁이다. 그리고 이 여자는 굉장히, 몹시, 대단히 크다.

그건 좋을 수도 있고 그 자체가 두려움일 수도 있다. 그녀의 기분에 달린 문제다. 도시는 한순간 당신을 사랑하는가 싶다가도, 바로 다음 순간 돌변하여 당신의 머리를 통째로 집어삼킬 수도 있다. 그러나 나는 그녀를 존중한다. 그리고 자신 있게 장담건대, 나는 그녀를 잘 안다.

이 세상 다른 누구와도 다른 방식으로 그녀를 안다. 앞서 내가 남들이 보지 못하는 걸 본다고 얘기했을 것이다. 그 말인즉슨, 가끔은 주변에서 벌어지는 모든 일을 빠짐없이 볼 수 있다는 뜻이기도 하다.

이봐, 지금 날 비웃는 건가?

아니라고 하지 마라. 그쪽이 날 비웃는 게 훤히 보이니까. 아무튼 이제 그만. 내 말은 진실이다. 난 모든 사물을 꿰뚫어본다. 그건 내가 도시를 관찰하기 때문이다. 다 관찰에서 비롯되는 것이다. 당신도 천천히 시간을 갖고 세상일이 어떻게 돌아가는지 관찰해보라.

내 경우는 수년이 걸렸다. 어릴 적, 그러니까 성가신 어른들의 손길이 아직 필요했던 쓸모없는 젖먹이 시절에는, 그런 능력이 없었다. 어른들 때문에 움직이지도 못하다가 그나마 좀 자랐을 때도 쳇바퀴 도는 다람쥐 같은 생활을 하다가 마침내 그들 손아귀에서 벗어났다.

하지만 이미 얘기했다시피 나는 사물을 꿰뚫어볼 줄 알고 배우는 속도도 빠르다. 내가 처음 배운 것이 바로 관찰하는 법이었다.

나는 도시를 관찰했다. 그녀를 밤낮으로, 지금도 그렇지만, 관찰했다. 늘 관찰하고 주의를 기울여야 아무것도 놓치지 않는다. 적들에게 잡히는 건 관찰의 끈을 느슨하게 놓았을 때다.

그러니 한발 앞서 있어야 한다. 당신도 언제나 꼭 한 발은 앞서 있도록.

도시를 관찰하기 시작하면서 — 진짜 '관찰' 말이다 — 처음 알아챈 것은 집에서 살지 않는 사람이 무진장 많다는 사실이었다. 그래, 안다. 대부분의 사람들은 집에서 산다는 거. 그런 이들은 내 관심 밖이다. 내게 중요한 건 그렇지 않은 이들이다. 그들이 누군지 알아내려면 상당한 인내심이 필요하다.

그래도 그만한 가치가 있다. 충분히 오래 관찰하다 보면, 안락한 빈집이 도시 전체에 널렸다는 걸 깨달을 수 있다. 너무 많아서 고르기가 어려울 지경이다. 빈집을 찾지 못한 날은 다른 풋내기들처럼 노숙을 할 수밖에 없지만.

하지만 그런 일은 아주 드물다. 오늘밤만 해도 나는 편히 쉴 수 있는 빈집을 세 군데나 나열할 수 있다.

자, 따라와라. 내가 사는 세상을 맛보기로 살짝 보여줄 테니. 말했듯이, '맛보기'다. 딴 맘 품지 마라.

하지만 오늘 나에겐 대화상대가 필요하다. 차분히 생각을 정리하고 싶다. 지금 난 엉망이다. 처음엔 트릭시한테 당했고, 그다음으로 메리 할멈과 미친개를 만나 일이 꼬여버렸다. 그러니 오늘 당신은 나하고 좀 더 같이 있어도 좋다.

허나 뒤처지면 안 된다. 당신이 뒤에 있으면 내가 말을 할 수 없다. 좋다, 저기 불빛이 보이는가? 담벼락 저쪽 끝에? 햄버거를 파는 노점이다. 압델이라는 자와 그의 아들이 함께 운영한다. 그 오른쪽을 보라. 공원 출입구다. 우린 저 방향으로 간다.

안으로 들어가진 않는다. 도심과 거리를 유지해야 한다. 우린 외곽으로 빠질 것이다.

가자. 걸어라, 걸어.

걷는 건 도움이 많이 된다. 생각하는 데 도움이 되고, 생각하기 싫을 때도 도움이 된다. 가끔씩 나는 하루에 50킬로미터나 걷기도 한다. 그보다 더 걸을 때도 있다.

생각하려고 걷고, 잊으려고 걷는다. 항상 효과가 있는 건 아니지만 어쨌든 도움은 된다.

담벼락에 닿았다. 괜히 빙 돌아가는 수고를 할 필요는 없다. 담을 기어올라 반대편에 내려선 후 주위를 둘러본다. 불량배들이 가끔 이 공원에 모여 시간을 때우니까. 트릭시 일당과 그 밖의 이런저런 떨거지들도 여기서 논다. 그러니 당신도 눈을 크게 뜨고 잘 살펴보길.

다시 걸음을 옮긴다. 공원 안으로 들어가 숲을 통과하고 축구장에 들어선다.

조심해라. 계속 주위를 잘 살펴야 한다. 그게 바로 목숨을 부지

하는 노하우다. 그래, 나도 기억한다. 아까 트릭시한테 된통 걸린
것. 하지만 당신은 그 일을 일종의 경고로 받아들여야 한다. 내가
당했다면 누구든 당할 수 있다는 경고.

그러니까 조심하란 말이다. 이 근방에서 트릭시 일당 정도는
피라미에 속하니까.

축구장을 벗어난 후 반대편 출입구로 공원을 빠져나간다. 왼쪽
에 불빛 보이나? 도시가 깨어나고 있다. 밤의 도시는 또 다른 에
너지를 발산한다. 느껴지는가? 도시라는 여자는 외부에서 바라볼
때 더욱 예쁘다. 아까보다는 걷기가 한결 더 편해졌다.

그래도 찜찜하다. 확실히 뭔가 단단히 잘못되었다. 메리 할멈
의 얼굴이 자꾸만 눈앞에 어른거린다.

빈집을 찾아야겠다. 간절히 쉬고 싶다. 괜찮다, 미리 점찍어둔
곳이 멀지 않았다.

농지를 지나고 주유소를 지난다. 계속 농지가 나온다. 집이 점
점 적어진다, 그렇지 않은가? 길가에 붙어서 걸어라. 최대한 농지
와 가깝게 붙어라.

숨죽여 걸어라. 누가 우리를 보면 이곳을 이용할 수 없다. 다른
곳의 빈집 중 하나를 써야 할 것이다. 하지만 걱정할 것 없다. 이
동네 사람들은 거의 다 늙은이인데다 집집마다 커튼을 쳤으니까.
몇 미터만 더 걷자, 그리고…….

마침내 빈집에 도착한 걸 환영한다.

지금부터는 내가 하는 그대로만 따라하라. 경계를 늦추지 말고, 가장 중요한 건 조용히 하는 것이다. 나를 놓치는 순간 끝장이다. 당신은 물론이고 나도 곤란해진다. 나의 빈집 중 하나라도 망쳤다간 우린 모르는 사이가 되는 거다.

좋다, 몸을 낮춰라. 집집마다 경우가 다르지만 전반적인 규칙은 동일하다. 몰래 들어가 몰래 머무르다 몰래 나온다. 누군가가 이곳에 있었다는 사실은 누구도, 그 누구도 몰라야 한다. 최소한 집주인만이라도. 그러니 잘 보고, 마음에 새기고, 몸으로 익혀라.

이 빈집의 경우 맨 처음 할 일은 집 뒤편으로 돌아가는 것이다. 이 집에는 노부부가 산다. 몸 가누기도 힘들 만치 늙어빠진 노인네들이다. 할멈은 예순두 살, 할아범은 일흔세 살이다. 나는 1년 넘게 그들을 관찰한 후에야 이 집을 이용하기로 마음먹었다. 말했다시피 언제나 관찰이 필수다. 나는 끊임없이 수많은 장소와 수많은 사람들을 관찰한다. 그렇게 세상 돌아가는 이치를 파악한다.

가장 좋은 목표물은 나와는 다른 부류의 사람들이다. 내가 모든 걸 보는 곳에서 그들은 아무것도 보지 못한다. 여기 사는 노부부가 좋은 예다. 나는 그들의 이름, 생일, 취미, 이력을 다 안다. 그들 가족과 친구들 이름과 주소도 안다. 그들이 단골로 부르는 배관공이 누군지, 좋아하는 음식이 뭔지도 안다.

그들은 나에 대해 뭘 알까?

아무것도 모른다. 심지어 나라는 존재 자체를 모른다. 지난 6개

월간 내가 자기들 집에 열 번 이상 드나들었다는 사실도 까맣게 모른다.

이 노부부에 대해 어떻게 이리 빠삭하냐고? 쉽다. 그들이 집 안팎에 남겨놓은 물건들에서 단서를 얻는 것이다. 정보를 알려주는 물건들이 널려 있는데 그들은 내가 안다는 사실을 모른다. 단, 아주 조심해야 한다. 빈집에 들어왔을 때와 나갈 때 모든 물건이 정확히 똑같은 자리에 있어야만 한다.

만지는 건 상관없다, 하지만 반드시 원래 위치로 되돌려놓아야 한다.

아까 말했듯이, 하룻밤 묵을 빈집으로 가장 좋은 곳은 꼼꼼하지 않은 주인이 사는 집이다. 어쩌면 내가 머무는 동안 이 집 안 물건들 위치가 조금씩 달라질 수도 있지만 우리의 사랑스런 노부부는 아무것도 눈치채지 못할 것이다.

그렇다고 굳이 위험을 감수할 필요는 없다. 난 세심하고 꼼꼼한 사람이다. 이 분야에선 전문가란 말이다. 그 덕에 아직도 이렇게 숨 쉬고 산다. 그 덕에 이렇게 자신감이 넘친다.

자, 집 뒤쪽으로 가자. 저기 조그만 별채가 보이는가? 텃밭 끄트머리에 있는? 노부부가 잘 안 쓰는 곳이다. 삽 두어 자루와 잔디 깎는 기계 한 대가 있다. 이런저런 잡동사니도. 그 뒤로 돌아가면 내가 뭔가 보여주겠다.

오래된 돌이 보이는가? 들어 올려라. 빙고! 집으로 들어가는 뒷문 열쇠다. 뭐, 정확히는 복사본이지만. 이 노부부는 참으로 깜찍하다. 집에 있을 때는 뒷문을 잠그지 않는다. 열쇠를 자물쇠에 꽂아둔 채로. 그러고는 거실에 앉아 텔레비전을 본다.

주말이 되면 아들네로 간다. 그때는 뒷문을 잠그고 열쇠는 주방 서랍에 넣어둔다. 그들이 매주 금요일마다 어디로 가는지 알아냈을 무렵 나는 뒷문 열쇠를 복사해두었다.

사랑스런 노부부다. 모든 면에서 시계처럼 규칙적이다. 매주 금요일 오전 열 시에 택시가 온다. 늘 똑같은 택시회사, 대체로 같은 기사다. 기사가 나와서 노부부의 짐을 트렁크에 싣는다.

할멈이 "잘 지냈수?"라며 인사를 건네고 기사와 몇 마디 노닥거리는 동안 할아범은 비척비척 힘겹게 택시 안으로 들어간다. 약간의 인내심과 멀쩡한 두 귀의 소유자라면 누구라도 노부부의 목적지가 기차역이고 그들이 아들 집에서 주말을 보낸 후 일요일이나 돼야 돌아오리라는 걸 알아낼 수 있다.

기사 성격이 고약하다면 노부부나 나에게도 곤란할 텐데, 다행히 그렇진 않다. 어쨌거나, 어서 들어와라. 오른쪽으로 붙어 서도록. 옆집에서 안 보이는 위치를 고수해야 한다. 이 길을 따라가면 옆집에서 전혀 보이지 않는다. 그리고 아무 소리 내지 말고 무엇 하나 건드리지도 말아라.

가자.

뒷문에 열쇠를 꽂는다. 역시 잘 맞는다. 잽싸게 돌린다. 문을 연다, 천천히. 끼이익 소리가 나곤 했는데 지난번 여기 왔을 때 내가 경첩에 기름을 칠해두었다. 문을 닫는다. 잠근다. 열쇠를 빼 낸다.

동작 그만, 쉿. 모든 게 완벽한 상태인지 확인해야 한다. 우린 철저해야만 한다. 일부 빈집의 경우, 주인이 없는 걸 확인하기 위해 현관 벨을 눌러보기도 하지만 여기선 그럴 수 없다. 현관 계단은 노출된 공간이라서 이웃에게 들킬지도 모른다.

하지만 괜찮다. 이 집주인들이 안에 있는지 없는지 나는 안다. 뒷문에 열쇠가 꽂혀 있지 않다는 건 그들이 집에 없다는 신호다. 이것 보라. 내 말대로 열쇠는 주방 서랍에 있다. 거실 커튼이 창을 모두 가리고 있다. 집 안은 캄캄하다. 온통 정적뿐이다. 고로, 노부부는 없다.

하지만 모든 방을 일일이 들여다봐야 한다. 늘 그렇게 한다. 모든 것을 빠짐없이 확인한다. 주의에 주의를 거듭하여 안전성을 확보해야 한다.

좋아, 신발을 벗는다. 세탁물 건조기 뒤편에 안 보이게 놓는다. 살금살금, 천천히 걷는다.

규칙 제1번, 어둠 속에선 빠르게 움직이지 않는다. 규칙 제2번, 스위치는 건드리지 않는다. 특히 전등 스위치를 켜지 않도록. 내가 괜찮다고 할 때까진 아무것도 건드리지 마라.

물론 전등을 켜도 될 때가 있다. 빈집이라고 다 같은 건 아니다. 전등을 켜는 것은 물론이고 라디오를 듣거나 텔레비전을 봐도 괜찮은 곳이 있긴 하다. 때로는 목욕이나 샤워를 하고, 음식을 만들고, 갖가지 행동을 해도 상관없다. 단, 뭘 하건 이전 상태와 똑같이 되돌려놓아야 한다. 아무도 모르게 말이다.

이 집에서 할 수 있는 건 그리 많지 않다. 방 하나만 빼고는 모든 곳에 창문이 있어서 전등을 켰다간 밖에서 금세 알아챌 것이다. 소음도 마찬가지다. 여기선 각별한 주의가 필요하다. 자칫 큰 소리가 날 경우 옆집 사람들 귀에 들리기 십상이다.

하지만 나는 그러려고 여기로 온 게 아니다. 이 빈집에선 아니다. 물론 아주 작은 소리로 라디오를 켜고 메리 할멈에 관한 뉴스가 나오는지 들어볼 수는 있다. 그러나 내가 라디오를 켜고자 한다면 오직 그 뉴스가 궁금해서일 뿐이다. 말했다시피, 나는 라디오나 텔레비전 때문에 이 빈집에 온 게 아니다.

내가 여기 온 건 책 때문이다.

이 집의 노부부는 정말 못 말리는 독서광이다.

처음부터 책이 좋았던 건 아니지만 지금은 나도 책 읽는 재미에 푹 빠져 있다. 가끔씩 심란해서 미칠 지경인 나를 진정시켜주는 것은 바로 책이다.

뭐, 늘 그렇다는 건 아니지만. 옛 기억이 주마등처럼 머릿속을 스칠 때는 무슨 수를 써도 헛짓거리일 뿐이다. 그렇지만 어쨌든 나는 책이 좋고 이 집에는 수백 권의 책이 있다.

이쪽으로 오라. 아래층을 꼼꼼히 살펴야 한다.

쥐 죽은 듯 고요하고 칠흑처럼 어둡다. 나는 어둠을 사랑한다. 포근하게 몸을 감싸는 그 느낌이 좋다. 따뜻한 침대 같은 거다. 위층에 어둠보다도 따뜻한 침대가 나를 기다리고 있지만.

아래층은 확인이 끝났다. 이 책들 보이는가? 마지막으로 이렇게 많은 책이 한곳에 있는 걸 본 게 언제였을까? 그 노인네들이 이걸 다 읽을 수나 있을지 모르겠다.

거실로 가자. 벽에 걸린 사진들의 위치를 기억해두어라. 공연히 건드려서 위치를 흩뜨리면 안 된다.

계단을 오른다. 그저 조심하자는 것이지만 살금살금 걷도록.

층계참에 멈춰 서서 주위를 돌아보라.

책이 또 있다. 선반들이 무겁다고 아우성이다. 책, 책, 책. 위층에 있는 방들이 다 이런 식이다. 심지어 욕실에도 책이 있다. 이것 좀 보라. 지난번 여기 왔을 때 내가 읽으려 했던 책이다.

《슈퍼맨과 힘을 향한 의지》

사실 만화책인 줄 알고 펼쳐 들었지만 그림은 코빼기도 보이지 않았다. '니체'라는 괴짜에 대한 글만 깨알같이 박혀 있을 뿐이다. 집어치우고, 이걸 읽어보자.

《보물섬》

바로 이런 게 '이야기'지. 이 책은 여섯 번도 넘게 읽었다. 이 집에 올 때마다 한 권씩 통독했다. 처음부터 끝까지 쉬지 않고, 한

단어도 놓치지 않고. 난 읽는 속도가 빠르다. 하룻밤 새 한 권쯤이야 내겐 쉽다. 다른 빈집에도 책은 있고 굳이 캄캄한 어둠 속에서 읽지 않아도 되는 경우가 있긴 하지만.

상황이 달라지는 건 아니고.

단지 단어가 눈에 보이기만 하면 나는 족하다.

하지만 지난번에 왔을 때는 《보물섬》을 다 읽지 못했다. 너무 피곤했다. 잠이 필요했다. 짐 호킨스가 사과 저장통에 숨어서 해적들의 음모를 엿듣는 대목까지 읽었고. 그런데 외다리 존 실버가 부하에게 사과를 가져오라고 명령한 그 순간…….

쉿!

조용, 숨소리도 내지 마라.

뒷문에 누가 있다.


아무 소리도 내면 안 된다. 내 뒤에 가만히 있어라. 내가 계단 옆으로 아래를 살펴볼 테니.

아무도 없다. 뒷문까지 보인다. 하지만 분명 밖에 누가 있다. 어떻게 아는지는 묻지 마라.

쉬잇!

텃밭에서 발소리가 들린다. 문 쪽으로 다가오는 그림자도 보인다. 문 앞에서 멈춘다. 이제 놈이 보인다. 메리 할멈의 현관 밖에 있었던 투덜이 괴한이다. 흉악하게 생긴 건달. 메리 할멈 집에서도 놈을 가까이에서 봤지만 여기서는 계단 위라 그때보다 더 잘 보인다. 반면 놈은 날 볼 수 없다. 내가 있는 층계참은 캄캄하게 그늘져 있으니까.

어쨌거나 놈은 이쪽을 쳐다보지 않는다. 문을 한참 노려볼 뿐이다. 놈이 몸을 숙이고 뭔가를 더듬거린다. 제길, 자물쇠를 주워 들었다.

서둘러라 — 조용, 조용히!

복도 끝으로 가서 작은 문을 열고 위로 이어진 계단을 오른다. 잠깐! 덜컹덜컹 소리가 난다. 들리는가? 내 귀엔 들리는데. 아직은 아니지만 놈이 들어오는 건 시간문제다. 계단 끝까지 올라가서 문을 연다.

다락방이다.

다른 방법이 없다. 거기 있는 커다란 마분지 상자들 중 하나를 골라 들어가 숨어라. 찻잔 보관함은 안 된다. 너무 빤하다. 구석에 놓인 상자를 골라라.

아래층에선 아무 소리도 들리지 않는다.

훨씬 더 위험한 징조다. 우린 지금 이 집 꼭대기에 있다. 아래층 소리가 잘 안 들리는 것도 당연하다. 지금쯤 놈은 들어왔을 수도, 아직 밖에 있을 수도 있다.

귀를 기울여보자.

아무것도 안 들린다. 깊은 정적뿐이다.

나는 놈이 들어왔다는 걸 감으로 안다.

아무 소리 내지 말아야 한다. 상자 안으로 들어갈 때 역시, 부스럭 소리조차 금지다.

들어가라. 천천히, 천천히, 들어가 몸을 최대한 웅크려라. 그리고 이제…… 머리 위로 뚜껑을 닫아라.

숨을 멈춰라.

꼼짝 말고 귀만 열어둬라.

아래층에선 여전히 아무 소리도 들리지 않는다. 숨소리도, 속삭이는 소리도 없다. 하지만 놈이 있다는 건 확실하다. 난 안다. 놈이 들어왔고, 날 찾고 있다는 것을. 이게 우연일 리 없다. 내가 메리 할멈네 현관 유리 너머로 투덜이 놈을 목격했다. 놈도 날 보았다. 그놈과 다른 괴한들이 집을 부수고 들어와 메리 할멈을 쐈다. 내가 도망치는 걸 봤다.

나는 목격자다.

투덜이 놈이 내가 가는 방향을 보고 따라온 거다. 아마 밖에 동료 둘을 달고 왔을 것이다. 여기로 오는 동안 분명히 놈들을 따돌렸다고 생각했는데.

구경꾼 양반, 우린 곤경에 처했다.

말 그대로다. 우린 곤경에 처했다.

발소리. 들리나? 아래 층계참이다.

멈췄다. 아니, 다시 움직인다. 놈은 인내심을 갖고 방을 하나하나 찬찬히 확인하고 있다.

불빛은 감지되지 않는다. 손전등을 사용하진 않는 모양이다. 어쨌든 아직까진 아니다. 여기 다락방 창고에서는 손전등을 켤 것 같다. 이 집에서 유일하게 창문이 없는 방. 평소에는 내가 책을 읽으러 오는 곳이다. 그러나 지금은 내가 죽을 곳이 될 판이다.

소리가 멈췄다. 뭘 하는 걸까? 놈이 어디 있는지 짐작이 되지 않는다. 내가 있는 곳 바로 아래, 손님용 침실에 있는 줄 알았는데. 지금은 모르겠다.

다시 발소리가 들린다. 노부부의 침실. 주인이 집에 없는 걸 알았는지 이제는 소리를 죽이려 애쓰지 않는 눈치다. 집 안에 자기 혼자거나 나와 단 둘뿐이라는 사실을 놈은 아는 것이다.

아무튼 놈이 큭큭큭 웃기 시작한다.

놈은 한층 더 대담해졌다. 소리만 들어도 안다.

아예 긴장을 놓은 듯하다.

찰칵!

놈이 그 작은 문을 찾았다. 다락방으로 이어지는 계단 아래에 있는 문. 놈이 그 문을 연다.

정적.

소리는 들리지 않지만 이제 놈의 기운이 느껴진다. 계단 아래에서 위를 올려다보고 있다. 놈이 올려다본다는 걸 나는 그냥 안다. 올려다보면서, 내가 있다는 신호가 될 만한 소리를 찾기 위해 귀를 기울이는 중이다. 잠시 후 놈은 계단을 올라올 것이다. 여기 다락방에 창문이 없다는 걸 알자마자 전등 스위치를 켜거나 손전등을 켤 것이다.

그럼 난 끝장이다.

계단을 오르는 발소리.

한 걸음, 한 걸음, 꽉 진중한 걸음이지만 그는 기분이 아주 좋다. 다락방에 아무도 없다면, 그 발소리를 들을 이도 없다. 다락방에 내가 있다면, 내가 그 소리를 듣는다. 놈이 원하는 바다. 놈은 내가 겁먹길 바란다.

발소리가 멈춘다.

계단을 다 오른 것이다. 묵직하게 내뱉는 한숨소리. 문이 열린다. 한 걸음, 두 걸음, 세 걸음, 거기서 멈춘다.

투덜이 놈이 다락방 안으로 들어왔다.

최대한 몸을 웅크리고 아무 소리도 내지 않는다. 아무것도 보이지 않는다. 상자 안쪽, 침침한 어둠뿐. 나는 떨고 있다. 여기서 빠져나갈 방법은 없다.

팅!

불이 켜진다.

놈이 한 짓이다. 다시 정적이 감돈다. 놈이 그 자리에 서서 주위를 둘러본다. 투덜이 놈의 머리가 움직이는 게 눈앞에 보이는 듯하다. 다시 무거운 한숨소리가 들린다. 계단으로 여기까지 올라오느라 지친 기색이 역력하지만 아직 위험하다. 놈을 피해 달아날 수 있다면 무사하겠지만, 놈한테 잡힌다면 난 죽은 목숨이다.

발소리가 들린다. 놈이 이쪽으로 오고 있다.

멈춘다. 뭔가 뒤적이는 소리. 찻잔 보관함을 뒤지는 것이다. 놈은 덜그럭덜그럭 찻잔을 헤집으며 코를 쿵쿵대다 재채기를 한다. 옷소매로 코를 훔치는 소리가 이어진다. 그리고 또 찻잔끼리 부딪치는 소리.

소리가 멎는다.

발소리. 이번엔 좀 더 가깝다. 놈이 다른 상자들을 뒤지고 있다. 지금이 바로 도망칠 때인지도 모르겠다. 놈이 다른 상자를 헤집는 동안 나는 순식간에 튀어나가 아래층으로 냅다 도망치는 거다.

너무 늦었다. 상자 뒤지는 소리가 멈추고 놈이 다시 걸음을 옮기고 있다.

놈은 상자 앞에 있다. 내가 있는 상자 앞. 놈의 숨소리가 거칠어지나 싶더니 이내 에취, 하고 또 재채기를 한다. 무언가가 내 상자를 건드린다. 뚜껑을 잡고 흔들기 시작한다. 그리고…….

휴대폰이 울린다.

뚜껑의 흔들림이 멈춘다. 나는 상자 안에서 바들바들 떨고 있다. 놈이 뚜껑을 완전히 열진 않았지만 상자를 흔든 탓에 그 틈으로 나는 놈의 옆얼굴을 볼 수 있게 되었다. 놈은 휴대폰을 귀에 대고 있다.

"어, 그래."

마치 침몰하는 함선 같은 목소리다.

잠시간의 침묵 끝에 놈이 다시 입을 연다.

"여기 없어. 거긴 뭐 없어?"

다시 잠깐의 침묵.

"알았어. 거기서 보자고."

전화를 끊는다.

얼굴을 돌리고 싶다. 놈이 시선을 내리까는 순간, 뚜껑과 상자 사이 틈으로 내 시선과 딱 마주칠 것 같다. 그러나 놈은 내려다보지 않고 곧장 문 쪽으로 돌아간다. 다시 한 번 재채기 소리가 들리고, 불이 꺼진다. 그리고 탁, 탁, 탁, 발소리가 층계참까지 이어진다.

집 뒷문이 열리는 소리는 들리지 않는다. 다만 집 측면으로 돌아 거리로 빠져나가는 놈의 발소리가 들려온다.

그렇게 놈들은 갔다.


나는 상자 밖으로 나와서 계단을 내려가 노부부의 침실로 들어간다. 창문가로 가서 밖을 엿본다.

놈이 길을 따라 가고 있다. 뒤돌아보지 않고, 다른 집들을 기웃거리지도 않는다. 휴대폰 통화를 하고 있다.

나는 놈이 길 저편으로 사라질 때까지 계속 바라본다. 다른 두 놈의 모습은 보이지 않는다. 거리엔 아무도 없다. 내가 이 동네를 좋아하는 이유도 그것 때문이다. 거리에서 얼쩡거리는 사람이 없기에.

그러나 지금은 여기에 있는 게 불안하다.

기운이 없다. 생각해야 한다, 정말이지 생각이 필요하다. 놈들이 나를 찾고 있다는 건 의심할 여지가 없다. 메리 할멈을 죽이는 장면을 내가 목격했기 때문일 것이다. 그게 아니라면…….

아니, 그럴 리는 없다. 그 일과는 아무 상관 없다. 아무렴…….

실은 내가 당신에게 털어놓지 않은 게 있다. 나를 뒤쫓는 놈들이 또 있다는 것을. 이유는 알 것 없다. 댁이 알아둬야 할 것은 내게 적이 있다는 사실뿐이다. 그것만으로도 큰 문제란 말이다, 알겠는가? 심각한 문제다. 거기엔 복잡한 사연이 있다.

문제는, 내가 정말 두려워하는 놈들은 직접 움직이지 않는다는 점이다. 그들은 다른 사람을 보낸다. 그들이 저 괴한들을 보냈는지도 모른다.

그러니까 그 투덜이 놈과 다른 두 명의 남자는 내가 놈들의 소행을 봤기 때문에 내 뒤를 쫓는 것일 수 있고, 어떤 패거리의 지시에 의해 움직이는 것일 수도 있다. 그리고 후자라면 생각보다 더 심각한 상황에 처한 것이다. 나를 추적하여 도시까지 왔다는 뜻이니까.

놈들이 그럴 수 있을 거라곤 생각하지 못했다. 그 누구도 그럴 순 없을 거라고 생각했다. 그저 이곳으로 와서 세상에 존재하지 않는 듯 살아갈 수 있을 줄 알았다.

작년에 나는 트릭시의 구역에서 활동하다가 그녀에게 걸렸다. 그래서 그녀는 자기가 날 안다고 생각한다. 날 안다고 여기는 자들이 몇 명쯤 더 있긴 하다. 죽은 척 살아간다 해도 아예 사람들을 상대하지 않을 수는 없다. 먹을 것을 사는 등 최소한의 활동까지 피할 수는 없는 법이다.

하지만 나는 명백한 유령이다. 나는 자고 싶은 곳에서 잔다. 가고 싶은 곳으로 간다. 나 자신을 원하는 이름으로 부를 수 있다. 내가 도시로 온 이후로는 짭새들조차 날 건드리지 못했다. 심지어 나하고 마주친 적도 없다. 짭새들에게 내 과거 기록이 있긴 할 테지만 어쨌거나 내가 여기 온 후로 그들이 날 본 적은 없다. 다 내가 의도한 바다.

슬슬 진심으로 겁이 나기 시작한다. 게다가 메리 할멈 일 때문에 질식할 것만 같다. 죽어 나자빠진 할멈의 모습이 뇌리에서 사라지지 않는다. 하지만 여기서 마냥 이렇게 축 처져 있을 수만은 없다.

늘 하던 대로 해야 한다. 씻고, 먹고, 마시고, 자기. 멀쩡하게 숨 쉬며 잘 살아가기.

그만 떨고 이리 와라. 일어서, 움직이란 말이다. 침실을 빠져나

가 어둠을 헤치고 욕실로 들어간다. 내가 뭐랬나? 여기에도 책이
널려 있다. 저 화분에 있는 게 무슨 식물인지는 묻지 마라. 내가
알 리가 없잖은가. 사실 저런 화분 따위엔 관심도 없다.

　수도꼭지를 튼다.

　물의 감촉이 좋다. 패거리들한테 두들겨 맞은 부위가 아직도
쓰라리지만 상관없다. 물이 차갑다. 샤워기를 사용하고 싶지만
너무 피곤하기도 하고 아직은 안심하기에 이르다는 생각이 든다.
이런 기분은 익숙하지 않지만 나만의 은신처에서 그 투덜이 놈을
보니 불안감이 좀처럼 가시지 않는다.

　얼굴을 말리고 화장지로 주변을 깨끗이 닦아낸 뒤 변기 물을
내린다. 흔적을 없애는 것이다. 내가 여기 있었다는 증거를 남기
지 말아야 한다.

　아직도 몸이 떨린다. 멈출 수가 없다. 왜 이렇게 안정이 안 되
지?

　책을 읽어야겠다. 도움이 될 것이다. 떨림을 멎게 할 수는 없
을지 몰라도 해롭진 않을 테니까. 여기 있군. 한때 꽤나 좋아했던
책이다.

　《버드나무에 부는 바람》

　나중에 읽겠다. 일단 배를 좀 채워야겠다. 욕실에서 나와 계단
을 내려간다. 벽에서 떨어져 걷도록. 아까도 경고했지만 사진들
을 건드리면 안 된다. 사진 하나가 이미 비뚤어진 채 걸려 있다.

투덜이 녀석이 지나가면서 건드린 것 같다. 내가 그런 게 아니다.

사진을 제자리로 돌려놓고 계단을 마저 내려간다.

놈은 뒷문을 잠그지 않고 가버렸다.

다시 잠가놓고 주방으로 간다. 여긴 음식이 차고 넘친다. 그래서 더욱 맘에 든다. 착한 노부부는 정리를 잘하는 편이 아니다. 책도 너무 많고 음식도 너무 많다. 찬장을 열어보자.

보이는가?

온통 삶은 콩 통조림들이다. 겨우 노인네 둘이 사는 집에 어째서 콩 통조림이 이렇게나 많은지 모르겠다. 그 밖의 다른 통조림들도 좀 보라. 노부부가 찬장에 뭘 쟁여놓았는지는 하늘만이 알 것이다. 그럼 빵 바구니를 들여다볼까?

산더미처럼 쌓여 있군.

오케이, 콩 통조림, 옥수수 통조림, 양송이 통조림, 식빵 세 조각. 가스레인지 위는 그릴, 아래는 토스터. 그릴 위에 프라이팬을 올린다. 불을 켠다.

지금부터는 아주 조심해야 한다. 조명을 켜진 않았지만 그릴이 희미한 불빛을 뿜어내니까 말이다. 텃밭에 투덜이 놈이 있다면 금세 알아챌 것이다. 옆집에선 보이지 않는 사각지대라서 아마 별일은 없을 테지만 그래도 조심해야 한다.

그리고 우린 이제 약간의 위험을 감수할 참이다.

나는 라디오를 켠다. 단 볼륨은 아주 낮게. 메리 할멈에 관한 뉴스가 나오는지 확인하고 싶어서다. 누군가가 할멈의 시체를 발견했을지도 모르잖은가.

"오늘의 주요 뉴스입니다. 영국 수상이 이번 정부 계획과 관련하여 하원의 격렬한 비난을 받고 있습니다……."

그러나 그뿐이다. 경찰의 발표, 새로운 암 치료제, 지구온난화, 어떤 배우의 죽음. 메리 할멈에 관한 뉴스는 없다. 토스터를 켜고 프라이팬 속에 담긴 내용물을 휘젓다가 라디오를 끈다.

더는 듣고 싶지 않다.

목이 멘다. 도대체 할멈에게 무슨 일이 벌어진 건가? 바닥에 널브러진 할멈의 시체가 계속 어른거린다. 용기를 내서 짭새들한테 전화를 걸어야 했는데. 지금이라도 신고를 할까? 이 집에도 전화기는 있으니.

그렇지만 난 신고하지 않을 것이다.

먹자, 어서 들어라. 우린 먹어야 한다. 여기 접시, 나이프, 포크. 토스트에 버터를 바르고 프라이팬에 담긴 음식을 접시에 옮긴다. 군침 도는 향이 퍼진다. 맛있게 먹을 수 있기만을 바라보자. 그러나 실패다. 메리 할멈 생각에 입맛도 없다.

먹을 수가 없다. 이 음식들을 삼킬 수가 없다. 아무것도 목구멍으로 넘길 수 없다. 먹지도 못하고 생각마저 멈춰버렸다.

음식을 쓰레기통에 쏟아버리고 뚜껑을 덮는다. 설거지를 하고 물기를 없앤 후 식기를 모두 원래 위치로 되돌려놓는다. 가서 잠이나 자자. 내일은 오늘보다 낫겠지. 내일 내가 무슨 일을 해야 할지는 잘 알고 있다. 그러나 지금은 잠이 우선이다. 오늘 일은 모두 지워버려야 한다.

위층으로 올라가 책을 집어 든다. 놓치지 않게 꼭 붙든다.

《버드나무에 부는 바람》

이 책에 대해 좀 아는가? 그중에 이 내용은? 물쥐와 두더지가 눈길을 헤매다가 불현듯 두더지가 옛 집의 냄새를 맡고, 함께 돌아가 옛 집을 되찾게 된다는 이야기. 난 이 부분을 읽다가 잘 생각이다.

하지만 다락방으로 올라갈 마음은 추호도 없다.

제대로 눕고 싶다. 따스한 온기가 필요하다. 어둠 속에서 책 읽는 건 어려운 일이 아니다. 사실 이 책 같으면 단어들을 일일이 눈으로 볼 필요도 없다. 안 보여도 훤히 아는 내용이다.

맨 위층에 손님용 침실이 있다. 여기가 내 잠자리다. 오래된 깃털이불을 둘둘 말아 팔에 든다. 침대 위로 뛰어들어 깃털이불을 덮는다. 이 이불은 나의 오랜 친구다. 이 녀석의 냄새를 분간할 수 있다. 기분 좋은 감촉. 기분 좋은 온기와 어둠.

책을 펼친다.

생각했던 것보다 글씨가 잘 보인다. 팔락팔락 책장을 넘긴다. 여기다. 소제목은 'Dulce Domum.' 라틴어다. 찾아봤지만 그 뜻은 모른다. 아무튼 두더지가 옛 집을 되찾는 부분이다. 두더지가 냄새를 좇아가다 땅속으로 내려가 자신의 작은 집을 찾는다.

어이 구경꾼, 우린 이쯤에서 헤어지자. 지금부터는 혼자 있고 싶다. 아니, 두더지랑 단 둘만 남고 싶다. 그러니 그쪽은 사라져라.

내일 아침에 다시 보자.


잠에서 깬다. 새벽 여섯 시 정각.

슬슬 움직일 시간이다. 메리 할멈 일을 처리해야 한다. 그리고 누가 보기 전에 어서 여길 떠나야 한다. 별일은 없을 것이다. 누누이 얘기했듯이 여긴 물정 모르는 노인네들이 모여 사는 따분한 동네다. 그렇다고 경계를 늦춰도 된다는 애긴 아니다.

침실 점검. 깔끔하다. 다시 확인한다.

책도 선반 위의 원래 자리에 놓는다. 주위를 둘러본다. 손자국도 없고, 바닥에 얼룩 하나 남지 않았다. 다음은 욕실 차례다. 물로 쓸어내고 물기를 말린 후 물건들을 정돈한다. 휘이 둘러본다. 아래층으로 내려간다. 아침식사는 생략하자. 메리 할멈 걱정에 배고픈 줄도 모르겠다. 무슨 일이 벌어졌는지 두 눈으로 확인해야 직성이 풀릴 것 같다.

주방. 꼼꼼히 확인해본 후 건조기 뒤에 둔 신발을 꺼내 신는다. 텃밭 쪽도 잘 살핀다. 아무런 흔적도 없고 조용하기만 하다. 울타리 위에 검은지빠귀, 별채 쪽에 울새. 청명하고 차가운 하늘.

눈에 띄는 동네 주민도 없다.

문에 열쇠를 넣고 천천히 돌린다. 바깥 상황에 귀를 기울인다. 멀리서 들리는 자동차 소리뿐, 별다른 건 없다. 문을 밀어 열고 바깥을 슬쩍 내다본다. 아무도 없다. 밖으로 나와 문을 잠근 후, 별채로 가서 돌 밑에 열쇠를 넣어둔다. 보행로를 따라 집 옆으로 돌아 나간다.

거리를 확인해본다. 좋다, 고요하다. 한적하니 아름답기까지 하다.

왜 이렇게 기분이 좋지?

어이, 서둘러라. 빨리 움직여야 한다.

거리로 나서서 농지에서 멀어진다. 교차로에 이르면 바튼 애비뉴로 접어든다. 구경꾼 양반, 뒤처지지 말고 바짝 붙어라. 기차가 다니는 철교를 넘어 들판을 가로지른 다음 골목길을 따라가다 공원을 통과한다.

사방이 고요하지만 경계를 게을리해선 안 된다. 절대로 경계를 늦추지 마라. 이 시간대에 돌아다니는 자들은 대개 개를 데리고 산책하는 사람들뿐이지만 위험요소는 언제든 존재한다. 지금 이 순간도 우리는 신중해야 한다. 말했잖은가 — 나를 뒤쫓는 자들이 있다고. 그들이 날 보기 전에 내가 먼저 그들을 발견해야 한다. 알아듣나?

계속 움직여라. 걸음을 늦추지 마라.

도시 외곽에 닿았다. 그녀도 잠에서 막 깨어난 참이다. 아직 졸린 기색이 역력하지만 두 팔을 뻗고 기지개를 켜며 하품을 하고 있다. 자동차, 버스, 자전거가 내달린다. 벌써 밖으로 나온 인간들이 꽤 많다. 교복을 입은 학생들, 정장을 입은 회사원들, 꼬맹이들, 가게 문을 여는 직원들. 두어 명의 경찰관도 나와서 교통정리를 한다.

지금까진 허수아비들뿐이다. 위험한 인간은 없다. 그러나 진짜 위험한 인간은 원래 눈에 띄지 않는 법이다. 그러니까 늘 두 눈을 크게 뜨고 경계하란 말이다. 한시도 안심할 수 없다.

왼쪽으로 꺾어 고속도로 진입로 아래 지하도를 지나서 또 왼쪽으로 꺾는다. 반대편 끝에 닿으면 메리 할멈의 오두막집이 나온다. 이제 조금 천천히 가자.

우리 모습이 발각되면 안 된다.

운하가 있다. 보이는가? 건너편 왼쪽에. 조금 뒤로 물러서라. 주차된 자동차들 뒤에 몸을 숨긴다. 그 상태로 주위를 살피며 천천히 전진. 끊임없이 주변을 살펴야 한다. 여기 오니 뭔가 불길한 예감이 든다. 그 괴한들이 아직 주변에 있는지도. 내가 여기 왔었다는 사실을 그들도 안다. 내가 돌아올 경우를 대비해 이곳을 예의 주시하고 있는지도 모른다.

놈들은 보이지 않는다. 아무도 없다.

저기, 공장지대로 이어지는 도로다. 오두막집이 보이는가? 정적만이 감싸고 있다. 근처에 짭새들은 보이지 않는다. 경찰차도 없다. 쥐새끼 한 마리 얼씬거리지 않는다. 운하 쪽에 보이는 두 명은 조깅을 하는 중이다. 비쩍 마른 남자와 여자. 그 두 명이 전부다.

주변을 점검해본다. 오두막집으로 더 가까이 다가간다. 언제든 도망칠 준비를 하고. 지금은 여기 주차된 차들이 달갑지 않다. 날 숨겨주기도 하지만 마찬가지로 다른 놈들도 숨겨줄 수 있으니까.

계속 간다, 천천히, 천천히.

여전히 근처엔 아무도 없다. 도로 위에 화물트럭이 공장지대로 향하고 있다. 자동차 두 대와 우체국 트럭이 지나간다. 다들 금방 시야에서 사라진다. 맨 끝에 주차된 자동차 뒤에서 잠깐 멈춘다. 자동차에 바짝 붙어서 몸을 낮춘 채 도로 쪽을 살펴본다.

오두막집 외관은 어제 모습 그대로다. 현관문은 닫혔지만 문 유리가 깨져 있다. 여기서 보이는 창문은 모조리 닫힌 상태다. 아니, 잠깐만……

현관문이 닫히지 않았다. 닫혀 있다고 생각했는데 지금 보니 살짝 열려 있다. 분명히 조금 열려 있다.

좀 더 가까이 가서 확인해봐야겠다.

주변을 살펴본다. 왼쪽, 오른쪽, 뒤편도 살핀다.

도로를 건너 대문 앞에 선다. 다시 살펴본다. 대문을 지나 현관 문에 닿는다.

과연. 문이 살짝 열려 있다. 투덜이 놈이 워낙 마그잡이로 부숴

놓아서 제대로 닫히지 않는 것이다.

집 안을 둘러본다. 멀쩡해 보인다. 거실에는 아무도 없고, 카펫 위에 유리 조각들이 흩어져 있을 뿐이다.

돌아가자. 안으로 들어가는 건 너무 위험하다. 그런 건 느낌으로 알 수 있다. 집 옆으로 돌아간다. 아주 살금살금, 찍 소리도 내면 안 된다. 첫 번째 창문이 보인다. 집 옆벽에 붙어 창문 모서리로 안을 엿본다. 내가 옷을 갈아입었던 방. 아무도 없다.

다음 창문. 욕실이다. 간유리가 끼워져 있다. 다음 창문.

커튼이 쳐져 있다.

귀를 대본다.

아무 소리도 들리지 않지만 이 안에서 뭔가 나쁜 일이 벌어진 게 틀림없다. 어떻게 아는지는 묻지 마라. 집 반대편 옆벽으로 돌아간다. 주방 유리가 깨져 있다. 지금 내가 선 곳은 지난밤 괴한 둘이 서 있던 바로 그 자리다.

안을 들여다본다.

아무것도 없다. 바닥에 어지럽게 흩어진 유리 조각들뿐. 식탁 위에 양초도 아직 있다. 다 녹아서 뭉그러졌지만.

메리 할멈은 고사하고 쥡새나 사람의 흔적조차 없다. 하지만 나는 커튼이 드리운 그 방을 확인해볼 생각이다. 하지만 내가 이 짓을 하고 싶어서 하는 건 아니다. 맹세코 싫다. 도망치고 싶은 심정이다. 그렇지만 메리 할멈한테 진 마음의 빚이 있다. 할멈은 아직도 집 안 어딘가에 누워 있을지도 모른다.

어쩌면 숨이 붙어 있을지도 모른다.

현관문 앞으로 간다. 다시 몸이 떨려오기 시작한다. 싫어 죽겠다. 진정하자, 진정해. 절대 빈틈을 보여선 안 된다. 조용히 움직인다. 문 앞에 선다. 무슨 소리가 들리나 귀를 쫑긋 세우고, 다시 안을 들여다본다. 역시 아무도 없다. 천천히 문을 밀어 연다. 활짝 열어둔다. 만에 하나 똥줄 빠지게 도망쳐야 할 경우가 생길지도 모르니.

안으로 들어간다. 발밑에 유리 부스러기가 밟힌다. 집 안을 둘러본다. 여전히 아무런 기척도 없다. 움직임, 숨소리, 그림자조차 없다. 하지만 위험하다. 난 느낄 수 있다.

별안간 휙 돌아본다.

현관 쪽도 고요하다. 바깥의 길거리까지 훤히 트여 있다.

다시 돌아선다. 거실 안으로 슬금슬금 들어간다. 주방 밖에서 멈춘다. 다시 확인해보자. 주방에도 사람은 없다. 할멈의 침실로 건너간다.

문이 닫혀 있다.

가만, 귀를 대본다.

쥐 죽은 듯하다. 거실로 돌아온다. 텅 빈 채 고요한 거실. 침실 문에 귀를 대본다. 역시 아무 소리도 들리지 않는다. 오직 내 숨소리뿐이다.

손잡이를 돌린다. 난 언제든 튀어나갈 채비가 돼 있다.

끼익 소리에도 아무런 반응이 없다. 안에서 누군가가 고함을 칠 거라고 예상했지만. 조용하다고 안심해서는 안 된다. 나는 문을 밀어 열고는 뒤로 한 발짝 물러선다.

"헉!"

침대 옆 바닥에 그녀가 천장을 향한 채 누워 있다. 그 곁에는 나동그라진 의자가 있다. 그러나 그건 메리 할멈이 아니다.

트릭시!

당장 여기서 벗어나고 싶지만 다리가 말을 듣지 않는다. 나는 무릎을 꿇고 앉는다.

"트릭시!"

"안됐지만 걘 네 도움을 받지 못할걸."

나는 벌떡 일어나 주위를 둘러본다.

문 뒤에 한 남자가 서 있다. 지난밤 주방 유리를 통해 보았던 괴한들 중 하나다. 놈은 내내 이곳에 남아 있었던 것이다. 그리고 또 하나의 형체가 눈에 들어온다.

트릭시와 한 패였던 여자애다. 이름은 모른다. 구석에 쓰러져 있다. 눈빛이 흐리지만 죽진 않았다. 잔뜩 겁에 질렸을 뿐이다.

괴한이 그녀에게 흘긋 시선을 던진다.

"가엾게도 말을 잃었더군. 다 똑같아, 이런 애송이들은. 거리에서 산다고 지들이 꽤 거친 줄 안단 말이지. 살짝 겁만 줘도 저렇게 무너지는 주제에."

놈은 그녀를 향해 확인하듯 외친다.

"안 그래?"

그녀는 대답하지 못하고 부들부들 떨고만 있다. 얼굴에 핏기가 하나도 없다. 웅크린 자세에서 꼼짝도 하지 않는다. 도움을 받기는 글렀다. 괴한이 문을 닫고 거만한 표정으로 나를 노려본다.

"네놈이 돌아올 줄 알았다."

나는 부지런히 주위를 살펴본다. 분명 할 수 있는 일이 있을 텐데.

"아무것도 없어."

놈이 나에게 시선을 떼지 않고 말한다.

"네가 할 수 있는 일은 없다고."

"원하는 게 뭐야?"

"뭐긴 뭐야, 너지. 당연한 걸 묻는군."

"도대체 왜?"

"너니까. 네놈의 정체 때문이지."

"내 정체가 뭔데?"

"이런, 우린 똑똑한 사람들이야, 안 그래? 눈치 하난 끝내주지. 네놈에 대해선 익히 들었다."

"그쪽은 날 몰라. 난 어쩌다 이 집으로 굴러들어 온 불청객일 뿐이야. 그쪽은 날 본 적도 없잖아.”

“들었던 모습하고 정확히 일치하는걸. 지난 3년간 변한 걸 감안해도 말이야.”

나는 슬쩍 여자애 쪽을 살핀다. 그녀라도 뭔가 해주면 좋으련만. 둘이라면 놈을 교란시킬 수 있을 텐데. 놈은 맘을 먹었다면 벌써 날 해치웠을 것이다. 놈이 원하는 게 단순히 날 죽이는 것이었다면 진즉 내 숨통을 끊어버렸을 것이다.

트릭시에게 그랬듯이.

내 시선이 트릭시에게 닿는다. 그녀는 죽었다. 이론의 여지가 없다. 놈이 저 의자로 트릭시의 머리를 내리쳤다. 나는 다시 괴한과 시선을 마주친다.

“이 애는 왜 죽인 거지? 뭘 어쨌기에?”

“내가 이 앨 죽였다고? 누가 그래?”

거짓말이다. 단언컨대, 놈이 죽인 거다. 나는 여자애를 향해 큰 소리로 묻는다.

“이자가 죽인 거지?”

묵묵부답. 내 질문을 듣지도 못한 것 같다. 몸을 곱송그린 채 구석에 처박혀 있을 뿐이다. 괴한이 설레설레 고개를 젓는다.

“저건 ‘아니’라는 뜻이야.”

“내 귀에는 ‘그래’로 들리는데.”

놈은 들은 체도 하지 않는다. 어느새 휴대폰을 귀에 대고 있다.

"찾았어. 어, 오두막집에서. 얼마나 걸려? 오케이, 5분 후에 보자고."

전화를 끊으며 놈은 나를 향해 빙긋 짧은 미소를 날린다. 나는 여자애를 향해 힘껏 소리친다.

"칼, 이리로 던져!"

여전히 꿈쩍도 않는다. 심지어 눈길조차 주지 않는다. 괴한이 비아냥거린다.

"그러긴 어려울 거야. 그 칼이라는 거, 아마 지금은 나한테 있을걸? 아까 쟤랑 가볍게 한판 붙었거든. 그때 내가 슬쩍했지."

놈은 칼을 꺼내 흔들며 또 한 번 야비하게 웃는다.

그래, 그거다. 그녀를 건드리긴 싫지만 다른 방법이 없지 않은가. 나는 트릭시의 재킷 주머니로 손을 넣어 단번에 주머니칼을 찾아낸다. 꺼내고, 펴고, 뒤돌고. 그 모든 게 한 동작처럼 순식간에 이루어진다.

괴한의 표정이 굳는다. 놈은 경계 어린 눈초리로 나를 살핀다. 놈은 내가 잠시 시선을 돌린 틈을 타 날 해치웠어야 했다. 왜 그러지 않았을까? 미성년자를 대할 땐 무진장 조심하는 부류인가. 그러나 놈은 확신에 찬 어조로 말한다.

"역시! 이제 확실히 알겠군. 넌 내가 생각했던 그 애가 맞아."

대답하지 않는다. 관찰하고, 기다린다. 순간을 노리는 것이다. 기회는 오직 한 번뿐이리라.

“네 녀석이 ‘블레이드’로구나.”

“엉뚱한 사람을 잡은 거야.”

“칼 다루는 솜씨가 보통이 아니라지?”

“사람 잘못 봤다니까. 난 ‘블레이드’라는 녀석을 몰라. 처음 듣는 이름이라고.”

“하지만 네 녀석 칼 다루는 솜씨가 장난 아닌데. 칼 든 폼만 봐도 알아. 아무렇게나 던져도 원하는 곳에 명중시킬 것 같잖아.”

“그렇담 형씨, 조심하는 게 좋을 거야.”

“그럼, 그럼. 얼마나 조심하고 있는데.”

정말 그렇다. 잘난 척 떠들어대지만 놈의 시선은 내게 고정돼 있다. 놈의 속이 훤히 들여다보인다. 눈앞의 애송이한테 먼저 칼침을 한 방 먹일까 고민하는 거다. 치명상을 입힐 수도 있지만 빗나갈 공산도 크다. 놈은 위험을 감수하느니 동료들이 올 때까지 기다리기로 한다.

집 밖에서 자동차 엔진 소리가 들린다.

괴한의 얼굴에 의기양양한 미소가 어린다.

“곧 옛 친구들을 만나게 될 거야. 다들 널 다시 볼 날만을 목 빼고 기다린다고. 할 얘기가 무지 많겠지.”

놈은 여자애를 향해 시선을 던진다.

“불행하게도 무고한 친구의 입을 봉해야 할 것 같군. 하지만 굳이 위험을 무릅쓸 필요는 없지. 너희 둘 다 무슨 뜻인지 이해하겠지."

엔진 소리가 멎는다. 차 문이 열리고 두 놈이 내린다. 아마 투덜이 놈이랑 다른 한 놈일 것이다. 보행로를 따라오는 발소리가 들린다. 무슨 짓이든 해야 해, 지금 당장 행동해야 한다고.

그런데 여자애가 먼저 움직인다.

갑작스런 그녀의 행동에 순간 멈칫한다. 문가에 선 괴한도 피차일반이다. 그녀는 이제 두 발로 서 있다. 거의 이성을 잃은 상태지만 어쨌든 몸을 움직일 수 있게 된 것이다. 그녀가 나에게 악을 쓴다.

"저놈한테 꽂아! 칼을 날리라고!"

발소리가 거실로 들어서고 있다. 나는 칼을 날리기 위해 팔을 쳐든다. 괴한도 칼 든 팔을 쳐들지만 뭔가 부자연스럽다. 칼 쥔 모양이 영 서투르다. 여자애에게서 칼을 빼앗는 데는 성공했지만 칼 쓰는 법은 전혀 모르는 멍청이인 것이다.

그러나 놈뿐 아니라 나 역시 칼을 던질 수 없다. 시간이 너무 촉박하다.

여자애가 침대 위를 가로지르더니 의자를 집어 들고서 창문을 향해 힘껏 내던진다. 유리가 산산이 부서져 흩어지고 의자가 집 뒤 텃밭으로 떨어진다.

괴한은 다시 칼을 겨누지만 문이 벌컥 열리며 놈의 자세를 흩트려놓는다. 거실에 선 채 잡아먹을 듯한 눈길로 나를 노려보는 투덜이가 보인다.

"저기 있다!"

여자애가 내 팔을 낚아챈다.

"창문으로 나가!"라고 외치며 부서진 유리창 사이로 몸을 날린다. 나도 칼을 손에 든 채 곧바로 그녀 뒤를 따른다. 우리는 풀밭을 구르다 버둥거리며 간신히 일어선다.

"뛰어!"

그녀가 외친다.

나는 텃밭 위를 내달린다. 울타리를 넘어 도로로 들어선다. 창을 넘을 때 유리조각에 팔을 깊게 베였다. 등 뒤로 다급한 발소리가 들린다. 나는 여자애를 따라 달린다. 그녀는 바람처럼 빠르게 달음박질친다. 좀 전까지만 해도 꽁꽁 얼어붙어 있더니, 언제 그랬냐는 듯 이제는 거칠 것 없이 질주한다.

그녀가 가는 방향은 운하 쪽이다.

괜찮은 생각인지 모르겠다. 이제는 더 이상 아무것도 모르겠다. 하지만 지금은 생각 따위에 시간을 쏟을 겨를이 없다. 달려야 한다. 죽을힘을 다해 달리고 또 달려야 한다.


우리는 계속 달린다.

다리를 넘고 운하를 건너 뚝방길까지 내달린다. 왼쪽? 오른쪽? 그녀는 오른쪽을 택한다. 도시 방향이다. 난 군말 없이 뒤따른다.

뚝방길에서도 쉼 없이 달린다. 지금은 주변에 아무도 없지만 그녀의 선택이 옳았다. 사람들이 북적이는 곳, 즉 도시로 가는 게 옳다.

뒤를 돌아본다.

투덜이 놈은 안 보이지만 나머지 괴한 둘이 다리에 막 도착한 참이다.

"계속 달려!"

여자애가 말한다.

난 안간힘을 쓰고 있다. 그녀는 빠르지만 난 그렇지 않다. 하지만 괴한들보다 한참 앞서 출발했으니 뚝방길 끝까지 최대한 빨리 도착하면 놈들을 따돌릴 수 있을 것이다. 여자애가 어깨 너머로 슬쩍 뒤를 살핀다.

"제기랄!"

그 한마디에 담긴 뜻을 알겠다. 놈들은 내가 생각했던 것보다 훨씬 빠르다. 우리 뒤를 쫓아 전력 질주하는 놈들의 속도는 나를 젖히는 건 물론이고 여자애보다도 빠르다. 그렇지만 우린 이제 뚝방길 끝에 다다랐다. 출입구를 통과한다.

나는 헐떡이며 "미드웨이 드라이브로 가"라고 한다.

"왜?"

"건물도 많고, 가게, 사람들도 많으니까. 사람들 틈으로 숨어들어야 해."

그녀는 방향을 틀어 미드웨이 드라이브로 향한다. 괴한들이 꽤 가까이 따라붙었다. 뚝방길 출입구를 불과 몇 미터 남겨둔 상태다. 우리는 길을 가로질러 미드웨이 드라이브로 들어선다. 빌딩숲이 우거진 곳이다. 벌써 인파가 상당하다. 분주한 직장인들은 물론이고 쇼핑 천국으로 향하는 여자들도 득시글하다. 교복 입은 학생들도 눈에 띈다. 놈들은 어디까지 쫓아왔을까?

괴한들이 달리지 않고 서 있다. 휴대폰으로 통화하는 중이다. 나는 여자애의 팔을 붙잡는다.

"이제 안 쫓아와."

"나도 봤어."

하지만 그녀는 발을 멈추지 않고 나도 그렇게 한다. 그녀의 판단이 옳다. 가능한 한 거리를 벌려놓아서 놈들에게서 확실히 벗어나야 한다.

우리는 계속 달린다. 난 완전히 기진맥진한 상태이고 분명 그녀도 그럴 것이다. 하지만 얼굴에 아직도 공포가 서려 있다. 아마 트릭시 생각을 하고 있겠지. 나 역시 그랬으니까.

당신도 알다시피, 난 트릭시를 좋아하지 않았다. 오히려 싫어했다. 그렇지만 그녀가 죽는 모습을 보고 싶었던 건 아니다. 메리 할멈의 죽음을 바라지 않았듯이. 할멈은 어떻게 됐을까. 할멈에게 무슨 일이 벌어졌는지, 죽었는지 살았는지조차 나는 아직 모른다. 아마 그 괴한들이 할멈을 죽이고 어딘가에 버렸겠지.

조만간 내가 할 일을 정해야 하리라. 그러나 지금도 단 한 가지 확실한 사실이 있다.

이 여자애와 엮이는 건 정말이지 사양이다. 난 지금 생각할 거리가 너무 많다. 특히 그 괴한들 문제를 고민해야 한다. 놈들은 내 이름을 불렀다. 그것은 놈들이 과거에서 온 존재라는 뜻이다. 정녕 골치 아픈 문제가 발생했다.

죽은 듯 살아가는 데 실패했다는 뜻이니까.

이런 상황에 이 여자애가 곁에서 얼쩡댄다면 전혀 달갑지 않다. 내가 살아남을 수 있었던 건 언제나 혼자였기 때문이다. 이 세상에서 환상으로만 존재하기 위한 방법은 하나뿐이다. 온전히 혼자 지내는 것. 그러면 아무도 건드리지 못한다.

여자애가 달리는 속도를 늦춘다. 다행이다. 지금 나는 심장이 터질 것 같다. 휴식이 필요하다.

거의 도시 한복판에 다다랐다. 사람들이 북적인다. 위험의 징후는 없지만 나는 빈틈없이 주위를 살피고 있다. 지금은 상황이 완전히 바뀌었다. 그 어느 때보다 조심해야 하고, 이제 이 여자애와 어떻게 할지 결정해야 한다. 그런데 그녀도 나름대로 생각이 있는 모양이다.

"이쪽이야."

그녀는 조선소로 이어지는 골목으로 향한다. 내가 잘 모르는 구역이다. 그렇지만 적어도 괴한들의 추적을 따돌릴 수는 있을 것 같다.

그녀를 따라간다. 내키지는 않는다. 사실 이쯤에서 그녀와 헤어지고 싶다. 하지만 그녀에게서 들어야 할 이야기가 있다. 무슨 일이 벌어졌는지 알아야 하니까. 그녀가 메리 할멈에 대해 알고 있을지도 모른다.

하지만 다른 사람을 따르는 건 내 방식에 맞지 않는다. 확실한 안전이 보장되는 곳, 내가 아는 곳으로 가고 싶다.

"어디로 가는 거야?"

대답이 없다. 퍼뜩 다른 패거리들 생각이 난다. 그녀들 앞에 다시 얼굴을 들이밀고 싶지 않다. 그러나 이 여자애는 그녀들을 찾아가는 게 아니다. 그녀가 방향을 바꿔 옆 골목으로 꺾어진다.

전에 와본 적 있는 곳이다. 별다른 특징도 없는, 주정뱅이와 마약쟁이들이 배회하는 막다른 골목길이었다. 신문지를 덮고 자는 막장 인생도 간간이 눈에 띄었다.

그런데 지금은 아무도 없다.

그녀가 벽에 등을 기대고 무너지듯 주저앉더니 고개를 외로 돌린다.

그녀의 입에서 토사물이 쏟아진다.

어쩌란 말인가? 정말이지 더 이상은 못 봐주겠다. 그래, 숨이 턱턱 막힐 것이다. 그녀가 친구를 잃은 것은 안다. 하지만 난 이런 상황을 견딜 수 없다. 내 몸 하나 챙기기도 벅차단 말이다.

그런 눈으로 쳐다보지 마라. 내 몸은 내가 알아서 챙겨야 한다. 알겠는가? 난 지금껏 그렇게 살아남았다.

지금은 무엇보다도 내가 살 궁리를 해야 한다.

나는 그 자리에 선 채 그녀를 내려다본다. 주위 바닥을 온통 토사물로 떡칠해놓고는 더 이상 게워지는 것도 없는데 끊임없이 헛구역질만 해대고 있다.

어찌할 바를 모르겠다.

도대체 이게 다 뭐란 말인가? 내가 뭘 어떡해야 할지, 당신은 아는가?

나는 쪼그려 앉는다.

"괜찮아?"

그녀는 대답하지 않지만 그녀 잘못은 아니다. 내 질문이 멍청했다.

이제 헛구역질이 멈췄다. 그녀는 휴지를 꺼내어 입을 닦은 후 일어나서 나를 바라본다. 두 눈 속에 분노가 가득하다. 나를 지나쳐 몇 미터 걸어가더니 우뚝 멈추어 선다. 그리고 다시 풀썩 주저앉는다. 도무지 알 수 없는 여자애다.

"속을 좀 진정시켜보려는 거야."

"아아."

침묵.

그녀는 내가 보기 싫다는 듯 고개를 떨군다. 내가 가버리길 바라는 기색이다. 나는 그녀를 지나쳐 걸어간다.

"멈춰."

나는 걸음을 멈추고 그녀를 돌아본다. 그녀가 고개를 살짝 든다. 얼핏 보이는 두 눈 속에 여전히 분노가 도사리고 있다.

"가지 마."

나는 그녀 곁에 앉는다. 그녀는 담배에 불을 붙이고 몇 모금 빨아들인 후 나에게 내민다.

"난 됐어."

"모범생이네, 그치?"

나는 대답하지 않는다.

"칼은 어쨌어?"

"달리면서 접었어."

"어디에 있어?"

"주머니 속에."

"이리 내놔."

나는 그녀를 쳐다본다. 눈빛이 심상치 않다. 섬뜩하다. 방금 정신 줄을 놓은 게 틀림없다. 그녀가 손을 내민다.

"내놓으라고."

"칼은 가져가서 뭐하게?"

"안심해, 널 찌르진 않을 테니까."

나는 주머니칼을 그녀에게 건넨다.

그녀는 칼을 받아 들고서 찰칵 하고 날을 펴더니, 흐느끼기 시작한다. 우는 모습을 보니 한층 어려 보인다. 트릭시 일당의 다른 패거리들처럼 그녀도 열일곱 살 언저리일 것이다. 하지만 지금은 그저 겁먹은 여자아이 같다.

그러나 그 흐느낌은 오래 지속되지 않는다. 우악스럽게 눈물을 닦아낸 후 그녀는 다시 열일곱 살로 돌아왔다. 그녀는 칼을 물끄러미 내려다보며 한 손가락으로 칼날을 어루만진다.

"그나저나 그게 네 이름이었어, 맞지?"

갑자기 생각났다는 듯 그녀가 고개를 들어 나와 시선을 마주친다.

"안 그래, 블레이드?"


"내 이름은 조니야."

"그 남자가 널 '블레이드'라고 불렀잖아."

"다른 사람이랑 헷갈린 거야."

"칼 다루는 솜씨가 보통이 아니라고 했어."

"말했잖아. 다른 사람이랑 헷갈린 거라니까."

"내가 봐도 넌 칼을 잘 다루던걸? 칼 잡는 것만 봐도 알겠던데. 칼 잡는 폼이 아주 익숙했어."

"흉내만 내본 거야. 놈을 겁주려고."

"그래서, 네 이름은 '조니'라고?"

“그래.”

“그럼 네가 뻥치지 않을 때의 이름은 뭔데?”

“조니.”

“하지만 난 ‘블레이드’라고 부르겠어.”

안 그러면 좋을 텐데. 나는 그 이름이 떠돌아다니는 게 싫다. 그래, 당신한테 그 이름을 알려주긴 했지만, 내가 도시로 온 이후 그 이름을 발설한 상대는 오로지 당신뿐이다.

그것은 내 과거에 속한 이름이다.

베키가 붙여준 이름이기에 특별하다. 베키가 특별했기 때문이다. 이 여자애가 그 이름을 사용하는 건 용납할 수 없다. 나는 그녀의 시선을 맞받아친다.

“그러는 네 이름은 뭔데?”

“베키.”

젠장, 갈수록 태산이군. 보아 하니 거짓말은 아니다. 그녀의 말은 진실이다. 말했다시피 나는 거짓말과 참말을 확실히 구분할 수 있다. 그녀의 이름은 베키다. 틀림없이 베키다.

“난 널 블레이드라고 부를 거야.”

“배알 꼴리는 대로 부르든지 말든지.”

“뭐가 꼴려?”

“신경 꺼.”

“재미있네.”

"나도 배알 꼴리는 대로 말할 뿐이야."

내 말은 듣지도 않고, 그녀는 다시 훌쩍이고 있다. 지금 그녀가 흘리는 눈물은 오만 가지 감정을 한꺼번에 담고 있다. 분노, 비애, 공포, 반항기까지. 겁먹은 여자아이면서 분노로 어쩔 줄 모르는 거리의 소녀.

게다가 그녀는 아직 손에 칼을 쥐고 있다.

나는 경계를 늦추지 않는다. 날 찌르진 않을 거라고 말했지만 난 절대로 저 칼에서 시선을 거둘 수 없다.

"베키?"

그 이름을 부르니 묘한 기분이 든다. 대답은 없다. 그녀는 하염없이 분노에 찬 눈물만 쏟아낼 뿐이다.

"베키? 그 오두막집에서 무슨 일이 있었던 거지?"

그녀가 고개를 들어 나를 본다. 눈가는 물론이고 얼굴이 온통 눈물범벅이다. 몹시 날카로운 상태란 것을 확실히 알겠다. 나는 그녀의 일거수일투족을 빠짐없이 관찰해야 한다. 그녀는 소매로 눈물을 훔치고는 날 쏘아보며 입을 연다.

"나랑 트릭시, 둘이서 그 집에 숨어들었어. 일종의 시험이었지."

"시험이라니…… 무슨?"

"나를 위한 시험. 내 배짱을 시험하는 거였어."

"패거리에 어울리는지 알아보려는?"

"그래. 그 애들한테 난 아웃사이더더야, 알아? 자격이 없대. 배짱이 두둑하지 못하다는 거지."

그 소리는 맞는 것 같다. 난 패거리 중 다른 다섯 명은 단박에 알아볼 수 있었다. 이 여자애만 처음 보는 얼굴이었다. 뚝방길에서 다른 여자애들이 날 두들겨 팰 때 그녀는 조금 떨어져 구경만 했다. 멀찍이 떨어져 있었던 건 아니었지만.

그리고 결국 그녀도 두어 번 발길질을 했다.

"그러니까, 그게 시험이었다고?"

"응. 트릭시는 쭉 그 오두막집을 눈여겨보고 있었어. 한참 전부터 그 집을 털고 싶어했다고."

"털긴 뭘 털어? 거긴 값나가는 물건도 없는데."

"돈 문제가 아니었어."

"그럼 뭐하러 그 집을 털어?"

"해를 입히자는 거지. 트릭시는 그 집에 사는 인간들을 싫어해. 언젠가 그 집 남자가 개 때문에 거리가 시끄럽다고 한소리 했거든. 마누라도 나와서 거들고. 그 집 아들도 버르장머리 없는 비만 꼬맹이야. 한마디로 사적인 감정 때문이었지. 트릭시가 앙심을 품은 거지."

지금 난 두 귀를 활짝 열고 열심히 경청 중이다. 그 집 남자, 라고? 마누라? 아들? 메리 할멈 얘기는 일언반구도 없다.

"그래서 어떻게 했는데?"

"트릭시가 그 집 사람들이 나가는 걸 봤댔어. 짐을 잔뜩 챙겨

나가는 게, 틀림없이 휴가를 떠난 거라고. 우린 그다음날 오두막 집을 털기로 했지. 그런데 어떤 노파가 개를 한 마리 데리고 와서 는 그 집이 제 집인 양 눌러앉더라고. 우린 할 수 없이 계획을 좀 미룰 수밖에 없었어.”

“노파? 그게 누군데?”

“몰라.”

“그래, 그다음은?”

“뚝방길에서 널 해코지한 다음날, 트릭시가 날 부르더니 가자 고 하는 거야. 개랑 나랑 단 둘이서. 노파가 갔으니까 자기랑 같 이 털자고. 나더러 물건을 좀 훔치고 집 안을 난장판으로 만들어 놓자고. 지문이나 흔적은 절대 남기지 말라고 했어.”

“왜 너만 불렀지? 다른 애들은?”

“내가 무서워한다는 걸 안 거지. 특히 경찰을…….”

“경찰이 왜?”

“네가 상관할 일이 아닐 텐데?”

그녀가 언짢은 눈빛으로 날 쏘아본다. 나도 더 깊이 파고들 생 각은 없다. 그녀에겐 칼이 있고 내겐 없으니까.

“그래서 그 집으로 들어갔단 말이지. 너랑 트릭시랑.”

“응, 하지만 도착하자마자 일이 틀어졌다는 걸 알았어. 현관문 이 박살 나 있더라고. 너도 봤지? 우린 그냥 걸어 들어갔어. 트릭 시가 나보고 작은방을 둘러보랬어. 자기는 주인 침실로 가보겠다고.”

이야기가 어떻게 흘러갈지 짐작이 간다. 상황파악은 된 셈이다. 이야기를 더 들을 필요도 없다.

“트릭시가 시킨 대로 난 작은방으로 갔어. 별거 없더라고. 그래서 침실로 갔는데 거기서…….”

이 대목에서 그녀의 얼굴이 딱딱하게 굳는다. 하지만 이번엔 울지 않는다. 몸을 부들부들 떨며 또 헛구역질을 해대는 와중에도 칼자루를 으스러뜨릴 듯 꽉 붙잡고 있다. 저 손에서 칼을 치워버리고 싶었지만 나야말로 그럴 만한 배짱이 없다. 그녀를 털끝 하나라도 건드렸다간, 우리는 순식간에 적이 되고 만다. 굳이 실행해보지 않아도 안다.

“진정해.”

나는 그녀를 달래본다. 그녀의 귀에는 닿지 않겠지만.

“베키? 진정하라고.”

“닥쳐!”

나는 입을 다문다. 당연히 닥쳐야지. 그녀 스스로 진정하도록 내버려둬야지. 어쨌든 더 필요한 정보도 없고. 그녀는 충분히 말했다. 나머지는 내가 알아서 끼워 맞출 수 있다.

이제 가야 할 것 같다. 여길 벗어나고 싶다. 더 이상은 이 분위기를 견딜 수 없다.

그런데 몸을 움직일 수가 없다.

왜냐고 묻지 마라.

그녀의 헛구역질이 멈췄다. 아직도 덜덜 떨면서, 그녀는 나를 빤히 쳐다본다. 저…… 저 두 눈으로.

그녀가 천천히 한숨을 내뱉는다.

"침실로 갔는데, 바닥에 트릭시가 쓰러져 있었어. 왜 아무런 소리도 못 들었는지 모르겠어. 무슨 말이냐면, 비명소리도 안 들렸다고. 아무 소리도…… 놈이 개를 내려칠 때 쿵 소리라도 나야 하잖아, 하지만 난 못 들었어. 겁에 질린 나머지 소리를 들을 정신도 없었던 것 같아. 당장 도망치고만 싶었으니까."

"그리고 그다음엔?"

"문 뒤에서 불쑥 손이 나오더니 날 붙들었어. 난 칼을 꺼내 들었지만 놈은 내 손을 비틀어 칼을 떨어뜨렸어."

그녀는 칼을 그러쥐는 동시에 손마디를 잘근잘근 깨문다.

"어떻게든 싸워보려고 했지만 놈이 날 있는 힘껏 내팽개쳤고 난…… 전의를 상실해버렸어. 구석으로 처박혀 몸을 웅크렸어. 개네들 말이 맞아. 나한테 투지 따윈 없어. 트릭시라면 그렇게 간단히 포기하지 않았을 거야. 먼저 주먹을 날리진 못했더라도 어떻게든 놈을 애먹였을 거라고."

"내가 나타나기 전까지 얼마나 거기 있었어?"

"모르겠어. 2~3분 정도? 아니, 그보다는 좀 더 오래였던 것 같아."

"진짜 겁먹은 거야, 아님 그냥 그런 척한 거야?"

"진짜 무서웠어. 그런데 네가 놈하고 얘기하는 걸 듣고 있으니 조금 용기가 났어. 그래서 움직인 거야."

그녀의 표정이 또 바뀐다. 이번엔 뭔가 다른 감정이 엿보인다. 새로운 무언가가. 그녀가 옳다. 그녀는 다른 패거리들하고 다르다. 그게 뭔지는 모르겠다. 그러나 패거리들에겐 있고 그녀에겐 없는 무언가가 있다. 그녀에게만 있고 패거리에겐 없는 무언가도.

바로 그것이 지금 그녀의 표정에 섞여들고 있다.

이런, 너무 깊숙이 관여하고 있다. 절대 원하지 않는 일인데.

메리 할멈에 관해서는 원래 알던 것 이상을 알아내진 못했다. 내 짐작이 틀리지 않았다는 사실만 확실해졌을 뿐. 역시 그녀는 그 오두막집에서 살지 않는다. 나는 그녀의 표정을 자세히 살핀다.

"트릭시는 어떻게 할 작정이야?"

그녀가 맹렬히 노려본다.

"설마 우리라고 말한 건 아니겠지?"

"아니, 너 말이야. 트릭시는 어쩔 셈이야?"

"경찰에 알릴까 해. 하지만 내 이름을 밝히진 않을 거야."

"어떻게든 널 찾아내고 말걸. 경찰이 너희 패거리를 모를 리 없어. 그리고 너, 전과기록 있지?"

"문제가 좀 있긴 하지."

"이를테면?"

"이를테면 넌 몰라도 되는 일."

괜찮다. 그녀를 나무랄 생각은 없다. 나에게도 비밀은 있으니까.

"경찰이 널 찾을 거야. 패거리 여자들 중 하나가 네 이름을 불 테니까. 더구나 네가 트릭시랑 같이 사라진 걸 걔들도 알잖아. 네 가 주요 용의자라고."

"그러니까 경찰서로 걸어 들어가진 않을 거야. 전화로 신고하 고 거기 있던 남자들 얘기를 해야지."

"내 얘기도 하려고?"

갑자기 그녀가 벌떡 일어선다.

"봐서."

"보긴 뭘 본다는 거야?"

그녀는 칼을 접어 주머니에 넣고는 다짜고짜 "따라와"라고 말 한다.


왜 그녀를 따라가는지 모르겠다. 걱정스러워서인가.

맞다, 걱정스럽다. 딴말은 않겠다. 누누이 얘기했다시피 나는 남의 눈에 띄거나 누가 알아보는 걸 좋아하지 않는다. 그런데 과 거에서 온 놈들이 나타났다. 게다가 이 여자애가 경찰에게 내 애 기를 떠벌리기 시작하는 날엔 나는 경찰의 수배망에 걸려들게 된 다. 놈들은 꼬투리를 잡기 위해 갖가지 기록을 뒤질 것이다. 그렇 게 과거를 거슬러 오르다가 결국은 바로 그 시점까지 닿게 될 것이다. 놈들이 찾아내지 못하기만을 바라는 그 시점.

그녀가 다른 누구에게 내 얘기를 발설하지 못하게 막아야 한다.

다시 말해 일종의 협상이 필요하다는 뜻이다. 그녀가 원하는 게 뭔지는 모르겠으나 원하는 게 있다는 것만은 확실하다. 그게 뭔지 알아내는 것이 내가 할 일이다. 그녀가 소중한 시간을 써가며 내게 이실직고할 리는 없으니 말이다.

"잘 데가 필요해."

내 예상을 뒤엎고 그녀가 먼저 요구사항을 말한다.

그녀는 어느 골목길로 접어들어 잰걸음으로 걷고 있다. 조선소와 나란한 방향으로, 강은 보이지 않는다. 그녀의 속도를 따라잡기가 힘들다.

"어째서 그 얘기를 나한테 하지?"

나는 아무것도 모르는 척 묻는다.

"네가 자는 곳이 있잖아."

"그걸 네가 어떻게 알아?"

"모를 리가 있나."

그녀가 슬쩍 나를 돌아본다.

"넌 영리하잖아. 척 보면 알아. 놈들 앞에서 굉장히 예리하던데? 그들이 널 왜 '블레이드'라고 불렀는지 알 만해."

"말귀를 못 알아먹는군. 그놈은 나랑 다른 녀석을 헷갈린 거라니까."

"아니야. 놈이 찾던 사람은 바로 너야. 넌 '블레이드'야."

우리는 골목길을 따라 내려간다.

"넌 내 이름을 몰라."

나는 태연히 말한다.

"트릭시도 마찬가지고. 너희 패거리에 내 이름을 알려준 적이 없거든."

그녀가 다시 나를 돌아본다.

"트릭시가 왜 너를 '뺀질이'라고 불렀는지 알아?"

"글쎄."

"걔가 너한테 붙여준 이름이 그거야. 넌 그래 보이거든. 트릭시는 네가 좀도둑 치곤 너무 뺀질뺀질해 보인다고 했어. 넌 노숙 따위는 하지 않아. 누가 봐도 알 만한 사실이지. 항상 말끔하잖아. 늘 좋은 옷만 입고. 뭐, 지금은 아니지만."

"거 참 고맙군."

"트릭시는 너한테 제대로 본때를 보여주려고 했었어. 네가 우리 구역을 활보하는 것도, 비까번쩍한 명품 옷이나 걸치고 으스대는 것도 꼴 보기 싫다고."

"명품은 무슨. 깨끗하면 다 명품인가."

"그래 맞아, 네가 걸친 건 다 깨끗했어. 넌 제대로 된 멋진 집에서 방금 나온 애 같았지. 다정한 엄마 아빠, 크고 근사한 자동차, 개랑 고양이가 있고 돈도 많은 집에서."

“그럴지도 모르지.”

그녀는 웃긴다는 듯 피식 웃는다. 아까 흐느낄 때처럼 어린애 같은 모습이 언뜻 비친다. 그러나 금세 눈빛이 날카롭게 서면서 다시 세월의 더께가 내려앉는다.

“아니, 너한테 그런 집이 있을 성싶진 않아. 넌 외톨이야. 너도 나처럼 도시를 떠돌아다니는 먼지 같은 존재라고. 아는 사람도 없을걸. 내 말 맞지?”

“신경 끄시지.”

골목 끝에서 걸음을 멈춘다. 그녀가 다시 나를 빤히 쳐다본다.

맙소사, 도대체 어쩌란 말인가. 안 그래도 머리가 터질 것 같단 말이다. 과거로부터 부활한 이 모든 소동과 괴한들까지, 생각할 일이 한두 가지가 아니다. 이 아이까지 거치적거릴 필요는 없잖 은가.

“넌 떠돌이야.”

“트릭시가 그랬어? 그렇지?”

“트릭시? 걘 네가 재미로 지갑을 슬쩍하는 부잣집 날라리 도련 님인 줄 알고 있었어. 재미보고 나면 멋들어진 집으로 돌아가는 줄 알았다고. 그래서 널 더 싫어했지. 필요해서 물건을 훔치는 게 아니니까. 그냥 재미삼아 나쁜 짓을 하는 거니까. 패거리 여자애 들은 다 그렇게 생각했어.”

“너만 빼고?”

그녀는 훗, 하고 코웃음을 친다.

"그렇지. 나만 빼고."

"네가 잘못 알고 있는 것인지도 모르지. 나한텐 집이 있을 거야. 부잣집 도련님까진 아니라도."

그녀가 나를 향해 상체를 들이민다. 나는 물러선다. 그녀는 움직임을 멈추지만, 시선을 거두지는 않는다.

"어머나, 움찔하네? 내가 뭘 어쩔 줄 알고?"

나는 대꾸하지 않는다.

"칼을 들지도 않았잖아."

그녀는 여전히 조롱조다.

"칼은 내 주머니 안에 고이 모셔뒀다고. 내가 어쩔 줄 알았는데, 응?"

나는 대답하지 않는다. 그냥 노려본다. 그녀도 지지 않고 나를 쏘아본다. 하지만 더 이상 어찌할 바를 모르는 눈치다. 그녀가 몸을 편다.

"넌 부잣집 도련님이 아니야. 집도 없어. 하지만 잘 곳은 있을 거야."

나는 대답하지 않는다. 그냥 노려보고만 있을 뿐이다.

"너한텐 잘 곳이 있어. 거기에 나도 좀 끼워달란 말이야. 단 하룻밤이면 돼. 하룻밤만 지내고 떠날게. 하룻밤만 재워주면 경찰한테 네 얘기는 입도 뻥긋하지 않을 거야. 트릭시랑 그 남자 얘기만 할게. 너에 대해선 한마디도 안 한다고 약속해."

"오늘밤 내가 널 재워준다면 말이지."

"오늘밤 네가 날 재워준다면 말이야."

"하지만 너도 나름대로 잘 곳이 있을 거 아냐. 지금까지 지내던 곳."

"있지. 하지만 거기로 갈 순 없어. 지금은 안 돼. 걔들이 날 찾아낼 거야. 경찰도 올 거고."

"어떻게든 널 찾아낼 사람들이야."

"연기처럼 사라지면 되지."

"그럼 지금 사라져."

그녀는 시선을 내리깔며 고개를 젓는다.

"사흘간 아무것도 못 먹었어. 트릭시 일당이 뭘 던져주긴 했지만 간에 기별도 안 갈 정도였다고. 트릭시는 내가 패거리에 낄 자격이 있다는 걸 스스로 증명해내야 한다고 했어. 그래야 뭘 주더라도 주겠다고. 난 너처럼 지갑을 슬쩍하지 못해. 재주가 없단 말이야. 첫 판부터 잡히고 말 거야. 처음으로 트릭시랑 같이 나갔는데, 이 꼴을 보라고."

그녀가 다시 고개를 든다.

"걔들이 날 죽일 거야. 애초부터 날 싫어했어. 믿지 못하겠대. 내가 트릭시를 배신한 줄로만 알겠지. 사실대로 털어놓는다고 뭐가 달라질까? 내 말을 믿어준다 해도, 나 혼자 도망쳐서 트릭시만

당했다고 생각할 거야. 어차피 내 말은 듣지도 않을걸? 경찰도 그래, 날 잡는 즉시 돌려보낼 거야."

"돌려보내다니, 어디로?"

그녀는 입을 다물었다. 더 이상 들을 필요도 없다. 그녀의 표정에 얽힌 사연을 나는 굳이 알고 싶지 않다.

이제 어떡하나? 어떻게든 이 여자애를 떼어내야 한다. 솔직히 그녀가 약속을 지킨다고 어떻게 보장하겠는가? 설령 내가 도움을 준다고 해도 그녀는 얼마든지 내 뒤통수를 칠 수 있다. 그렇지만 돕지 않는다면 더 큰 위험을 떠안아야 할 것이다.

"따라와."

마침내 내가 말한다.

그런데 그녀가 고개를 젓는다.

"먼저 네가 날 따라와."

"널 따라갈 마음은 없어. 오늘밤 잘 곳이 필요하다며? 그러니까 네가 날 따라와."

그녀가 너무도 순식간에 움직이는 통에 난 달아날 틈도 없었다. 분명 저쪽에 서 있었는데, 한순간에 나를 벽으로 밀어붙이고는 칼날을 내 목에 댄다.

"제길, 베키! 이거 치워!"

"잘 들어."

그녀의 목소리가 멀리서 울리는 천둥처럼 무겁다.

"우리, 협상했잖아? 네가 오늘밤 나한테 잘 곳과 먹을 것을 마련해주면, 난 아침 일찍 네 인생에서 영영 사라져줄 거야. 물론 널 따라가야지, 따라간다고. 하지만 우선 네가 날 따라와야 해. 잔말 말고 따라오라고."

"왜 그래야 하지?"

칼날이 천천히 내 목을 타고 움직인다. 나는 목을 길게 뺀 채 눈으로만 칼날을 좇다가 시선을 들어 베키의 눈을 바라본다. 한밤중처럼 새까만 눈동자.

"우리랑 같이 갈 사람이 있어."


걷는다. 골목길은 완전히 벗어났고 지금은 왼편에 부두를 끼고 걷는다. 라이터(항만이 좁아 대형선박이 들어올 수 없을 때 화물을 실어 나르는 소형 바지선), 바지선, 강이 느릿느릿 기어가는 듯하다. 칙칙한 잿빛으로 뒤덮인 부두는 우리에게 관심을 둘 겨를이 없다. 안 그래도 충분히 바쁘게 돌아가고 있다.

사람들도 마찬가지다. 수많은 사람들이 있지만 저들도 흐르는 강과 똑같다. 움직이고, 움직이고, 움직일 뿐이다. 나는 이 길이 마음에 들지 않는다. 이 여자애를 얌전히 따라가는 내 자신이 놀라울 따름이다.

그녀는 간간이 어깨 너머로 뒤돌아보며 내가 잘 따라오는지 확인한다.

구경꾼 양반, 도대체 나는 왜 여기에 있는가?

진작 떠났어야 했다. 절대로 어려운 일이 아니다. 허공에 날린 키스처럼 흔적 없이 사라져버릴 수 있었다. 조선소 일꾼들이 저렇게나 많은 마당에, 저 여자애는 도망치는 나를 막을 방도가 없다. 심지어 내가 반드시 그녀와 함께 가겠다고 약속한 것도 아니다. 그녀는 내 표정을 암묵적인 동의로 받아들였지간, 천만에, 나는 그런 약속을 한 적이 없다.

어쩌면 그녀가 나를 협박했기 때문에 이 짓을 하고 있는 건지도. 내 목에 칼을 겨누었으니. 그런 상태에서 무슨 요구인들 들어주지 않겠는가. 하지만 지금은 상황이 다르다. 그 칼은 저 여자애의 옷 주머니 속으로 돌아갔다.

그렇다면 나는 어째서 달아나지 않는 거지?

부두 끝자락에 이르렀지만 그녀는 멈출 생각을 않고 기중기와 창고 건물들을 그대로 지나친다. 이 부근에서 강줄기가 휘면서 넓어진다. 그 끝엔 바다가 시커먼 아가리를 열고 강물을 집어삼킨다. 나는 좀처럼 이 근방으로 오지 않는다. 바다는 쳐다보기만 해도 섬뜩하다. 나는 바다라는 존재를 아주 싫어한다.

다행히 베키가 바다를 등지는 쪽으로 방향을 튼다.

그녀는 오른쪽으로 접어들어 다시 도시 쪽으로 향한다. 헤들리 주택단지 방향이다. 공원과 놀이터에 이어 점점이 흩어진 집들이 보이기 시작한다. 그녀는 크리켓 경기장을 에둘러 가는 오솔길로 나를 이끈다.

여기서도 몇몇 사람들이 눈에 띄지만 다들 신경 쓸 가치도 없는 시답잖은 인간들이다.

베키는 시종일관 입을 꾹 다문 채 걷는다. 나로선 천만다행이다. 차분히 생각할 시간이 필요하다. 내가 할 일을 고민해봐야 한다. 반드시 저 여자애를 도와야만 하는 건 아니다. 아까도 말했잖은가. 저 여자애가 내 동의를 얻은 줄 안다고 해서 내가 진짜 동의한 건 아니란 말이다. 이렇게 망설이는 이유를 나도 모르겠다. 평소의 나답지 않다. 당장 이 상황을 벗어나는 게 가장 나다운 행동인데.

아무래도 그 이름 때문인 것 같다.

베키.

어째서 저 여자애가 그 이름을 갖고 있지. 나의 베키와는 닮은 구석이 하나도 없는데. 그녀가 베키와 같을 수는 없다. 그 누구도 베키와 같을 수 없다. 같을 수 있는 건 이름뿐이다. 하지만 역시 나는 그 이름 때문에 아직도 저 여자애를 뒤따르고 있는 것이다.

크리켓 경기장과 초승달 모양의 메디슨 광장을 지나 상점가 언저리로 돌아간다. 철교를 건너 도로와 나란한 보행로를 따라 걷는다. 골목을 떠난 이래 처음으로 베키가 말문을 연다.

"블레이드?"

그녀는 계속 걸음을 재개 놀리면서 고개만 돌려 나를 본다. 좀 전과 똑같이 새까만 눈동자.

"나는 블레이드가 아니야."

"아니, 넌 블레이드야."

"도대체 원하는 게 뭐야?"

"헤들리 주택단지 알지?"

헤들리 주택단지를 아느냐고? 두말 하면 잔소리. 확실히 이 여자애보단 잘 알고 있다. 나는 이 도시의 구석구석을 훤히 꿰뚫고 있다. 장담건대, 그녀는 나 같지는 않을 것이다.

"거기는 왜?"

"거기에 우리가 들러야 할 집이 있어. 하지만 내가 들어갈 순 없어."

"그럼 곤란하겠군."

"그러니까 네가 나 대신 들어가주면 좋겠어."

"골치 아프게 됐네. 난 안 들어갈 거거든."

그녀가 그 자리에 우뚝 서서 몸을 홱 돌린다. 그러나 이번에는 나도 호락호락 당하지 않는다. 나는 이미 두 걸음쯤 뒤로 물러서 있다. 하지만 그녀는 칼로 위협하기만 할 뿐 다가오지 않는다. 심지어 칼을 꺼내지도 않는다. 그저 그곳에 서서 입술만 파르르 떨 뿐이다.

그렇다 해도 그녀를 믿을 순 없다. 눈물이야 누구나 흘릴 수 있지 않은가. 그녀는 아까도 눈물을 무기로 썼지만 그때의 눈물은 진짜였다. 이번 건 다르다. 무슨 수로 아느냐고 캐묻지 마라.

그녀의 입술 떨림이 멎는다. 눈물은 보이지 않았지만 진정한 것도 아니다. 그녀는 나를 뚫어져라 바라보고 있다. 나 역시 최대한 주도면밀하게 그녀를 관찰 중이다. 지금 당장은 그녀도 허튼 수작을 부릴 수 없다. 그녀가 꼼짝도 않고 입만 움직인다.

"그 집에 그 애가 있어."

"누구?"

"재스."

"재스가 누군데?"

"내 딸."

"너의 뭐?"

"재스민을 줄인 애칭이야."

"뭘 줄였건 관심 없어. 딸이라고? 어쩌다가? 그리고 애 아빠는⋯⋯."

"아빠는 없어."

그녀는 어깨를 으쓱한다.

"뭐, 아빠가 있긴 해. 당연히 있지, 하지만 그 사람은⋯⋯."

그녀가 또 한 번 어깨를 으쓱한다.

"그 사람은 없어. 떠났다고. 남은 건 나하고 재스뿐이야. 겨우 네 살배기라고. 열네 살 때 그 애를 가졌지. 아무튼 그 집에서 재스를 빼와야 해."

"그렇담 네가 직접 가서 데려와. 나하고는 상관없는 일이라고."

그녀의 눈빛이 간절해진다.

"나한테 그 애를 데려와. 그럼 경찰한테 너에 대해 말하는 일은 없을 거야."

"어이, 잠깐. 협상은 끝났잖아. 잠잘 곳과 먹을 것. 아이에 관한 조항은 없었어."

"같이 갈 사람이 있다고 말했잖아."

"내가 그 사람을 데려와야 한단 말은 안 했어."

"아무튼, 그게 협상조건이야."

생각 좀 해보자. 되도록 신속하게. 여기서 도망치는 거야 문제도 아니다. 하지만 만에 하나 그녀가 경찰에게 내 얘기를 한다면? 난 3년 동안 죽은 듯 살아왔다. 그간 경찰의 감시망을 잘 피해왔고 앞으로도 쭉 이렇게 안전지대 안에 머물러 살고 싶다. 하물며 괴한들이 모습을 드러낸 지금 상황 속에선 더더욱. 짭새들이 다시 내게 마수를 뻗친다면, 나는 인생 종 치는 거다.

게다가 이 여자애의 말을 신뢰할 수만도 없다. 물론 내가 그녀의 아이를 데려오고 잠자리와 음식을 대접해줄 수는 있다. 그래도 나중에 그녀가 나에 대해 말하지 말란 법은 없다. 어쨌거나 나는 위험부담을 안기로 하지만 우선 알고 싶은 게 있다.

"그 집은 뭐가 문제야? 왜 네가 들어가서 아이를 데려올 수 없는 거지?"

그녀가 나를 바라본다.

"트릭시 패거리들이 있을지도 몰라서."

"걔들한테 집이 있었어?"

"걔들 집이 아니야. 태미의 할머니 집이지. 태미 알지?"

"그 애 손톱이 얼마나 뾰족한지는 알지."

"트릭시는 개랑 새시를 특히 예뻐했어. 근데 둘 다 날 싫어해. 하지만 태미의 할머니는 나랑 재스가 그 집에서 잘 수 있게 해주셨어. 내가 패거리 애들하고 같이 나가 있는 동안 재스는 그 집에 남아 있고."

"잘 알지도 못하는 할멈한테 애를 맡겼다고?"

"괜찮은 분이셔. 뭐, 하루 중 절반은 술에 취해 있지만 퍽 다정한 편이지. 재스한테 해를 끼칠 분은 아니야. 그리고 그 집에 할머니 혼자 사는 것도 아니니까. 항상 다른 사람들이 있거든."

그녀는 방금 한 말을 후회하는 듯 시선을 피한다. 하지만 나는 그 말을 들었고, 묻지 않을 수 없다.

"다른 사람이라면…… 누구?"

그녀는 딴 곳만 쳐다본다. 나는 그녀가 대답을 망설이는 이유를 안다. 너무 위험한 곳이라면 내가 들어가지 않으리란 걸 그녀도 아는 것이다. 그리고 사실, 그녀 생각은 틀리지 않았다.

"그러니까 누가 또 있냐고!"

그녀가 드디어 나에게로 시선을 돌린다.

“누구냐면…… 사람들. 패거리 애들이 아는 사람들. 그냥 그 집에서 다들 어울려 놀아.”

술고래 할멈을 제대로 이용해먹는군. 어떤 판인지 알 만하다.

“난 들어갈 수 없어.”

그녀가 말한다.

“걔들이 이것저것 막 물어볼 거야.”

“사실대로 말하면 되잖아. 내 얘기만 살짝 빼라고. 넌 트릭시가 죽은 걸 봤어. 범인하고 사투를 벌였고. 창문 밖으로 의자를 집어 던졌어. 그렇게 도망쳐 나온 거야.”

“걔들이 내 말을 믿어줄 것 같아?”

“그럼 나라고 무슨 수로 네 아이를 빼돌려 데려오냐?”

그녀가 내 쪽으로 몸을 숙인다. 나는 뒤로 물러서서 거리를 유지한다. 그녀는 그 자세로 멈춰 서서 내 표정을 살핀다. 굉장히 조심하고 있다는 걸 알겠다. 자신의 운을 걷어차는 실수를 범하지 않으려 애쓰고 있다. 이젠 목소리조차 나긋나긋하다.

“넌 영리해. 아까도 말했지. 넌 끝내주게 영리하다고. 달리는 속도가 빠르진 않지만 머리 돌아가는 속도는 타의 추종을 불허하지. 너한텐 뭔가 특별한 기운이 있어. 걷는 동안에도 부지런히 눈동자를 굴리던데. 넌 아무것도 놓치는 법이 없지. 남들 눈에 띄지 않는 데는 도사야. 그리고 통제력도 강하고.”

그녀는 주머니에서 칼을 꺼내지만 날을 펴지 않는다.

"이거 가져가."

나는 받지 않는다.

그녀가 손을 뻗어 내 주머니에 칼을 꽂아둔다.

"재스가 있을 만한 장소는 딱 두 군데야. 정원 끝에 조그만 별채가 하나 있는데, 그 애는 거기서 노는 걸 좋아해. 거기가 자기 비밀장소래. 아니면 거실에 있을 거야. 보통은 거실 구석에 쭈그려 앉아서 그림을 그리거든."

지금 내 머릿속에 떠오르는 그림이 영 마뜩잖다. 아주 선명하게 보이는데, 생각만 해도 가슴이 터질 것 같다. 그런 장면에 내가 등장하는 건 정말 원치 않는다. 그런데 말이다, 도무지 이해가 되지 않는데, 내 가슴속에서 이 꼬마에 대한 어떤 감정이 슬금슬금 고개를 들고 있다.

재스 말이다.

일단, 이 아이는 베키 같은 여자애를 엄마로 두었다. 그것만으로도 충분히 불행한 삶이다. 그런데 술에 절어 정신 줄을 놓은 노파하고 같이 지낸다. 그 집 안을 어슬렁대는 다른 인간쓰레기들까지, 더 말해 무엇하랴.

어떤 인간들일지, 안 봐도 훤하다.

"그러니까 그 애가 별채에 있으면 우리로선 다행이고, 거실에 있으면 일이 더럽게 꼬이겠네. 네가 하고 싶은 말이 이거야?"

이딴 걸 질문이라고 하다니. 하지만 베키는 재빨리 대답한다.

“응, 하지만 재스가 거실에 있다 해도 빼올 수는 있어. 밖에서 집 안을 예의 주시하면서 기회를 노려야 해. 거실에 개 혼자 있을 때 네가 창문을 두드려서 열어달라고 해. 창문을 타고 넘어오라고 해서 이리로 데려오라고.”

“오, 그래, 그 애는 얼씨구나 하고 낯선 사람을 따라올 거야.”

“정말 그럴 거야. 내 물건을 줄게, 그 애가 알아볼 만한 걸로. 풍선 요정이 보냈다고 얘기해.”

“에?”

“풍선 요정. 우리끼리 부르는 애칭이야. 그 애는 방울 요정, 나는 풍선 요정.”

“아주 어처구니가 없네.”

“그냥 그렇게 전해. 그럼 그 앤 널 믿을 거야. 재스는 사람을 엄청 잘 따르니까.”

“애한테 제대로 뭘 가르쳐준 게 없군, 안 그래?”

베키의 입술에 힘이 들어간다.

“가르칠 수 있는 건 가르쳤어. 그래도 사람을 잘 따르는데 어떡해? 천성이 그런 애야. 이런저런 사람을 조심하라고 아무리 일러도 소용없어. 걘 그냥 믿어버려.”

이제는 내가 시선을 피하고 있다. 이 순간만큼은 여자애의 얼굴을 똑바로 쳐다볼 수가 없다. 나더러 어쩌란 말인가? 구경꾼 당신이 말해보라. 도대체 내가 어째야 한단 말인가?

그냥 믿어버린다라. 세상에 어떤 인간이 그냥 믿어버린단 말인가? 아무리 꼬맹이라도 그렇게 멍청할 순 없다, 안 그런가?

고개를 돌려 베키를 바라본다.

"가보자."


나는 이 집을 안다. 베키의 얘기를 들으면서 이 집인 줄 짐작했다. 정원 끝에 있는 별장 얘기를 꺼냈을 때. 이 동네에 별채 딸린 집은 몇 군데 있지만 꼬마애가 비밀장소로 쓸 만한 곳은 하나뿐이다.

내가 네 살이라도 그런 별채를 비밀장소로 삼고 싶을 것이다.

사과나무 뒤편에 비밀스럽게 감춰진데다 아주 작은 것이 퍽 아늑해 보인다. 본채하고는 완전 딴판이다. 집 전체로 보면 작은 굴 같다. 지금 저 굴 안에 그 아이가 있다면, 문제될 건 없다. 문제는, 그 애가 거기 없다는 것이다. 어떻게 아는지는 묻지 마라.

베키는 초조해서 안절부절못하고 있다.

"블레이드?"

"뭐?"

"서둘러. 시간낭비하지 말자고. 패거리 애들은 없어. 할머니뿐이야. 저기 위층 창문 보이지? 할머니는 2층 작은방에 있어."

"봤어. 난 애를 찾는 중이야."

"먼저 별채를 살펴보라고."

"거기 없어."

"넌 몰라. 보지도 않았으면서."

"저기엔 없어."

"문이 조금 열려 있어. 여기서도 보이네."

"그래서?"

"그러니까 재스가 저 안에 있을 수도 있다고."

나는 대답하지 않는다. 말씨름하는 데 쓰기엔 시간이 아깝다. 난 집 안을 살펴보는 중이다. 늙은 술고래는 아직 위층에 있다. 이제 보니 낮익은 얼굴이다. 이 동네 길거리에서 몇 번 본 적이 있다. 여기 사는 할멈인 줄은 몰랐지만. 트릭시 일당이 여길 아지트로 사용하는 줄도 몰랐다. 그녀들이 주로 활동하는 구역은 동쪽이다.

역시. 그래서 관찰에 소홀하면 안 되는 거다.

내가 한 말 기억하는가? 항상 도시를 관찰해야 한다는 말. 최선을 다해 빈틈없이 관찰해야 한다. 죽기 싫으면 이 말을 꼭 명심하라.

할멈이 움직인다. 창문에서 멀어져 시야에서 사라졌다가 다시 나타난다. 아래층으로 내려가 주방으로 들어간다. 다시 나와서 거실로 향한다. 안락의자에 무너지듯 퍼질러 앉는다. 꼬락서니를 보아하니 완전히 취한 상태다.

주변을 둘러본다. 너절한 집에 너절한 정원. 개 짖는 소리, 옆집에서 틀어놓은 라디오 소리. 건넛집에선 어떤 사내가 마누라와 옥신각신하고 있다. 이 집 대문에서 현관까지 이어지는 좁은 길은 텅 비어 있어서 울타리 틈새로도 집 안이 구석구석 잘 보인다.

베키가 다시 재촉한다.

"서둘러, 블레이드. 들어가자."

"넌 들어갈 수 없다며?"

"생각이 바뀌었어. 할머니밖에 안 보이고, 게다가 잔뜩 취하셨네. 하지만 먼저 별채를 살펴봐야겠어."

"거기 없다니까. 말귀를 못 알아먹네."

"먼저 별채를 확인해야 해. 정말 거기에 없는 게 확실해지면 집을 뒤지자고."

"안 돼."

난 그녀를 쏘아보며 고집을 피운다. 왜 이러는지 나도 모르겠다. 어차피 내 일도 아닌데. 내가 아무리 뜯어 말려도 그녀는 별채를 뒤질 것이다. 하지만 마음에 걸리는 게 있다. 이 집과 관련된 무언가가. 베키가 감당할 수 없는 무언가가.

"안 돼."

나는 다시 한 번 말한다.

"안 되긴 뭐가 안 돼?"

"내가 할게."

그녀가 나를 물끄러미 바라본다.

"이런 일엔 내가 너보다 나아."

"무슨 뜻이지?"

"그냥 이런 일엔 내가 너보다 낫다는 뜻이야. 집 주변을 몰래 뒤져본 적 있어? 그런 일엔 서툴 텐데?"

"네가 어떻게 알아?"

"그냥 알아. 그리고 어쨌든…… 이 집에서 불길한 기운이 느껴져."

"이를테면?"

"이를테면은 무슨. 나도 몰라. 하지만 확실히 뭔가 불길해."

그녀는 가타부타 말이 없다.

"여기서 기다려."

나는 그녀에게 당부한다.

"내가 가서 데려올게."

"알았어. 참, 이거 재스한테 전해줘."

그녀는 주머니에서 뭔가를 꺼낸다. 손톱만 한 털 뭉치. 그걸 나에게 건넨다.

"피터 래빗이네."

내 손안에 꼭 맞게 들어간다.

"피터 래빗이 누구야?"

그녀가 묻는다.

"넌 책도 안 읽어?"

“그래, 그러는 넌 읽냐?”

나더러 책을 읽느냐고 묻는다. 나 참, 기가 막혀서.

나는 꼬꼬마 토끼를 주머니 속에 넣는다.

“이걸 재스한테 주라고?”

“응. 넌 친구라고 말해. 그리고 풍선 요정이 밖에서 기다린다고 해.”

베키가 다시 집 쪽으로 시선을 던진다.

“역시 안 되겠어. 나도 같이 들어갈래.”

“안 돼. 여기서 기다려. 넌 안 보이는 곳에 숨어 있으라고.”

나 혼자 출발한다. 이 여자애가 더 우기기 전에 내가 알아서 움직여야겠다. 베키, 제발 여기서 얌전히 기다려줘. 쓸데없이 나서서 일을 망치지나 않았으면 더 바랄 것도 없겠다. 이제부터 나는 극도의 집중력을 유지해야 한다. 그녀까지 신경 쓸 여유가 없다.

울타리를 넘고 잔디밭을 가로질러 벽에 몸을 붙인다.

듣고, 관찰한다. 옆집에선 아직도 라디오 소리가 흘러나온다. 건넛집 부부는 조용해졌지만 길거리 어딘가에서 애들이 시끄럽게 뛰노는 소리가 들린다. 축구공 튀는 소리. 술고래 할멈의 집에서 들려오는 소리는 없지만 안심할 일은 아니다. 이 집은 불길하다. 내 눈에 보이지 않는 무언가가 있다. 그리고 베키가 한 가지 제대로 파악한 게 있다.

낭비할 시간이 없다는 것.

창문으로 안을 두루 살핀다. 할멈은 아직 의자에 축 늘어져 있다. 다른 사람은 없다. 집 바깥쪽을 살핀다. 주변에서 내가 내려다보일 만한 창문은 없지만 현관문으로 들어가기엔 너무 위험하다. 집 뒤편으로 돌아가 주방 창문가에서 멈춘다. 다시 한 번 안을 들여다본다.

아무도 없다.

어차피 그럴 줄 알았다. 아이는 위층에 있지만 위층엔 골칫거리도 있다. 그런 느낌이 든다. 주방을 지나쳐 멈추고 또 한 번 확인. 나를 굽어볼 수 있는 창문이 딱 하나 보인다. 정원 맞은편에 붙은 집 창문이다. 하지만 창문가에 사람 그림자는 보이지 않는다.

뒷문 앞에서 또 한 번 멈추고 또 한 번 주변을 둘러본다.

나를 주시하는 이는 없다.

거리에서 애들이 노는 소리가 들린다. 축구공이 탕탕 튀는 소리, 애들끼리 몸 부딪치는 소리, 고함소리, 웃음소리, 탁탁탁 뛰는 발소리.

그 외엔 정적뿐이다.

문을 열고, 귀를 기울인다.

집 안에서 새어나오는 소리는 없다.

주방으로 들어가 복도를 걷는다. 살금살금, 숨소리도 내지 않고. 거실 앞에서 멈춘다. 문이 반쯤 열려 있다. 문틈으로 안을 살핀다. 술고래 할멈의 머리가 가슴께로 뚝 떨어져 있고, 재떨이엔

타들어가는 담배꽁초가 있다. 계단을 오른다. 지금까지보다도 더 조심하며. 이제부터 진짜 고비다. 술, 담배, 곰팡이 냄새. 층계참에서 또 멈춘다.

주변을 살핀다.

문이 세 개, 그중 두 개가 열려 있다. 둘 다 좁아터진 작은방, 안에는 아무도 없다. 세 번째 방문 앞에 선다. 분명 욕실일 텐데. 문이 왜 닫혀 있지? 문에 귀를 대고 한참 동안 신경을 집중시킨다.

아무 소리도 안 들린다.

아이는 분명 이 안에 있을 것이다. 또 누가 있을지가 의문이지만.

계단 아래를 다시 살펴본다. 빨리 빠져나갈 길을 찾아둬야 할 것 같다. 하지만 나는 반드시 재스를 데려가야 한다. 이유는 나도 모르니 왜냐고 묻지 마라. 어쨌든 그 애 없이는 나도 나가지 않을 작정이다.

문손잡이를 꽉 쥐고 비튼 후 슬쩍 밀어본다. 잠기지 않았다. 문을 연다. 실오라기 같은 틈만 생기게, 아주 조금만 연다. 안은 고요하다. 조금 더 열어본다. 문이 뭔가에 닿는다. 누군가의 발이다.

안에서 조잘대는 사람은 없다.

문틈으로 고개만 빼꼼 들이밀어본다.

연기가 자욱해서 보이는 게 없다. 나는 과감히 문지방을 넘는다. 마침 연기도 사라진다. 이 방 안은 시시껄렁한 인간들이 득시글하다.

욕조 안에 드러누운 덩치 큰 남자. 살찐 고래 같다. 변기통을 붙잡고 쓰러져 있는 여자. 그 옆에 남자 둘이 대자로 뻗어 있다.

한쪽 구석 바닥에 종이가 놓여 있다. 그 위에는 연필 한 자루. 종이에 그려진 그림, 저건 꼬마아이의 솜씨다. 이 자리에 서서도 그림이 보인다. 조그만 새 한 마리.

그러나 아이는 보이지 않는다.

갑자기 내 뒤로 문이 쾅 닫힌다. 어떤 녀석이 발로 뻥 찬 것이다. 다리를 뻗고 앉은 그는 눈빛으로 나를 뚫어버릴 기세다.

"누구야, 넌?"

나는 주머니 속의 꼬꼬마 토끼를 꽉 움켜쥔다.

"재스 삼촌, 피터."

"엥?"

"재스 삼촌, 피터라고."

좌중이 술렁이기 시작한다. 욕조에 누운 사내마저 몸을 비튼다. 몽롱한 얼굴들이 일제히 내 쪽을 향한다. 다들 처음 보는 얼굴이지만 거리에서 흔히 보는 인간쓰레기들하고 다를 게 없어 보인다. 여자가 나를 쏘아본다.

"어디로 봐서 삼촌이라는 거야? 길거리 노숙자 같은데."

모두가 와하하, 하고 웃는다.

나는 이 머저리들을 둘러본다. 모두 나를 빤히 응시한다. 문을 걸어찬 남자는 발끝으로 문을 막아서고 있다. 꿈쩍도 하지 않을 태세다. 나는 그의 두 눈을 똑바로 바라본다. 여전히 날 뚫어져라 보고 있다. 그가 선웃음을 친다.

"그래, 피터 삼촌이라고?"

"재스는 어디에 있지?"

"여기 없어."

"그건 나도 알아. 그러니까 어디 있냐고?"

그가 자기 친구를 흘끗 쳐다본다.

"아주 버릇없는 놈이야, 그치?"

또 한바탕 웃음이 쓸고 지나간다. 나는 다른 수를 써본다.

"걔 엄마가 찾아."

"어머나 잘됐네."

이번엔 여자가 나선다.

나는 그녀를 쳐다본다. 왠지 이 여자는 애가 있는 곳을 말해줄 것 같다. 하지만 그녀가 입을 열게끔 잘 구슬리는 것은 나의 몫이다.

"참 귀여운 꼬마지, 안 그래?"

나는 그녀를 떠본다.

"그렇지."

여자의 눈이 저녁하늘의 어스름처럼 그윽해진다. 난 그녀 쪽으로 몸을 기울인다.

"귀여운 꼬마가 어디 있는지 알아?"

"시끄러워, 애송이."

"그래그래, 알았어. 꼬맹이는 어디에 있을까?"

"우리가 들어오니까 도망치듯 나가던데. 그리던 그림도 내팽개치고. 작은방에 한번 가보지 그래?"

작은방 두 곳은 이미 다 확인했다. 댁들도 알잖은가? 하지만 어쩌면…….

나는 욕실 구석으로 성큼성큼 걸어가 종이와 연필을 집어 들고 문가로 돌아온다. 남자의 발이 아직도 문에 닿아 있다. 나는 주머니 속의 꼬꼬마 토끼를 쥐었다 놓고는 주머니칼을 찾아 손가락으로 감싸 쥔다.

칼을 지니고 다니는 건 참으로 오랜만이다. 칼을 쓴 적은 있지만 이렇게 가지고 다닌 건 더 오래전 일이다.

트릭시와 메리 할멈, 재스가 떠오른다. 그때 눈앞에 있던 녀석이 빙글빙글 빈정대는 웃음을 흘린다. 나 역시 놈을 뚫어버릴 기세로 맹렬하게 쏘아 본다. 놈도 내 표정이 달라졌음을 감지한다. 놈의 태도를 보면 알 수 있다. 눈빛이 흔들리고 시선이 아래로 떨어진다. 놈은 주머니 속에서 움직이는 내 손을 주시하고 있다.

놈이 다시 거짓웃음을 흘리고는, 다리를 슬쩍 움직인다.

나는 문을 열고 밖의 상황을 살핀 후 층계참으로 빠져나간다. 여자는 작은방으로 가보라고 했다. 어느 방일까? 둘 중 하나다. 오른쪽에 있는 방부터 살펴보자.

미끄러지듯 방 안으로 들어가 문을 닫는다. 아무도 없는 듯하지만, 나도 생각이 있다. 무릎을 꿇고 앉아 침대 밑을 살펴본다. 역시 있다 ― 어린 소녀가 두 눈을 동그랗게 뜨고 나를 바라본다.

눈송이처럼 새하얀 얼굴.

아이는 꼼짝도 하지 않는다. 비명도 지르지 않는다. 그저 왕방울만 한 두 눈으로 나를 똑바로 쳐다볼 뿐이다. 나는 아이에게 부드럽게 미소 지으며 속삭인다.

"안녕, 재스. 그림을 놓고 갔더구나."

그림을 아이에게 내밀지만 아이는 받지 않는다. 그저 그림을 흘긋 보고는 다시 나를 쳐다본다.

"훌륭한 그림이야. 그런데 아직 미완성이네. 끝까지 그릴 거지?"

"연필이 없어요."

"여기 있어. 이 오빠가 가져왔지."

나는 아이에게 연필을 보여준다.

"침대 밑에서는 못 그려요."

아이가 말한다.

"그럼 어서 나오렴."

아이는 엉금엉금 기어 나와 그림과 연필을 받아든다. 나는 종이를 톡톡 두드린다.

"참 예쁜 새야. 이게 뭐지, 지빠귀인가?"

“울새.”

“그렇다면 가슴에 살짝 빨강색을 칠해줘야겠다, 그렇지?”

“빨강 색연필이 없어요.”

“내가 찾아줄게. 있잖아, 누가 나를 보냈는지 아니?”

아이는 대답하지 않는다. 나는 목소리를 더욱 낮춘다.

“풍선 요정. 밖에서 널 기다리고 있어. 같이 나가서 만나지 않겠니? 그다음에 그림도 마저 그리고.”

나는 일어서며 아이에게 손을 내민다. 재스는 말 한마디 없이 일어나 내 손을 잡는다. 그러고는 나를 올려다본다.

“토끼는요?”

“여기.”

나는 토끼를 꺼내어 내민다.

“얘도 네가 무척 보고 싶었대.”

아이는 토끼를 받지 않는다.

“왜, *꼬꼬마* 토끼는 싫어?”

“그림을 가져가야 하니까…….”

“그럼 토끼는 오빠가 데려갈까?”

“네.”

“좋아, 그럼 이제 가볼까.”

나는 아이의 손을 잡고 문가로 향한다. 되도록 빨리 아이를 데리고 나가야 한다. 이 집에 감도는 불길한 기운이 언짢다. 하지만 또 문제가 생겼다.

아래층에서 사람들 목소리가 들린다.


패거리들이 돌아왔다. 몇 명인지는 모르겠다. 태미를 비롯하여 두어 명쯤 더 있는 듯하다. 새시 목소리는 들리지 않는다.

나는 문을 아주 살짝만 열고 귀를 기울인다. 목소리는 아직 아래층에 머물러 있지만, 지금은 거실 안쪽에서 들린다. 나는 뒤에 있는 재스에게 시선을 던진다.

"따라와."

아이는 아무것도 묻지 않고 나를 따른다. 심지어 걱정하는 기색도 없다. 베키 말대로다. 이 아이는 밑도 끝도 없이 그냥 믿는다. 무서우리만치 무한한 신뢰다. 아이를 방 밖으로 데리고 나와 층계참 안쪽 끝에 앉힌다. 아래층에서는 보이지 않는 사각지대다.

다시 귀를 기울인다.

태미의 목소리. 엄청 큰 소리로 술고래 할멈에게 말을 건다.

"할머니! 내 말 들려요?"

할멈은 대꾸하지 않는다. 나는 재스의 손을 꼭 붙잡고 몸을 숙여 눈높이를 맞춘 다음, 나지막이 속삭인다.

"재스, 우리 재미있는 놀이할까?"

아이는 아무 말 없이 나를 바라보다가 이내 고개를 끄덕인다. 나는 아이와 이마가 맞닿을 정도로 가까이 다가간다.

"우린 아무 소리도 내면 안 돼. 아무도 몰래 집 밖으로 빠져나가야 되거든. 할 수 있겠니?"

끄덕끄덕.

"좋았어. 몰래 밖으로 나가서 풍선 요정을 찾으러 가자. 하지만 진짜 진짜 조용히 해야 된다? 말도 하면 안 되고, 소리도 내면 안 되고. 오케이?"

이번에도 끄덕끄덕. 아래층에선 여전히 태미가 고래고래 고함을 쳐대고 있다.

"할머니! 아, 좀! 걔 봤냐고요!"

이번에는 웅얼대는 대답이 돌아온다.

"누, 누구?"

"트릭시! 걔 여기 왔었어요?"

"아니, 아니야."

"그럼 베키는?"

할멈의 대답이 잘 들리지 않는다. 대신 현관문이 벌컥 열리고 누군가가 다급하게 달려오는 소리가 들린다. 거실 문 여는 소리와 함께 새시의 목소리가 들린다.

"트릭시가 죽었어!"

폭발음 같은 비명이 한바탕 거실을 휩쓴다. 여자애들이 일제히 소리 높여 뭐라고 지껄이는 가운데 새시는 숨 쉴 틈도 없이 말을 쏟아낸다.

"뚝방길 옆 오두막집이야. 분명 베키랑 같이 갔을 거야. 아무튼 내가 갔을 땐 침실에 트릭시 혼자 쓰러져 있었어. 머리가 깨졌더라고."

"베키는?"

태미가 묻는다.

"없었어. 그런데 말이야."

새시가 훅, 하고 거친 숨을 내뿜는다. 위층에 있는 나한테도 들릴 정도다. 그녀가 말을 잇는다.

"내가 봤어. 걘 날 못 봤지만 난 봤다고. 오두막집으로 가는 길에, 미드웨이 드라이브에서 허겁지겁 달려가는 개를 봤어. 부두 쪽으로 가더라고. 그런데 개가 누구랑 같이 있었는지 알아?"

"누구?"

"뺀질이."

아래층에서 일대 소란이 일어난다. 술고래 할멈도 경찰을 불러야겠다는 둥 웅얼대지만 패거리들은 들은 척도 하지 않는다. 나도 마찬가지다. 나는 주변을 돌아보며 이 집에서 빠져나갈 길을 찾아본다.

그녀들은 아직 거실에 있다. 지금 내려간다면 그녀들 눈에 띄지 않고 몰래 빠져나갈 수 있을지도 모른다. 조금이라도 시간을 지체했다간 그녀들이 재스를 찾으러 올라올 것이다. 아이가 여기 있는 한 베키는 반드시 돌아올 테니까. 그녀들이 그 사실을 모를

리가 없다. 나는 아이의 귀에 대고 속삭인다.

"재스, 준비됐니?"

하지만 그 순간 욕실 문이 벌컥 열린다.

욕조에 널브러져 있던 뚱뚱이 고래. 여전히 벌거벗은 채로 문가에 서 있다. 온 바닥에 물을 뚝뚝 흘리며. 문설주를 붙잡고 층계참 쪽으로 몸을 기울인 채 흔들흔들 움직인다. 나는 재스를 바짝 끌어당긴다. 놈은 우릴 발견하지 못했다. 여자가 나오더니, 뒤이어 남자 둘도 따라 나온다. 벌거벗은 고래가 아래층에 대고 고함을 친다.

"야, 시끄러워! 그놈의 싸움박질 좀 작작 하라고!"

우렁차게 울려 퍼지는 놈의 목소리. 덕분에 우리만 불리하게 됐다. 태미가 득달같이 거실 밖으로 나와 고래를 향해 소리친다.

"당장 꺼져! 전에 한 말은 귓등으로 들었냐? 나가, 나가라고!"

금방이라도 위층으로 올라올 기세다. 그랬다간 우린 꼼짝없이 발각될 것이다. 나는 고개를 돌려 작은방에 시선을 꽂는다. 기회는 단 한 번뿐이다…….

다시 벌거벗은 고래의 대답이 우렁우렁 울린다.

"어이, 우리가 무단침입이라도 한 줄 아냐? 친절하신 너희 할머니께서 우릴 초대하신 거라고!"

나는 몸을 숙여 재스와 눈을 맞춘다. 지금까지 아이는 꼼짝도 하지 않고 입도 뻥끗하지 않았다. 그저 내 손을 꼭 붙들고 있을 뿐이다. 아이는 말없이 내 눈을 바라본다. 나는 속삭인다.

"나만 따라오렴."

작은방으로 들어간다. 천천히, 신중하게. 뒤를 확인한다. 아무도 없다. 욕실에 있던 패거리와 여자애들 패거리가 계단을 사이에 두고 서로 고함을 쳐대고 있다.

문을 닫고, 재스의 손을 놓는다. 침대 이불을 젖히고 침대보를 벗겨 이불과 이어 묶는다. 한쪽 끝을 침대 기둥에 묶고, 창문을 연 후, 밧줄 대용이 된 침대보를 창밖으로 던진다.

어쩌면 실패할지도 모른다.

그러나 반드시 성공해야 한다.

"재스, 잘 들어."

아이가 초롱초롱한 두 눈으로 나를 올려다본다.

"재스, 오빠가 시키는 대로 해야 돼. 오빠 어깨 위로 올려줄 테니 오빠 머리 꼭 붙들고 목말을 타렴. 그 상태로 창문을 넘어서 정원으로 내려갈 거야. 할 수 있겠니?"

아이는 고개를 끄덕인다.

뭐 이런 꼬맹이가 있을까. 무슨 말을 해도 무조건 끄덕끄덕이니.

고함소리가 거세진다. 태미가 계단을 올라온다. 서둘러 나가야 한다. 나는 침대보가 기둥에 단단히 매였는지 확인해보고 창문 밖을 살핀다.

"지금이야, 재스."

아이를 번쩍 들어 올려 목말을 태운다. 아이의 몸은 깃털처럼 가볍다. 아이가 그러잡은 종이가 내 얼굴을 가린다.

"그림은 두고 가면 안 될까?"

"안 돼요."

"그래, 알았다."

아옹다옹해봤자 소용없을 것 같다.

"꼭 잡아."

아이는 종이를 내 머리에 얹고 두 손으로 꼭 감싼다. 앞이 잘 보이지 않지만 방향을 잡는 데는 무리가 없다. 창틀에 한쪽 다리를 얹고, 손으로 침대보를 잡고, 다른 쪽 다리로 창 바깥쪽 벽을 디뎌본다. 침대보는 단단히 고정돼 있다. 이제 내려간다. 천천히, 침착하게, 한 발, 한 발. 침대보도 잘 견디고, 아이도 착 붙어 있다. 드디어 땅바닥에 발이 닿는다.

"잘했어, 재스."

아이를 내려준다.

"이제 풍선 요정을 만나러 가야지?"

나는 아이의 손을 잡고 집 뒤쪽으로 데려간다. 집 안에선 아직도 말다툼이 한창이다. 정원 쪽 동태를 살핀다. 울타리 너머로 베키의 머리 윗부분이 보인다. 정원 끝 별채 쪽으로 움직이다가 우리를 발견한다. 그녀가 쪽문을 가리키며 그리로 오라고 손짓한다.

이런 멍청이 같으니.

도대체 생각이 있는 건가 없는 건가. 분명 눈에 띄지 않게 원래 있던 자리에서 기다리라고 그리 당부했건만, 여봐란 듯이 저기서 우리에게 손을 흔들어대고 있다. 집 안에 있는 누구라도 눈만 돌리면 그녀를 볼 수 있을 것이다. 이로울 게 없다. 저 여자애가 상황을 더 악화시키기 전에 서둘러 쪽문으로 가야겠다.

"어서 가자, 재스. 나랑 같이 달리는 거야. 있는 힘껏 빨리 달려."

그러나 10미터도 채 못 가 누군가의 고함소리가 우리의 뒤통수에 와 부딪힌다.

"저놈 잡아라!"

할멈이다. 거실 창문 밖으로 상체를 내밀고 우리를 향해 손가락질을 한다.

"거기 서!"

태미의 얼굴이 삐죽 나와 우릴 확인하고는 사라진다. 그녀는 순식간에 집 밖으로 나와 우리를 향해 질주한다. 그 뒤로 새시와 다른 여자애 둘이 따라 나온다.

네 명 모두 칼을 쥐고 있다.


이 상태론 절대로 도망칠 수 없다. 재스의 발이 너무 느리다. 딱 한 가지 방법은 사람들 틈에 섞여드는 것이다. 그러면 패거리들도 함부로 행동하지 못할 테니. 베키가 비명에 가까운 소리로 아이를 부른다.

“재스, 이쪽이야!”

나는 “풍선 요정한테로 가! 뛰어!” 하며 아이를 힘껏 밀어준다.

재스가 쪽문을 향해 내달린다. 베키가 문을 열고 나를 부른다.

“서둘러! 어서!”

나는 일부러 잠시 멈칫한다. 패거리들의 주의를 끌기 위해서다. 역시 그녀들도 걸음을 늦춘다. 나를 잡아야 할지 베키와 아이를 뒤쫓아야 할지 갈팡질팡하고 있다. 술고래 할멈은 계속 창문 밖으로 몸을 쭉 내민 채 상황을 주시하고 있다. 할멈이 빤히 보는 앞이라면 여자애들도 특별히 위험한 행동을 하진 못할 것이다.

나는 신속하게 주위를 둘러본다. 재스가 쪽문을 빠져나가는 순간 베키가 달려와 안는다. 그녀와 내 눈이 마주친다.

“서둘러!”

그녀가 다급하게 외친다.

나는 얼른 내달려 쪽문을 통과한 후 밀어 닫는다. 아이는 아직도 손에 그림을 꼭 쥐고 있다. 그러나 태미 패거리가 쪽문을 향해 달려오고 있다.

베키가 “어서 가자!”며 재촉한다.

그녀는 엉뚱하게 헤들리 숲으로 향한다.

“베키! 반대 방향으로 가! 도시 쪽으로!”

우리에게 필요한 건 북적이는 사람들이지 나무들이 아니다. 하지만 이미 늦었다. 베키는 숲으로 앞장서 가고 패거리들은 나를 거의 따라잡았다. 나도 베키를 뒤따라가지만, 정말이지 미칠 노릇이다. 미치고 환장하겠다. 뻔히 제 무덤을 파는 꼴인데 이건 다 베키 탓이다.

그녀를 버리고 떠나면 그만이지만 그럴 수가 없다. 재스 때문에라도, 그냥 혼자 내뺄 순 없다. 하지만 우리가 무슨 수로 악에 받친 패거리 넷을 상대한단 말인가. 그녀들과 싸울 수도, 도망칠 수도 없다. 베키 혼자라면 어떻게든 도망칠 수 있지만 재스를 안은 상태로는 불가능하다. 달리기에 젬병인 나조차 벌써 그녀를 따라잡았는데.

패거리들이 점점 거리를 좁혀온다.

드디어 숲에 닿는다. 숲은 그리 넓지 않으니 산책로를 벗어나지만 않으면 사람들과 마주칠 수도 있을 것이다. 그러나 머저리 베키는 순식간에 산책로를 벗어나 나무들 사이로 내달린다.

"베키! 산책로로 돌아와!"

"안 돼! 숲 속에서 쟤들을 따돌리면 돼!"

"돌아오라니까!"

그녀는 내 말을 듣지 않는다. 정신없이 내달릴 뿐이다. 떡갈나무와 너도밤나무 사이사이를 헤매던 그녀가 갑자기 우뚝 멈추더니 뒤돌아서서 나를 노려본다. 숲으로 도망쳐봐야 소용없다는 걸 이제야 깨달은 모양이다. 재스는 여전히 엄마의 품에 안겨 있다. 그러고 보니 모녀의 시선은 내가 아니라 내 뒤쪽을 향해 있다.

나도 멈춰 서서 뒤를 돌아본다.

넷이 우리를 향해 오고 있다. 우리가 멈춰 선 것을 본 그녀들은 이제 서두르는 기색도 없다. 우리가 빠져나가지 못하도록 저들끼리 간격을 넓혀 포위망을 만들고 있다. 나는 더 움직이지 않는다. 움직여봐야 헛수고다. 나는 눈알만 굴려 주변 상황을 훑어본다.

베키가 몇 발짝 뒷걸음질을 치다가 오래된 삼나무 옆에서 재스를 내려놓는다. 엄마 곁에 선 어린 소녀의 손에 그림이 쥐어져 있다. 아이는 걱정도 두려움도 모르는 눈치다.

내가 저 아이라면 얼마나 좋을까.

하지만 나는 아이가 아니다. 나는 나다. 아무리 부정하려 애써도 나는 언제나 나일 뿐이다.

패거리들이 내게서 몇 미터쯤 떨어진 지점에서 걸음을 멈춘다. 내 눈은 패거리들을 향해 있지만 내 뒤에 서 있는 베키와 재스를 온몸으로 느끼고 있다. 정면에 있는 못생긴 여자 패거리들에게 시선을 고정시킨 이 순간에도 내 뒤에 있는 삼나무와 모녀를 느낄 수 있다.

트릭시가 죽고 없는 마당에, 이제 누가 가장 악질일까?

섣불리 단언하긴 어렵다. 태미와 새시 둘 다 막상막하다. 다른 두 명은 이름도 기억나지 않는다. 하지만 저들과 나는 한두 번 본 사이가 아니다. 이 여자애들이 무슨 짓까지 저지를 수 있는지 나는 안다.

베키가 그들의 이름을 부른다.

"젠! 캣! 너희가 태미 명령을 따라야 할 의무는 없어!"

"닥쳐!"

검은 머리의 여자애가 소리친다.

"젠……."

"닥치랬지!"

베키는 다른 여자애들을 설득시키려 한다.

"캣, 내 말 좀 들어봐……."

"꿈도 꾸지 마!"라는 대답이 돌아온다.

베키도 그만 입을 다물고 만다.

그러니까 저 여자애들 이름이 젠과 캣이로군. 어울리지 않게 귀엽고 친근한 이름이다. 나는 태미를 보고 있다. 딱 봐도 지금은 저 여자애가 우두머리다. 게다가 나와 가장 가까운 거리에 서 있다. 그녀들이 다시 슬금슬금 움직이기 시작한다.

"물러서!"

나의 외침에, 태미가 가소롭다는 듯 대꾸한다.

"입 닥치시지, 뺀질이."

"물러서라니까!"

"우릴 막아보시겠다?"

그렇게 일이 나고 만 것이다.

그 순간 나는 죽은 척 살기를 포기한다. 조금 전까지 도시의 유령이었던 나는 이제 그곳에 서서 주머니 속의 칼을 꺼내어 칼날을 편다.

여자애들이 움직임을 멈추고 서로 시선을 교환하다가 다시 나를 쳐다본다.

"칼이 있었어, 뺀질이?"

새시가 말한다.

"어떻게, 쓰는 방법은 아시나?"

"트릭시를 죽인 건 베키가 아니야. 나도 아니야."

"그럼 누구 짓일까?"

뒤에서 베키가 소리친다.

"어떤 남자야! 오두막집에 있었어. 트릭시가 침실을 확인하는 동안 나는 다른 방을 둘러보고 있었어. 별거 없어서 침실로 갔는데 그 애가 죽은 채 쓰러져 있었어. 그 남자도 있었어. 그자가 트릭시 머리를 쳐서 죽인 거야."

나는 오크녀들을 한 명 한 명 살펴본다. 한마디도 믿지 않는 눈치다.

"사실이야. 나도 그놈을 봤어."

태미가 나를 위아래로 훑어본다.

"그런데 너도 마침 그 현장에 있었단 말이지."

"그래."

그녀가 한 발짝 앞으로 다가온다.

“그런데 트릭시의 칼이 어쩌다 네 손에 들려 있게 됐을까?”

다른 여자애들의 표정이 굳는다. 태미는 그녀들을 둘러보며 말한다.

“몰랐어? 뺀질이가 트릭시의 칼을 들고 있잖아.”

“트릭시 주머니에 있던 걸 빼낸 거야. 놈이 나까지 해치려 들었으니까. 방어할 무기가 필요했다고.”

“사실이야.”

베키가 거든다. 하지만 다 시간낭비다. 더 얘기해봤자 먹혀들 것 같지도 않다.

새시가 점점 다가온다. 젠, 캣도 다가온다. 태미가 이를 드러내며 큰 소리를 낸다.

“너희 둘 다 트릭시한테 악감정이 있었어. 뺀질이 넌 뚝방길에서 당한 일이 있고, 베키는 겁쟁이 소리를 들었지. 그러니까 걔가 한눈파는 사이에 뒤통수를 치는 것쯤이야…….”

“우린 아니야.”

베키가 항변한다. 그러나 부질없는 노력이다. 말로 떠들어봐야 소용없다. 여자애들이 점점 포위망을 좁혀온다. 나는 칼을 쳐들며 단호하게 외친다.

“물러서!”

듣지 않는다. 뒤에서 베키와 재스가 조심스레 움직이는 것이 느껴진다.

“물러서지 않으면…….”

“않으면 어쩔 건데?”

새시가 말한다.

나는 어깨 너머를 살핀다. 베키와 재스는 꼼짝 않고 삼나무 옆에 서 있다. 아이는 여전히 그림을 꼭 쥐고 있다.

“어쩔 거냐고!”

새시가 다시 말한다.

그 순간 나는 아이를 향해 고함을 친다.

“재스, 그림 잘 보이게 높이 들어! 머리 위로 높이!”

대꾸 한마디 없이, 꿍얼대지도 않고, 아이는 언제나처럼 시키는 대로 한다. 내가 시킨 대로, 그림을 펼쳐서 머리 위로 높이 쳐든다. 종이와 아이의 머리 사이 간격은 불과 3~5센티미터 정도.

그 순간 나는 힘껏 팔을 내지른다. 내 팔이 공기를 가른다. 내게만 느리게 흘러가는 시간. 내 눈에는 이 순간의 과거와 현재가 모두 보인다. 칼이 핑그르르 돌며 날아간다. 삼나무 옆, 꼬마아이가 서 있는 지점을 향해. 아이의 얼굴도 보인다. 아이가 고개를 돌리지만, 자세는 한 치의 흐트러짐도 없다. 이 넌덜머리나는 세상에서 가장 고요하고 가장 움직임 없는 곳이 바로 지금 저 아이가 선 지점이다.

칼이 그림을 꿰뚫고 삼나무에 꽂힌다.

곧장 울새의 심장을 꿰뚫었다.

나는 재스를 향해 허겁지겁 달려간다. 아이는 좀 전과 다름없이 꼼짝 않고 있다. 언제나 그랬듯이 말없이 신뢰할 뿐이다. 베키가 나를 향해 미친 듯이 비명을 질러대기 시작했지만 지금은 신경 쓸 겨를이 없다. 칼을 뽑자 그림이 바닥으로 팔랑팔랑 떨어진다. 나는 몸을 돌려 패거리들을 마주 본다. 그녀들은 움직이지 않는다. 눈도 깜빡이지 않고 나를 응시할 뿐. 내 팔을 붙잡는 재스의 자그마한 손길이 느껴진다.

베키의 비명도 잦아든다.

나는 여자애들을 향해 외친다.

"한 발짝이라도 움직였다간 여기 이 새랑 똑같은 꼴을 당하게 될 거야!"

"트릭시처럼?"

태미가 되받아친다.

"우리가 그런 게 아니야."

그녀들은 한참 동안 죽일 듯한 눈초리로 나를 바라본다. 그러나 결국 천천히 등을 돌린다. 그러고는 이윽고 숲 속으로 사라진다. 베키가 내 팔에 손을 얹으며 나직이 말한다.

"아직 끝난 건 아니야."

나는 재스를 내려다본다. 아직도 내 손을 꼭 붙잡고 있다.

"이제 시작이지."

내가 대꾸한다.

여기가 세계 최고의 빈집이라고 떠벌리진 않겠다. 하지만 오늘 밤 묵는 데는 문제가 없을 것이다. 아파트라서 전등을 켤 수도 있다. 전부는 아니더라도, 약간의 위험은 감수할 만하다. 침실과 거실 등 정도면 괜찮을 것 같다. 전등 자체가 어둑하고 창문 바깥은 환상도로이니까. 질주하는 자동차 외에는 우리를 볼 이도 없고, 높은 층이라서 운전자가 올려다보지도 못한다.

베키는 종일 말이 없다. 숲을 벗어난 이후로는 거의 한마디도 하지 않았다. 재스도 별말이 없다. 그림을 망쳤다며 잠시 앵돌아져 있더니, 금세 풀렸다. 절대로 내 손을 놓지 않는다.

숲에서 나온 후로 오늘 하루가 어떻게 갔는지 모르겠다. 걷고 관찰했다. 내가 기억하는 건 이 두 가지뿐이다. 지금은 저녁 8시. 날이 완전히 저물었다. 그리고 내 삶이 다시 엉망으로 흔들리고 있다.

죽은 듯 사는 게 좋았다. 현실의 삶을 잠재운 채 걸어온 꿈속의 삶은 더없이 달콤했다. 당신에게 내가 한 말이 있지. '인생은 한 방이다.' 다만 여기엔 조건이 붙는다. 스스로를 철저히 통제하고 있을 때만 인생이 한 방이란 명제가 성립하는 것이다. 통제를 벗어나는 순간 인생은 밑바닥을 긴다. 정신 바짝 차리고, 할 일을 파악해야 한다. 3년간 철저히 유령으로 살았지만, 결국 나를 뒤쫓는 괴물들은 다시 모습을 드러냈다.

베키는 재스를 품에 안은 채 소파에 웅크려 누워 있다. 아이는 잠들었다. 쌔근쌔근 깊이 잘 자고 있다. 베키도 눈을 감고 있지만 잠이 든 건 아니다. 나를, 모든 것을 떨쳐내려 애쓰는 중이다. 잊으려 애쓰는 중이다.

어떻게 아느냐고 묻지 마라.

그러나 애써도 소용없다. 잊는 건 불가능하다. 영원히 잊을 수 없을 것이다. 어딜 가건 공포라는 괴물이 집요하게 따라붙을 것이다.

트릭시 일당도 만만한 상대가 아니다. 베키는 태미를 비롯한 여자 불량배들을 좋아하지 않는다. 그냥 상대하기 까다로워서는 아닐 것이다. 몰매를 맞았거나, 맞다가 쓰러졌거나, 둘 다일 수도 있다. 좌우지간 그녀는 엄마 자격이 없다. 재스 같은 아이를 노망 난 알콜중독자 할멈한테 맡기다니, 나라면 어림도 없다. 거리의 시정잡배들을 집으로 끌어들여 마약소굴로 만드는 할멈이 아닌가.

재스가 내 딸이라면 1분만 눈앞에 없어도 못 견딜 텐데.

하지만 베키에 대해 당신에게 귀띔해둘 게 있다. 트릭시는 그녀를 잘못 봤다. 이 여자애는 겁쟁이가 아니다. 겁을 먹은 것과 겁이 많은 건 전혀 다르다. 그녀는 아직도 눈을 꼭 감고 있다, 보이는가? 하지만 단언하건대, 그녀의 정신은 말짱하게 깨 있고, 머릿속은 갖가지 생각으로 팽팽 돌고 있다.

지금의 나처럼.

누군가에게 나만의 빈집을 보여주다니, 기분이 묘하다. 그녀에게 장황한 설명은 하지 않았다. 이 집을 소유한 남자는 유정에서 석유 뽑아내는 일을 한다. 한 달은 집에서, 한 달은 밖에서 지낸다. 2년 전쯤 그 남자를 발견한 후부터 쭉, 나는 그가 어디에 있는지 면밀히 확인했다. 남자는 3주가 지나야 돌아올 것이다.

사실 이 집은 좋은 '빈집'의 조건을 다양하게 갖추었다. 구식 자물쇠라 따기도 쉽다. 옆집에 사는 원시인은 가는귀가 먹었다. 건너편 집은 비었다. 내가 이 집을 애용하지 않는 유일한 이유는 읽을 책이 한 권도 없기 때문이다.

베키가 눈을 뜬다.

"괜찮아, 베키?"

그녀는 대답 대신 질문을 던진다.

"그런 식으로 칼 던지는 건 어디서 배웠어?"

안 그래도 왜 그 얘길 안 하나 했다. 그 얘기를 내내 애써 피하는 기색이었으니까.

"어디서 배웠느냐는 중요하지 않아."

"그 말인즉슨, 너한테 신경 끄고 내 일이나 잘하라는 거야?"

"아마도."

침묵. 그녀는 매서운 눈빛으로 나를 노려본다. 전등 불빛이 어두침침해서인지 그녀의 눈동자가 유난히 새까맣다. 그녀는 곁에서 잠든 재스를 내려다보고는 다시 나를 본다.

"한 번만 더 내 딸한테 그랬다간 내 손에 죽을 줄 알아."

“그렇게 네 딸 목숨을 살렸지. 네 목숨도.”

“재스를 죽일 뻔했어.”

“하지만 이렇게 살아 있잖아. 덕분에 우리도 무사히 여기에 있고. 난 약속한 대로 다 했어. 잠자리를 제공했고, 음식도 줬어.”

“네 눈엔 그게 음식으로 보이디? 콩 통조림, 버섯 통조림, 옥수수 통조림이?”

“집주인이 쟁여둔 게 그것뿐인데 나더러 어쩌라고. 보통은 수프도 있는데, 오늘은 없네.”

그녀가 시선을 돌린다. 씩씩대는 숨소리는 고통과 분노 때문이리라. 그녀가 담배를 꺼낸다.

“안 돼.”

그녀가 나를 쳐다본다.

“담배 피우지 마, 베키.”

“빌어먹을, 고작 담배 한 대가 어때서?”

“난 내 빈집에 흔적을 남기지 않아.”

그녀는 날 노려보고 있다. 나와 만난 이래 가장 화난 표정이다. 아마도 내가 실수한 것 같다. 창문을 열어두면 되는데. 집주인 남자는 담배연기가 말끔히 빠져나간 후에야 돌아올 텐데. 하지만 나는 아무런 흔적도 남기지 않는 생활에 너무도 익숙해졌다.

어쩌면 상관없을 것이다. 어쩌면 이 집을 포기하고 다시는 잠자리로 이용하지 않으면 될 것이다. 어차피 슬슬 결단을 내릴 때가 온 것도 같고. 이 도시는 이제 수명을 다했다는 생각이 든다. 괴물들이 돌아왔다. 더 이상 어느 곳도 안전하지 못하다. 이곳에서 차근차근 쌓아온 모든 일들, 끊임없이 관찰하여 얻은 지식들, 모두 부질없는 헛수고였다.

처음부터 다시 시작해야 한다.

이 도시가 아닌 다른 곳에서.

그들이 그곳까지 쫓아오지 말란 법은 없다. 하지만 나는 다시 시작해야 한다. 웬일인지 희망이 엿보이는 듯하다.

베키가 다시 입을 연다.

"약속은 지킬게."

내 시선을 맞받아치며 그녀가 말을 잇는다.

"내일 아침이면 난 없을 거야. 네 인생에서 사라져준다고."

기나긴 적막이 흐른다. 아파트 밖 환상도로의 시끄러운 자동차 소음이 창문에 와 부딪힌다. 마치 먼 곳에서 들려오는 목소리 같다. 내가 모르는 사람들이 내가 모르는 곳으로 가면서 목적도 없이 질러대는 외침 같다.

갑자기 내 인생이 칠흑처럼 깜깜해진다.

분명 조명을 켜뒀는데, 빛은 다 어디로 사라진 걸까?

어젯밤 노부부의 빈집에서 보여준 책, 기억하나? 니체라는 사람이 썼다는 책?《슈퍼맨과 힘을 향한 의지》. 그 책에 이런 내용이 있다.

죽을 만큼 고난을 겪고 나면 오히려 더 강해진다.

구경꾼 당신은 이 말을 믿는가?

나는 모르겠다. 베키를 보면…… 모르겠다. 나 자신을 봐도 모르겠다. 당신을 봐도 모르겠다. 그쪽이 제대로 듣기나 하는지도 나는 모르겠다.

난 더 강해진 줄 모르겠다. 여전히 나약하고 미미하다. 지금까지 멀쩡히 숨 쉬며 살아냈지만 나 자신이 약하고 작은 존재로만 느껴진다.

"네가 원하는 게 그거였지?"

나는 그녀를 본다. 그녀도 약하고 작아 보인다. 여기서 강해 보이는 유일한 존재는 눕자마자 곯아떨어질 수 있는 작은 소녀, 오직 재스뿐이다.

"네가 원하는 게 그거지?"

베키가 다시 한 번 묻는다.

"나랑 재스가 떠나버리는 거?"

나는 그녀를 본다. 재스를 본다. 내 목소리가 내 귓전을 울린다.

"아니."


새벽. 시궁창 같은 잿빛. 이 시간에도 환상도로를 지나는 자동차 소리가 들린다. 잠을 별로 못 잤다. 라디오를 켠다. 웬만해선 소리를 내지 않는 게 좋지만 지금은 그보다 더 다급하게 알아야 할 소식이 있다.

"헤드라인 뉴스입니다. 경찰이 도시의 칸사이드 지역에서 발생한 17세 소녀 살해사건과 관련하여, 레베카 제이크스라는 이름의 17세 소녀와 '뺀질이'라는 별명으로 불리는 15세 정도의 소년을 찾고 있습니다. 이름이 공개되지 않은 희생자는 둔기로 맞아 사망한 채로 어느 작은……."

베키가 라디오 전원을 끈다.

"듣고 싶지 않아."

"저들이 뭘 아는지 파악해야 해."

"저들이 뭘 아는지 이미 알잖아."

그녀는 재스를 바라본다. 아이는 구석에 앉아서 내가 망가뜨린 그림 뒷면에 다시 뭔가를 그리고 있다. 종이 한가운데에 칼이 박혔던 자국이 있지만 아랑곳하지 않는다.

"베키, 뉴스에서 뭐라고 떠드는지 우리도 알아야 한다니까."

그녀는 나를 돌아보고는 낮은 목소리로 말한다.

"내가 여기 오기 전부터 경찰은 날 뒤쫓고 있었어. 하지만 난 트릭시 패거리를 만나서 태미 할머니 집에 숨어 지냈지. 그때부터 줄곧 누구의 눈에도 띄지 않고 살아왔어. 하지간 이제 경찰도 내가 여기 있는 걸 알아. 그리고 넌……."

그녀의 두 눈이 나의 표정을 살핀다.

"너도 나름의 사연이 있겠지."

"……아침식사로 적당한 게 있는지 찾아봐야겠다."

"말 돌리지 마."

"그래도 아침을 굶을 순 없잖아."

"널 뒤쫓던 남자들, 대체 누구야?"

"처음 본 녀석들이야."

"하지만 그들은 네가 누군지 알잖아. 그자는 널 블레이드라고 불렀어. 또 그자의 짐작은 틀린 게 아니었어, 그치? 이제 와서 부정해봐야 소용없다고."

나는 심드렁하게 어깨만 으쓱한다. 그러나 그녀는 쉽사리 물러서지 않는다.

"그러니까, 그 남자들이 누구냐고."

"다른 이들이 보낸 똘마니겠지."

"다른 이들?"

"나한테 적이 좀 있거든."

"이를테면 누구?"

"이를테면 이제 아침 먹을 시간이라는 거?"

나는 일어서서 재스에게 다가간다.

"어이, 재스!"

아이가 고개를 든다.

"뭘 그리고 있었니?"

아이가 그림을 보여준다. 이번에도 새다.

“멋있네. 이번에는 그림 안 망친다고 약속할게. 배고프지?”

끄덕끄덕.

“뭐가 있는지 좀 찾아볼까?”

하지만 먹을 게 별로 없다. 집주인 남자가 집 안 여기저기에 통조림을 쌓아놨지만 다른 건 없다. 주방으로 가본다. 베키도 합세하여 같이 찬장을 뒤져본다. 그녀가 오트밀 죽을 찾아냈다.

“물만 좀 붓고 끓이면 되겠다. 다른 건 뭐 없어?”

“비스킷이 좀 있네. 잼도 있고. 마가린은 없나?”

그녀가 냉장고 문을 연다.

“있어.”

뚜껑을 열고 냄새를 맡아본다.

“상하진 않은 것 같아.”

우리는 아침식사를 하고 설거지를 한 후 식기를 제자리에 정리했다. 기묘한 정적이 우리를 에워싸고 있다. 옆집 사람들이 텔레비전을 큰 소리로 켜놓았다. 현관문이 덜컥덜컥하더니 문과 바닥 사이의 틈으로 우편물 꾸러미가 쓱 들어온다. 재스는 구석 자리로 돌아가 다시 그림을 그린다. 베키와 나는 식탁에 앉는다.

“베키, 우리 이 집에서 곧 나가야 해.”

“나도 알아. 언제?”

“오늘밤. 날이 어두워지고 충분히 안전해질 때.”

“그럼 오늘은 뭐해?”

"여기 숨어 있어야지. 아무에게도 들키면 안 되니까."

"집주인이 돌아오지 않을까?"

"수영선수가 아니고서야 턱도 없을걸?"

대답이 없다. 나는 그녀를 바라본다. 다시 또 소녀 같은 얼굴이 엿보인다. 재스만큼이나 어린아이의 얼굴. 다른 점이 있다면, 재스는 그녀처럼 겁먹지 않는다는 것이다.

"나도 두려워, 베키."

"나만 그런 줄 알았는데."

나는 고개를 세차게 흔들어 보인다.

이건 진심이다. 두려워서 숨이 막힌다. 모든 게 끝장났다는 걸 알기 때문이다. 모든 게 변했다. 며칠 전까지만 해도 나는 자유의 몸이었다. 기억하는가? 나는 에베레스트보다 높은 산꼭대기에 홀로 우뚝 서 있었단 말이다. 그런데 지금은 경찰에게 쫓기고, 여자 패거리한테 쫓기고 있다. 그중에서도 가장 최악은 ― 과거에게 쫓기고 있다는 것이다. 죽어도 죽지 않는 좀비처럼, 과거는 다시 깨어나 내 목을 조르고 있다.

베키의 현재도 나와 똑같다.

"나도 두려워, 베키."

그녀가 나를 바라본다.

"우린 이제 어디로 가?"

"멀리."

“도시에서 숨어 지낼 순 없을까?”

“안 돼.”

“하지만 넌 이 도시에 대해 빠삭하잖아.”

“이 도시를 나보다 더 잘 아는 사람은 없어. 그렇기 때문에 떠나야 한다는 거야. 여기엔 우리를 노리는 인간들이 너무 많아.”

“떠나면 어디로 간다는 거야?”

“몰라. 일단 도시를 벗어난 다음에 생각해봐야지.”

그녀는 고개를 돌려 재스를 바라본다. 어린 소녀는 사뭇 진지하게 미간을 모으고 자기 그림을 뚫어져라 응시하고 있다. 세상에 이보다 더 중요한 일은 없다는 듯이.

“베키?”

그녀가 다시 나를 본다.

“돈 좀 있어?”

“아니. 넌?”

“없어. 달리 챙겨 갈 물건은?”

“태미 할머니 집에 짐이 좀 있지만 꼭 챙겨야 하는 건 없어.”

“알았어.”

“그럼 이제부터 가만히 기다리면 되는 거지? 밤이 될 때까지?”

“으응.”

그렇게 우리는 기다린다. 그림을 완성한 재스가 종이를 더 달라고 한다. 베키는 줄이 그어진 노트와 연필을 찾아내 딸과 함께 그림을 그린다. 나는 생각에 잠긴다.

그토록 잊고 싶었던 모든 일들이 한꺼번에 떠오른다. 한순간, 나는 여덟 살 꼬맹이 시절로 돌아간 듯한 기분이 된다. 도로 한복판에 서서 교통을 마비시키고 운전자들에게 한바탕 욕을 퍼부어주고 싶다. "거지 같은 세상아, 몽땅 지옥에나 가버려!"라며 고함치고 싶다. 그러나 지금은 모든 게 달라졌다. 이제 짭새들은 그냥 구경만 하고 있진 않을 것이다. 이번엔 나를 붙잡아 쓰러뜨릴 것이다.

내 인생 전부를 낭비해버린 것만 같다. 작은 공인 양 내 손안에 단단히 쥐고 있었는데, 불행히도 털실을 뭉친 공이었던 것이다. 누군가가 내 손을 툭 쳐서 공을 떨어뜨렸고, 그 공은 멀리멀리 굴러가버렸다. 누구든 맘만 먹으면 찾아서 따라갈 수 있는 가늘고 긴 흔적을 남긴 채.

결국 그들은 쉽사리 나를 찾아냈다.

투덜이 괴한 일당은 틀림없이 오랜 시간 나를 추적해왔을 것이다. 내가 뚝방길에서 여자 패거리에게 흠씬 두들겨 맞는 것도 보았을 테고, 그 직후에 오두막집으로 가는 것까지 봤을 것이다. 그 집 안에 내가 있다는 걸, 그들은 분명 알고 있었다. 현관문이며 주방 유리창을 깨부수고 침입했을 때 그들이 찾던 사람은 바로 나였다.

그런데 애먼 트릭시가 죽었고 메리 할멈의 행방은 알 길이 없다.

얼마나 더 많은 사람이 나 때문에 해를 입어야 하지.

베키와 재스를 물끄러미 바라본다. 불현듯 다시금 목이 멘다.

몽롱한 꿈처럼 오늘이 느릿느릿 흘러가고 있다.

그리고 저녁이 되었다.

우리는 모여서 아침과 똑같은 저녁을 먹는다. 아무도 입을 열지 않는다. 처형을 기다리는 사형수들 같다. 옆집 텔레비전이 여태껏 큰 소리로 떠들어대고 있다. 하루 종일 텔레비전 소리가 울렸지만 나는 그런 줄도 몰랐다. 우리는 각자 씻고, 흔적을 지운 후, 다시 모여 앉는다. 베키의 안색이 창백하다.

"베키?"

"왜?"

"경찰에 신고할래?"

"미쳤어?"

"자수하라는 게 아니야. 그냥 전화로, 트릭시를 죽인 남자에 대해 자세히 얘기하라고. 현장에 공범자 둘이 더 있었다는 것도 말하고. 그럼 경찰의 관심을 다른 데로 돌릴 수 있을 거야. 너한테 도움이 될 것 같아."

그녀는 고개를 젓는다.

"트릭시 일 말고도 경찰이 날 찾는 이유는 충분해. 그들이 내 말을 믿어줄 리 없다고. 설령 믿어준다 해도 나는……."

끝까지 들을 필요도 없다. 그녀가 짭새들을 무서워한다는 건 나도 이미 잘 안다.

나는 일어선다.

"그럼 서두르자. 이제 가야 해."

그녀도 일어서며 재스에게 손을 내민다. 아이는 엄마 손을 붙잡고 나를 올려다본다.

나는 다정하게 묻는다.

"준비됐지, 재스?"

아이가 고개를 끄덕인다.

그때 문득 내 머릿속에 떠오르는 게 있다.

"베키?"

"응?"

"이거 좀 맡아줘."

나는 주머니칼을 꺼내어 내민다.

"글쎄…… 싫은데."

"나도 싫어서 그래."

"하지만 사용법을 아는 건 너잖아."

그게 문제다. 나는 칼 다루는 법을 너무 잘 안다. 이 도시를 너무 잘 아는 것처럼. 칼과 도시, 모두 다 떠나보내야 할 시점이다.

"받아줘, 베키. 부탁이야."

그녀가 칼을 받아 주머니에 넣는다.

"고마워."

　나는 사방을 둘러보고 집 안을 꼼꼼히 확인한 다음, 전등 스위치를 끄고 현관문을 연다. 복도는 어둡고 조용하다. 옆집 텔레비전 소리도 멎었다.

　우리는 현관문 밖으로 나와 잠시 걸음을 멈추고 귀를 기울인다. 사람의 움직임이나 목소리는 들리지 않는다. 아파트 밖의 자동차 소음뿐이다. 베키가 현관문을 닫는다. 다시 귀를 기울여보고, 계단을 내려간다. 천천히, 신중하게, 한 층 한 층 내려간다. 마침내 캄캄한 밤의 세상이 우리를 맞이한다.

놈들이 나를 향해 다가온다.
그러나 난 준비가 되었다…….

# 2

핏빛 하늘. 사위가 어두워지면서 거리도 건물도 밤으로 젖어든다. 그러나 도시는 깨어 있다. 그녀는 절대로 잠드는 법이 없다. 나른하게 졸기는 하지만 잠은 자지 않는다. 그렇기에 도시는 너무 많은 것을 목격한다.

당신이 그렇듯이.

내가 모를 줄 알았나? 당신은 그저 호기심에 미친 불면증 환자다. 당신은 내 의사와는 상관없이 내 일거수일투족을 엿본다. 글쎄, 내 의사를 말하라고? 나는 싫다, 적어도 지금 이 순간은. 누군가가 곁에 있어주길 원할 때는 사정이 다르지만 말이다.

지금 내 곁엔 누군가가 있다. 그것으로 충분하니 더 이상은 필요 없단 말이다. 하지만 입을 헤벌린 채 나를 바라보는 당신에게서 벗어나긴 틀린 것 같다.

그런데 당신 말고 또 누가 나를 주시하는가?

그게 의문이다.

물론 나를 찾는 자들은 많다. 경찰, 패거리들을 비롯한 여러 부류들. 생각만 해도 몸서리가 쳐진다. 그러나 이미 과거는 다시 깨어나 발톱을 세우고 나를 움켜쥐었다. 다시 목숨이 위태로워진 나는 더 이상 예전의 내가 아니다.

베키의 걸음걸이가 이상하다. 발을 질질 끌며 걷는다. 피곤하거나 다친 거라면 아예 걸을 수 없을 것이다. 나는 그 이유를 안다. 그녀는 겁에 질린 것이다. 트릭시가 살해당하고 태미 일당이 우리를 뒤쫓는 현실에 숨이 막힌 것이다.

그녀는 태미 일당처럼 싸움의 귀재가 아니다. 본인은 그렇다고 생각했지만 실상은 아니었다. 나는 그녀를 사랑할 수 없다. 아파트에서 함께 밤을 보낼 때는 부쩍 가까워진 느낌이었지만, 다시 거리로 나서는 순간 그녀의 몸은 얼어붙었다.

지금은 그녀가 강해지는 게 중요하다. 그러나 그녀는 돌이 되어버렸다. 고작 열일곱 살밖에 안 된 여자의 마음은 인간의 본능, 심지어 모성애조차 잃어버린 것 같다.

그렇기 때문에 내가 그녀를 떠나지 못하는 것이다. 그녀뿐이었다면 진즉 갈라서자고 했을 것이다. 그러나 그녀에겐 재스가 있다.

저 아이를 보라. 네 살배기 어린 소녀가 범죄자 소굴에서 살았다. 그전엔 어떤 곳에서 지냈는지 누가 알겠는가? 게다가 엄마라는 사람은 거리의 인간쓰레기들이나 눈 깜짝할 사이에 사람을 칼로 찌르는 여자애들과 어울리는 무능력자다. 그렇게 가여운 아이가 지금 내 손을 잡고 친구 생일파티에라도 가는 듯이 밤거리를 걷고 있다.

세상에 위험한 일은 없다는 듯이. 갈 곳이 있다는 듯이. 그러나 우리에겐 갈 곳이 없다.

물론 미래는 존재한다. 그런데 그 미래는 과연 어떤 곳일까?

재스를 위한 곳은 아닐 것이다. 나나 베키를 위한 곳일 것 같지도 않다. 과거를 지닌 이에겐 미래가 없다. 바로 그게 문제다. 미래가 있어야 그곳으로 갈 수 있는 법이다.

나에게 미래란 게 있는지, 나는 모른다. 과거는 있다. 뭐가 되었건, 베키에게도 분명 과거가 있다. 과거를 지나쳐 현재가 찾아왔다. 비루한 현재가. 세상 그 누구도 원하지 않을 법한 현재가. 어두운 거리, 어두운 건물, 어두운 도시, 어두운 하늘.

베키가 나를 쳐다본다.

"블레이드?"

제발 저 이름으로 날 부르지 않았으면 좋겠다. 하지만 이제는 어쩔 수 없다. 그녀가 아는 나는 블레이드다.

"블레이드?"

"왜?"

"얼마나 더 가야 해?"

"금방이야."

"정확히 얼마나……?"

"8킬로미터쯤."

"그게 금방이야?"

나는 대꾸하지 않는다. 저 여자애는 벌써 30분째 저렇게 징징대고 있다. 내가 목적지를 말해주지 않았기 때문이다.

그녀 말은 반은 맞고 반은 틀리다. 거리 얘기 말이다. 그녀와 내게는 그리 먼 거리가 아니다. 짭새를 비롯한 과거의 괴물들이 우리의 그림자를 밟은 이상, 8킬로미터쯤이야 한달음에 갈 수 있는 거리다. 가능하면 빛의 속도로 이곳을 벗어나야 하니까.

하지만 재스는 다르다.

꼬맹이 소녀에게 8킬로미터를 걸으라는 건 고문이나 마찬가지다. 허나 뾰족한 수가 없다는 게 문제다. 하룻밤을 보낸 아파트를 떠날 때, 사실 나는 어디로 갈지 정하지 못했다. 그저 이제 가야 한다고 말했을 뿐.

어디든 먼 곳으로.

내가 정한 건 그것뿐이었다. 도시를 벗어나 짭새들도, 태미 패거리도, 그 밖에 그 누구도 우릴 찾아낼 수 없는 곳으로 가야 한다는 것. 그러다 문득 도움이 될 만한 어떤 아이디어가 떠올랐다. 그곳에 닿을 수만 있다면…… 가능성은 있다.

대단한 아이디어는 아니지만 머리를 쥐어짜서 생각해낸 최선의 방법이다. 그러니 지금 나는 재스를, 그리고 아이의 덜 떨어진 엄마를 어떻게 그곳까지 데려갈지에 온 신경을 집중해야 한다.

"계속 가야 해, 베키."

그녀가 나를 쏘아본다. 나는 베키의 눈총을 무시하고 아이를 내려다본다.

"재스?"

아이는 고개를 들어 나와 시선을 마주친다.

"재스? 오빠가 목말 태워줄까?"

반쯤은 진심이 아니었다. 물론 재스는 공기처럼 가볍지만, 아이를 어깨에 앉히고 가다간 얼마 지나지 않아 내가 지치고 말 것이다. 하지만 아이는 대환영이라는 듯 활짝 미소를 짓는다.

정말 어쩔 줄을 모르겠다. 이 아이는 정말 요정 같다. 말수는 적지만 뭔가 특별한 기운이 느껴진다.

"좋아, 이리 와."

나는 아이를 번쩍 들어 올린다. 아이는 아주 익숙하게 내 목을 타고 양 어깨에 다리를 척척 걸친다. 나는 아이의 발목을 단단히 잡는다.

"너, 좀 무거워졌다?"

"아냐, 아니에요."

아이의 앙증맞은 팔이 내 머리를 감싸고 있다. 두어 번 장난처럼 내 머리 꼭대기를 쓰다듬는다. 아기가 강아지를 쓰다듬듯이, 서투르면서도 재미있다.

"그만해."

그냥 농담한 건데 아이는 단박에 손길을 거둔다. 우리 셋은 계속 걷는다. 나를 쳐다보는 베키의 시선이 느껴진다. 그녀가 속으로 무슨 생각을 하는지는 알 길이 없다. 이런저런 생각과 감정이 복잡하게 얽혀 있겠지. 내가 자기 딸과 사이좋게 지내서 다행이라고 생각할 수도 있고, 그 반대일 수도 있겠다. 하지만 지금은 베키의 속마음을 읽어내려고 애쓸 겨를이 없다.

계속 걸어야 한다. 반드시 그곳에 닿아야 한다. 지금 중요한 건 그것뿐이다.

"베키, 여기서 왼쪽으로 꺾어."

가로등은커녕 건물도 없는 좁은 샛길이다. 베키가 걸음을 멈춘다. 가기 싫은 모양이다. 가만히 서서 샛길이 뻗은 방향을 바라볼 뿐이다.

"굳이 이런 길로 가는 특별한 이유라도 있어?"

"우리가 가려는 곳으로 통하니까."

"그럼 그게 어딘지는 왜 말 안 해주는데?"

"잘 안될 수도 있거든."

"그러니까, 거기가 위험하다는 거야?"

위험하냐고 묻는다.

뭐 이런 미련한 질문을 하지? 때때로 이 애의 목을 조르고 싶다. 우리에게 위험하지 않은 곳이 존재한다고 믿는 건지. 이 길로 가자, 저 길로 가자, 우리에게 그런 선택권이 있다고 믿고 있는 건가? 그럼 만사 오케이라고?

천만의 말씀이다. 지구 상의 길 하나, 땅뙈기 한쪽도 우리에겐 안전할 수 없다. 너무도 많은 사람들이 우리를 노린다. 그녀도 나만큼이나 잘 아는 사실이다. 그렇다고 재스가 보는 앞에서 이 얘길 할 수는 없다.

"베키, 잘 안될 수도 있다고. 그뿐이야, 알겠어?"

나는 목소리를 낮춘다.

"이봐, 우리는 지금 어딜 가도 위험해. 뉴스에서 우리 이름이 나왔다고. 우린 완전히 노출됐어. 열일곱 살 여자, 열다섯 살 남자, 네 살짜리 여자아이. 우리 인상착의도 알려졌어. 그러니까 사람들 눈은 물론 CCTV도 피해 다녀야 해. 인적이 없는 외딴 곳으로만 다녀야 한다고. 봐, 이 샛길이 딱 그런 곳이야."

물론 가끔은 이 길에도 사람들이 지나다닌다. 하지만 굳이 그 얘기까지 할 필요는 없으리라.

"이거, 어디로 이어지는 길이야?"

그녀가 묻는다.

"운동장을 몇 군데 지나서 둘로 갈라지는데, 하나는 도심으로 이어져. 우린 다른 길을 탈 거고."

"그 길은 어디로 가는데?"

"내가 가려는 곳으로."

“네가 한사코 말해주지 않는 곳 말이지? 비밀의 목적지.”

한껏 비꼬는 투지만 나는 일부러 못 들은 체한다. 이 여자애의 발을 움직이게 하는 게 급선무다. 그녀는 땅에 다리가 박혀버린 듯 꼼짝 않고 그 자리에 서서 망연히 샛길을 바라본다.

그러다 느닷없이 고개를 홱 돌려 나를 쳐다본다.

“알았어.”

마침내 그녀가 어두운 샛길을 향해 발걸음을 옮긴다.


나도 재스를 어깨에 태운 채 뒤를 따른다. 어이 구경꾼, 그쪽이 무슨 생각하는지 다 안다. 어째서 베키에게 목적지를 알려주지 않는지, 그게 궁금하겠지.

뭐, 궁금한 거야 그쪽 맘이니 계속 궁금해하시라. 나는 내 할 일을 알아서 할 테니. 베키는 총구를 벗어난 총알이다. 나는 그녀를 믿지 않는다. 따라서 뭘 시킬 마음도 없고 뭘 알려줄 마음도 없다.

그렇다고 댁을 믿는 것도 아니지만, 그건 좀 다른 문제다.

샛길을 따라 쭉 걷는다. 아까까지 걸었던 거리보다 좀 더 어둡다. 걷기 좋은 길은 아니다. 남들 눈에 덜 띄니 길거리보다야 낫지만 좋은 곳이라 볼 수는 없다. 탁 트인 운동장이라도 나오면 덜 갑갑할 텐데. 하지만 운동장에 닿으려면 아직 한참 멀었다.

길 양편에 높이 솟은 벽이 보이는가? 이쪽 벽 너머엔 학교가 있

다. 훗, 전혀 몰랐지? 다른 쪽 벽 바깥은 버려진 공터다. 당신도 곧
보게 될 거다. 평소의 나라면 되도록 멀찍이 돌아갔을 곳이지만.

공터에는 수상한 인간들이 어슬렁거린다. 덮고 잘 신문지나 상
자를 찾아다니는 이들은 십중팔구 청소부와 마약중독자들, 아니
면 미친 거지다. 더럽고 누추한 곳이지만, 달리 갈 수 있는 곳도
없잖은가? 우리와 같은 처지인 사람들, 즉 짭새들 눈에 띄기 싫은
이들 틈에 섞이는 게 차라리 낫다. 게다가 그들이 우리를 쫓아낼
리도 없다.

그래도 경계를 늦춰선 안 된다. 이 떨거지들이 짭새를 싫어한
다고 해서 우리를 좋아한단 법은 없으니까. 베키가 숨죽여 말을
건넨다.

"사람들이 있어."

"알아."

"바로 앞에 있어."

"봤어."

"아무래도 돌아가는 게 낫지 않을까?"

"그냥 걸어."

시커먼 형체 셋이 벽에 몸을 기댄 채 쓰러져 있다. 그러나 시체
나 다름없는 자들이니 무시하면 그만이다. 어떻게 아느냐고 그만
좀 물어라.

"블레이드?"

그녀가 속삭인다. 도살장에 끌려가는 소처럼 발걸음이 몹시 무겁다. 나도 속삭임으로 대답한다.

"그냥 가라니까. 괜찮아."

"하지만……."

"잔말 말고 그냥 가라면 좀 가."

어쨌든 그녀는 입을 다물고 발걸음을 옮긴다. 정말 내키지 않는 게 내 눈에도 훤히 보인다. 그녀는 밤하늘에 대고 공포의 비명을 내지르고 싶은 것이다. 당장 뒤로 돌아 도망가고 싶은 것이다. 그녀가 주머니에 손을 넣는다. 나는 주머니 안을 뒤적이는 그녀의 손을 주목한다. 트릭시의 주머니칼을 찾고 있다.

"베키."

나는 더없이 부드러운 목소리로 그녀를 부른다. 그녀가 돌아본다.

"하지 마."

어둠 속에서도 내 표정을 읽은 그녀는 주머니에 넣었던 손을 도로 뺀다.

칼은 없다.

벽에 기댄 형체들이 더 가까워진다. 꾸벅꾸벅 조는 듯한 남자 둘, 술병을 통째로 들이켜는 여자 하나. 그들이 고개를 들고 우리에게 손짓한다. 재스의 발목을 잡은 나의 손에 살짝 힘이 들어간다.

“재스, 저 사람들한테 인사해.”

“안녕하세요!”

재스가 순진하게 인사를 건넨다.

“안녕, 꼬마야?”

여자가 대답한다.

우리는 그대로 그들을 지나쳐 걸어간다. 나는 재스의 발목을 다시 한 번 힘주어 잡는다.

“잘했어.”

아이도 또 한 번 서투른 솜씨로 내 머리를 슬며시 토닥인다. 내 어깨에 올라탄 아이는 아직도 솜털처럼 가볍다. 영원히 어깨에 태우고 다닐 수 있을 것 같다.

저만치 앞에서 오른쪽 벽이 푹 꺼진다. 그 옆으로 버려진 공터가 펼쳐진다. 이곳은 조금 서둘러서 지나쳐야 한다. 나는 말썽이 일지 않기를 바라지만, 공터의 떨거지들은 아무것도 아닌 일로 먼저 시비를 걸기 일쑤다.

아직까진 별일 없다. 샛길에는 아무도 없고 오른쪽의 캄캄한 공터도 조용하다. 어쨌든 위험해 보이는 건 없다. 한밤중 혹은 방해요소가 없는 시간대에 이곳으로 몰려드는 쓰레기 무리뿐이다.

“뭔가 움직였어.”

베키가 속삭인다.

“저기, 낡은 냉장고 옆에.”

"고양이야."

"봤어?"

"내가 그렇다면 그런 거야. 고양이라고. 좀 더 뒤쪽에 한 마리 더 있어."

"어디?"

"유모차 뒤에."

내 턱이 향하는 방향으로 베키가 시선을 던진다.

"고양이는 안 보이는데."

"방금 딴 데로 갔어."

그녀가 나를 흘겨본다.

"넌 아무것도 놓치지 않아, 그렇지?"

나는 대답하지 않는다. 아무것도 놓치지 않느라 대답할 겨를이 없다.

잡동사니 더미에서 움직임이 느껴진다. 땅바닥에 붙은 사람의 형체. 담요를 덮고 있다. 쿨럭쿨럭 기침소리와 함께 담요가 홱 젖혀지고, 희번덕거리는 한쪽 눈이 보인다. 그 눈이 잠시 나를 바라보다가 이내 다시 감긴다.

계속 걷는다. 왼편 저 멀리에서 도시의 소음이 희미하게 울린다. 밤의 소음. 도시는 불평하고 있다. 쉬고 싶은데 그럴 수가 없어서. 나는 이 소리를 안다. 그녀가 내는 모든 소리를 알아들을 수 있다.

그러나 이곳은 적막하기 짝이 없다. 잡동사니 더미 속에서 가볍게 바스락거리는 건 아마 쥐 떼일 것이다. 우리 뒤쪽 어딘가에서 자그맣게 비명소리 비슷한 게 들린다. 좀 전에 만난 고양이 두 마리의 소행인 듯하다. 하지만 이런 소리들마저 금세 멎어버린다. 그리고 다른 소리가 들린다.

사람의 발소리.

나는 걸음을 멈추고 귀를 기울인다. 베키도 멈춰 서서 나를 쳐다본다.

"뭐야?"

"쉬이잇!"

주위를 둘러본다. 누군가가 뒤쫓는 흔적은 없고, 발소리도 멎었다. 나는 발걸음을 옮긴다. 다시 발소리가 들린다. 나는 멈춰 선다.

발소리도 멈춘다.

이번에는 한 바퀴 빙 돌며 사방을 면밀히 살핀다. 공터 쪽에서 움직임은 전혀 감지되지 않는다. 샛길도 마찬가지.

"난 아무 소리도 안 들리는데."

베키가 말한다.

재스가 내 머리칼을 가지고 장난을 친다. 마치 아무 일 없으니 괜찮다고 다독이는 듯하다. 다시 걸음을 옮긴다. 천천히, 규칙적으로. 다만 이제는 걷는 와중에도 온 신경을 집중해서 모든 것을 보고 듣는다. 보이는 사람도 없고 들리는 목소리도 없다. 이제 우리 발소리 외에 다른 발소리도 들리지 않는다. 저 멀리 아득한 도시의 신음소리뿐이다.

"아무 소리도 못 들었어."

베키가 다시 한 번 같은 말을 되뇐다.

비가 오기 시작한다. 가느다란 빗줄기가 부슬부슬 내린다. 재스가 키득거린다. 올려다보니, 아이도 살짝 고개를 숙인다.

"비가 와요"라면서 아이는 내 머리칼을 잡아당긴다.

재스에겐 이 모든 것이 놀이인 모양이다. 아주 잠깐, 찰나에 가까운 순간이지만, 나도 깜빡 즐거운 기분에 사로잡힌다. 그러나 오래 지속되진 않는다.

타박타박, 다시 들리는 발소리.

나는 걸음을 멈추고 귀를 기울이며 주위를 돌아본다. 나를 빤히 바라보는 베키의 시선이 느껴진다. 다시 한 번, 그녀의 목을 조르고 싶어진다. 그녀가 주의해서 바라보아야 할 대상은 이 길과 옆 공터다. 내가 아니란 말이다. 그녀는 문제의 불씨를 경계해야 한다.

"또 뭐야?"

그녀가 따지듯 묻는다.

이제 내 눈에 그자가 보인다. 우리 뒤로 한참 떨어진, 벽이 있는 곳이다. 진작 눈치챘어야 하는데. 놈이 아주 영리하거나 내 감각이 무뎌졌거나 둘 중 하나일 거다.

그가 멈추어 선다. 어둠 속에 몸을 숨기고 있다. 얼굴이 명확하게 보이진 않지만 건장한 체구의 사내다. 나를 보고 있다. 놈의 눈을 볼 순 없어도 나는 확실히 알 수 있다.

"뭐냐니까?"

베키가 자꾸 캐묻는다. 고개를 돌려 보기만 하면 될 것을. 내 시선이 닿는 곳으로 시선을 돌리기만 하면 될 것을. 그러나 그녀의 시선은 나에게만 꽂혀 있다. 나는 사내를 보고 있지만 베키의 시선을 느낄 수 있다. 얼빠진 멍청이처럼, 그녀는 오로지 나만 노려보고 있다.

"저기."

나는 그가 있는 쪽을 턱으로 가리킨다.

"벽 옆쪽, 그늘진 데. 웬 놈이 있어."

대꾸는 없지만 내게 들러붙은 그녀의 시선이 떨어지는 게 느껴진다.

"아무것도 안 보여."

재스가 다시 내 머리칼을 잡아당긴다. 나는 아이의 발목을 간질이면서 베키를 슬쩍 곁눈질한다.

"천천히 움직여. 대신 빈틈을 보여선 안 돼."

우리는 다시 움직이기 시작한다. 나는 뒤돌아보지 않는다. 뒤돌아볼 필요가 없어졌다. 놈이 우릴 '미행'한다 해도 이제 내 귀엔 놈이 움직이는 소리가 들린다. 그러나 실상 그는 우리를 미행하는 게 아니다. 굳이 발소리를 죽이며 걷지 않는다. 우리에게 들킨 것을 알지만 그래도 상관없다는 태도다.

만에 하나 내가 아는 놈일 수도 있으니 잠깐이라도 놈의 얼굴을 확인해야 할 텐데. 하지만 아직은 안 된다. 아무렇지도 않은 듯 당당하게 행동해야 한다. 나 역시 놈이 있거나 말거나 상관없다는 태도로.

하지만 상관없지 않다는 게 문제다. 우리와 보조를 맞추어 집요하게 뒤따라오는 게 무척 거슬린다. 차라리 그냥 와락 덮쳐주면 좋으련만. 그러나 놈은 일정한 거리를 유지한 채 우리를 주시하며 뒤따를 뿐이다.

베키는 또 긴장으로 잔뜩 굳어버렸다. 저렇게 소심한 여자애가 어떻게 트릭시 패거리에 끼게 됐는지 정말 알다가도 모를 일이다. 나를 사정없이 두들겨 패던 패거리 사이에 저 여자애도 끼어 있었다는 게 도무지 믿기지 않는다. 무슨 짓이라도 해야 했겠지. 없는 배짱이라도 쥐어짜서 보여줘야 했겠지. 안 그랬다면 일당이 그녀를 끼워주지도 않았을 테니.

하지만 지금은 쥐어짤 배짱마저 바닥난 모양이다. 다시 숨 쉬기조차 곤란한 상태가 되었다. 내 눈엔 보인다. 그녀는 자기 안으로 꽁꽁 숨어 들어가 좀처럼 나오지 않을 작정인 것이다.

"베키."

나는 말을 하면서도 듣는다. 뒤에서 들려오는 발소리. 빗소리에 섞이고 어둠에 가려졌어도 그 소리는 똑똑히 들을 수 있다. 놈은 아까보다 가까운 거리에 있다.

"베키."

그녀는 대답은커녕 눈길도 주지 않는다. 이 순간 나는 언뜻 뒤를 돌아본다. 번개처럼 빠르게, 그러나 필요한 것은 확인했다. 놈은 가까워졌지만 아직 어두운 그늘 밑에 있다. 갑자기 베키가 걸음을 멈춘다.

나도 멈춰 서서 그녀를 바라본다. 그녀는 우리가 지나온 길을 하염없이 노려보고 있다.

이제 그녀도 놈을 보았을 것이다. 놈도 움직임을 멈추고 그늘 속에 몸을 숨겼지만 아까보다 훨씬 가까운 거리로 다가왔다.

"이제 보여?"

내 물음에 그녀는 코를 훌쩍이더니 돌아서서 다시 걷는다.

"아무도 안 보여."

그녀는 화난 말투로 나직이 내뱉는다. 거짓말이다. 아무도 날 속일 수 없다. 게다가 그녀는 날 두 배로 속이고 있다. 무슨 소리냐고? 척 보면 안다. 내 얼굴에 닿는 빗방울만큼 선명하고 확실한 느낌이 있다.

그녀는 저 사내를 봤다.

그리고 그가 누구인지 안다.

나는 굳이 캐묻지 않는다. 죽은 듯 입을 봉하고 있다. 그저 주위를 살피고, 베키를 관찰한다. 그리고 생각한다. 첫 번째 의문 — 베키가 저 남자를 알면서도 나에게 그 사실을 털어놓지 않는 거라면, 그녀는 도대체 무엇을 숨기고 있을까?

두 번째 의문 — 놈은 어떻게 우리를 찾아냈을까? 그저 운이 좋아 어쩌다 발견했거나, 아니면 누군가가 거리에서 우리를 보고 그에게 고했을 것이다. 밀고자가 누군지는 중요치 않다. 유유상종, 끼리끼리 모이는 법이다. 소문은 돌고 비밀은 샌다. 특히 돈이 걸린 비밀이라면 그건 더 이상 비밀일 수 없다.

세 번째 의문 — 놈의 정체를 아는 베키가 그의 접근을 원치 않는다. 이는 곧 놈이 위험한 존재라는 의미일까? 그렇다, 아니다, 도무지 한쪽으로 마음을 정할 수가 없다. 보통은 딱 보는 순간 저 사람이 위험인물인지 아닌지 판단이 서는데, 이 사내에게선 그 어떤 기운도 느껴지지 않는다.

네 번째 의문 — 만약 그가 위험한 존재라면, 어째서 그는 한사코 거리를 유지하며 따라오는 걸까?

그저 신중하게 적절한 때를 기다리는 것일 수도 있다. 혹은 그 역시 두려운 것인지도 모른다. 뉴스에서 우리 소식을 들었다면, 내가 칼을 얼마나 잘 다루는지, 얼마나 잘 던지는지에 대해서도 들었을 것이다. 극히 위험한 범죄자이므로 가까이 다가가선 안 된다는 언론의 당부도 포함해서.

뉴스에서 뭐라고 떠들었건 우리에겐 약간이나마 도움이 된 셈이다. 아니…… 어쩌면 오히려 상황을 악화시킨 것인지도 모르겠다. 어차피 정상적인 인간들은 남들과 적당히 거리를 유지하기 마련이다. 우리가 경계할 대상은 미치광이들이다. 무슨 짓이든 저질러야 직성이 풀리는 하드코어 족속들 말이다.

아니면 아무것도 개의치 않는 족속들이나.

베키는 한층 더 빨리 걷는다. 절대 뒤돌아보지 않는다. 나의 시선조차 피한다. 그녀가 우리 뒤를 좇는 사내를 두려워하는지 어떤지는 잘 모르겠다. 아, 이게 웬 바보 같은 고민이람. 그냥 물어보면 될 것을.

"베키?"

"아무것도 묻지 마."

그렇다면야. 그녀를 책망할 수 없다. 나 역시 그녀에게 아무것도 알려주지 않았으니. 하지만 머리 위에서 꿈결처럼 자그마한 목소리가 들려온다.

"블레이드?"

처음이다. 아이가 이 이름으로 나를 부른 건. 이렇게 불린 것이 달갑지는 않다. 물론 재스 탓은 아니다. 이유는 모르겠다.

"왜 그러니, 재스?"

"나 내리고 싶어요."

"그럴래?"

나는 아이를 내려준다. 어깨 위에 아이가 없으니 왠지 허전하다. 슬슬 어깨가 무거워지던 참이었지만 그래도 아이를 태우고 걷는 건 무척 기분 좋았었는데. 재스는 엄마의 손을 잡는다. 베키는 아이를 내려다보며 인상을 살짝 찌푸린다. 걸음을 늦추고 싶지 않은 것이다. 엄마의 속내를 알 리 없는 재스는 그저 방긋 미소 짓는다. 잠시 후 베키도 미소를 지어 보인다.

"우리 방울 요정, 괜찮지?"

아이가 고개를 끄덕인다.

나는 다시 뒤를 살핀다. 사내와의 거리가 다소간 멀어져서 아까보다는 잘 보이지 않지만 놈은 지금 휴대폰 통화를 하고 있다. 우리 쪽은 걷는 속도가 느려졌다. 베키가 재스의 손을 잡은 채 걷고 있기 때문이다. 차라리 잘된 일인지도 모른다. 이 주변은 뒤에 있는 사내 말고도 경계할 대상이 많기 때문이다. 주위를 철저히 살피면서 천천히 나아가야 한다.

공터가 뒤편으로 멀어진다. 샛길이 더욱 좁아지다가 양쪽으로 너른 운동장이 나타난다. 그런데 구경꾼, 나는 지금 고민에 휩싸였다. 원래는 샛길을 따라 쭉 내려가다 갈림길이 나오면 왼쪽 길로 접어들 작정이었다.

하지만 지금은 고민이 된다.

저 사내가 자꾸만 신경이 쓰인다. 놈은 어떤 문제라도 일으킬 수 있다. 더구나 누군가와 통화를 했다면, 그래서 우리 애기를 했다면? 통화 상대가 태미 일당 혹은 짭새들일지도 모른다. 어쩌면 내 과거에서 온 진드기들 중 하나에게 연락을 취한 것인지도. 저 사내는 그들이 고용한 일개 똘마니일 수도 있다.

처음엔 그럴 리 없다고 생각했지만 이제는 모르겠다. 과거의 괴물들이 고용한 인물이 몇 명이나 되는지 짐작도 할 수 없다. 트릭시를 죽인 괴한이 있고, 그의 동료가 있고, 덩치 크고 털도 많은 투덜이도 있다. 그리고 이제 휴대폰을 소지한 괴한이 새로 등장했다.

저자도 그들과 한패일 수 있다. 베키가 그를 안다고 여긴 건 그저 내 착각이었던 것 같다. 아마 그녀는 그가 누구인지 전혀 모를 것이다.

"리프야."

불쑥, 베키가 말한다.

나는 그녀를 돌아본다. 그녀는 재스의 손을 붙잡고 무겁게 발걸음을 옮기고 있다. 이윽고 그녀도 나를 본다.

"저 남자 말이야."

"아무도 안 보인다고 하지 않았어?"

"흐음…… 거짓말이었어. 봤어. 아는 사람이야."

나는 더 캐묻지 않는다. 몰아붙여서 좋은 건 하나도 없다. 그녀는 팽팽하게 긴장한 상태다. 그냥 내버려두면 알아서 털어놓을 것이다. 괜히 다그치면 그녀는 꼭 쥔 주먹처럼 마음의 문을 꽁꽁 닫아버릴 것이다.

비가 멈추었다. 우리는 밤길을 계속 걷는다. 사내는 한참 뒤떨어져 있다. 아까 그 자리에서 더 움직이지 않는다. 어둠 속에 있는 형체만이 간신히 보일 뿐이다. 아직도 통화를 하는 중인 것 같다.

나는 베키를 돌아본다. 그녀는 고개를 숙인 채 땅만 보고 걷는다. 할 말은 다 했다는 투다. 좀 더 캐물어야 하나? 하지만 재스가 무심코 먼저 입을 연다.

"리프."

베키는 아이에게 나무라는 듯한 눈길을 쏘고는 고개를 들어 나를 본다.

"태미 할머니의 친구야."

그녀가 마지못해 말한다.

"글쎄, 친구라기보다는…… 후원자에 가깝지."

알 만하다. 태미의 할머니를 똑똑히 기억할 수 있으니까. 술에 찌든 꼬부랑 노파. 그 노인네에게 술을 대주는 건 누구든 할 수 있는 일이다.

또 다른 노파의 모습이 머릿속에 떠오른다. 향초를 켜고 미친 개를 거느리던 백발의 메리 할멈. 누구도 메리 할멈을 술고래 노파라고 부를 순 없으리라. 하지만 그 일을 다시 들쑤셔서 무엇 하겠는가. 내 마음만 괴로워질 뿐인데.

할멈의 일을 다시 생각할 수조차 없다. 그러기엔 마음이 너무 아프다. 내가 떠올릴 수 있는 것은 초라한 오두막집뿐이다. 내가 들을 수 있는 것은 총성뿐이다. 내가 느낄 수 있는 것은 할멈을 두고 혼자 도망칠 때 내 발을 찌르던 돌멩이의 감촉뿐이다. 할멈이 아직 살아 있을 가능성은 없다.

아, 이런 식으로 감상에 빠질 여유가 없다. 지금 당장 직면한 문제에 집중해야 한다.

"리프는 누구지? 후원자라는 거 말고."

"위험한 사람은 아니야. 하지만 질 나쁜 인간들하고 좀 알아."

"당연히 그렇겠지."

그래도 최소한 내 과거와 관련된 인간들을 아는 건 아닐 것이다. 태미 패거리와 엮여 있다면 말이다. 불행 중 다행이랄까.

"저 사람은 트릭시의 오빠랑 어울렸어."

트릭시의 오빠? 그녀에게 오빠가 있다는 얘기는 금시초문이다. 이건 아주 중요한 정보다.

"트릭시한테 오빠가 있었어?"

"응, 이름은 디그야."

"몇 살인데?"

"스물한 살."

"디그라는 작자도 트릭시만큼 잔인한가?"

"웬만하면 마주치지 않는 게 좋을걸."

"왼쪽이야."

내가 지시한다.

"뭐라고?"

"왼쪽으로 꺾어. 샛길을 가로질러."

그녀의 따가운 시선이 느껴지지만, 나는 곁눈질로 뒤를 살피고 있다. 리프라는 놈이 우리를 봐야 할 텐데. 그러나 놈은 내 시야에서 사라졌다. 숨어들 만한 곳도 없는데……? 잠깐…… 그래, 찾았다. 한참 뒤떨어진 곳이지만 분명 그가 있다.

"샛길을 가로질러, 베키. 천천히 움직이라고. 저 남자가 우릴 볼 수 있게끔."

그녀는 군소리 없이 내가 시키는 대로 움직인다.

"멈춰."

내 명령에 그녀는 멈추어 선다. 재스는 엄마의 손을 꼭 잡고 있다. 모녀가 동시에 나를 쳐다본다. 나는 몸을 숙여 재스를 향해 미소를 지어 보인다.

"리프 삼촌."

아이가 천진난만하게 말한다.

달빛도 들지 않는 캄캄한 어둠. 아이의 입이 움직이는 것조차 보이지 않는다. 동그랗게 뜬 두 눈만 보일 뿐이다. 그 눈동자가 입을 대신해 말하는 것 같다.

"그 삼촌 좋아하니, 재스?"

아이는 대답하지 않는다. 가만히 선 아이에게서 느껴지는 것은 두려움이 아닌 다른 감정이다. 아이와 처음 만났을 때가 번뜩 머리를 스친다. 침대 밑으로 빠끔히 보이던 맑은 두 눈.

"그 사람이 널 아프게 했니, 재스? 네가 싫어하는 일을 억지로 시켰어?"

차마 재스의 얼굴을 마주할 수 없다. 나는 시선을 돌려 적막한 어둠이 깔린 샛길을 응시하다가 다시 재스를 바라본다. 아이는 내가 봐줘야 대답할 수 있다는 듯 줄곧 나를 보고 있었다. 나와 시선이 마주치자, 아이는 고개를 젓는다.

"위험한 사람은 아니라니까."

베키가 끼어든다. 밤의 어둠을 뚫고 들려오는 불쾌한 목소리. 나는 베키도 함께 있다는 사실을 거의 까먹다시피 했던 것이다. 허리를 펴고, 다시 한 번 샛길 뒤쪽을 살핀다.

"우리가 샛길을 건너는 걸 놈도 봤기만을 바라자고."

"그게 무슨 소용인데?"

"알 거 없어. 어서 가자."

나는 모녀를 곧장 철망으로 된 울타리로 이끈다. 나와 베키가 넘는 데는 아무런 어려움이 없고 몸집이 작은 재스는 철망이 찢어진 틈새로 기어서 지나갈 수 있다.

"재스, 저 구멍을 통과하는 거야. 재밌겠지!"

아이는 조금도 주저하지 않고 엉금엉금 기기 시작한다. 내가 울타리를 넘어 운동장에 닿을 무렵엔 재스도 이미 넘어와 있다.

내 뒤를 베키가 따른다.

"이젠 어떡해?"

"저 리프라는 작자가 우리를 보고 있어야 해. 우리가 이 운동장을 가로질러 달리는 모습을."

"왜 그래야 되는데?"

"놈이 휴대폰으로 동료한테 보고하니까. 하지만 좀 달리다가 놈의 시야에서 벗어나면 샛길로 돌아갈 거야. 그래야 따돌릴 수 있어. 놈들은 우리가 운동장 건너편으로 가버린 줄 알 테니까."

그러나 설명하는 동안, 나는 다 틀려버린 수라는 걸 깨닫는다.

불빛이 보인다. 샛길 양쪽 끝에서 우리를 향해 다가오고 있다.


불빛의 종류가 여러 가지다. 우리 뒤쪽 저만치서 다가오는 불빛은 자동차 헤드라이트다. 하지만 내 신경을 더 곤두서게 하는 것은 반대편에서 다가오는 불빛이다.

손전등, 그것도 수가 꽤 많다.

아직 어느 정도 거리가 있지만, 1분이라도 더 지체했다간 저들 중 누군가에게 발각될 게 뻔하다. 당장 어디로 움직일 것인가도 문제다. 계획했던 경로로 가려면 손전등이 우글우글한 샛길 아래쪽을 통과해야 하는데 말이다.

"가자. 빨리 움직여야 해."

나는 재스를 번쩍 안고 잰걸음을 내딛는다.

"그냥 걸어가고 싶은데."

재스가 볼멘소리를 한다.

"미안, 하지만 오빠가 안고 가야 해. 알겠지? 조금만 더 이렇게 가다가 내려줄게. 오빠 믿지?"

재스는 굳이 더 조르지 않는다. 이렇게 착하고 사랑스러우니 하늘에 감사할 따름이다.

우리는 달리기 시작한다. 베키는 아이를 안고 달리는 나를 잘 따라온다. 나는 뛰면서도 머리를 굴리는 중이다. 멀리 아래쪽으로 되돌아갈 기회는 아직 있다. 그러나 우선 이 운동장을 가로질러 샛길 쪽에서 안 보이는 지점까지 확실히 간 다음에 방향을 틀어야 한다.

우린 오른쪽으로 방향을 틀 것이다. 다시 도시로 돌아갈 순 없다. 내가 계획한 곳에 닿으려면 이 샛길과 같은 방향으로 가야 한다. 당장은 부지런히 달려서 저 정체불명의 불빛들을 따돌려야 한다. 놈들이 운동장 건너편인 이쪽으로 몰려올 때쯤엔 우리는 흔적도 없이 사라져 있을 것이다.

저들은 분명 이쪽으로 올 것이다. 나의 직감이 그렇게 말한다.

우리는 운동장 중간지점을 달리고 있다. 럭비 경기장, 탈의실, 관람석을 지나친다. 점점 힘에 부친다. 나는 뒤를 살핀다.

샛길과 운동장을 가르는 울타리 너머로 헤드라이트 불빛이 보이고, 그 곁에 서성이는 사람들이 있다. 짭새들이다. 경찰차 두

대, 경찰 네 명. 경찰견은 없다.

그러나 손전등 불빛은 모두 사라졌다.

그들이 아직 있을지도 모르지만 어쨌든 손전등은 모두 꺼졌다. 우리를 잡는 것보다 경찰과 마주치지 않는 게 더 급한 것이다. 그렇다면 그들은 어디에 있을까? 운동장으로 들이닥치진 않았다. 우리는 운동장을 거의 다 건넜지만 여기서도 반대편을 살피는 데는 무리가 없다.

이제 나는 새로운 계획을 짜고 있다.

물론 위험한 계획이다. 겁도 난다. 그러나 저들이 우리를 순순히 보내줄 리 없다. 나는 열심히 머리를 굴려본다. 손전등의 정체를 밝혀내야만 한다. 놈들이 우리를 찾고 있다는 것은 확실하다. 그런데 도대체 누구일까?

얼마 전까지 나를 뒤쫓던 세 명의 괴한은 아니다. 그 정도는 짐작할 수 있다. 손전등의 수는 최소한 다섯 이상이었다. 그들이 누구인지 알아내야 한다. 어떻게 생긴 놈들인지, 얼마나 위험한지 파악해야 한다.

그래, 안다. 베키와 재스를 잊은 건 아니다. 이 모녀를 데리고 무사히 도망가야 한다는 걸 안다. 그러나 우리 뒤를 밟는 자들의 정체도 알아내야 한다. 지피지기면 백전백승이라 하지 않던가. 나는 적을 알아야 한다.

"무슨 일이야?"

베키는 달리는 와중에도 나의 표정을 살피고 있다.

"속으로 뭔가 생각하는 게 있지? 네 얼굴에 다 적혀 있어."

"나중에 얘기해. 지금은 도망치는 게 급선무니까."

우리는 계속 달린다. 우리를 쫓아 운동장으로 난입한 이들은 보이지 않고 손전등들이 어디에 있는지도 알 수 없지만 적어도 이젠 그들의 시야에서 벗어났기만을 바랄 뿐이다. 경찰들은 아까 그 자리에 머물러 있다. 어둠 속에서도 경찰차 헤드라이트는 환하게 빛을 내뿜고 있다.

재스를 안은 팔이 땅바닥에 닿을 지경이지만 드디어 운동장 건너편 끝에 다다랐다. 벽에 기대어 서서 거친 숨을 몰아쉰다.

"내려줘요."

아이가 말한다.

"그래, 아가야."

나는 아이를 내려준다.

"자…… 됐지?"

"이젠 어떡해?"

베키가 묻는다.

"너하고 재스는 이 벽 뒤에 숨어. 좀 더 내려가면 벽돌이 약간 무너진 곳이 있어."

"그걸 어떻게 알아?"

"그냥 알아. 거기서 벽을 타고 넘어가. 수월하게 넘을 수 있을

거야. 반대편에 덤불이 있고, 그 안에 몸을 숨길 만한 공간이 있
어.”

“그럼 너는?”

“돌아가야지.”

“돌아가서 어쩌려고?”

“저들이 누군지 좀 알아봐야겠어.”

“하지만 서둘러야 하지 않아? 네가 아는 장소로 가려면 8킬로
미터나 가야 한다며. 누가 우릴 뒤쫓건 무슨 상관인데? 어차피
마주쳐서 좋을 일 없는 사람들이겠지. 난 더 궁금하지도 않아. 저
들이 누구건 간에 난 이 빌어먹을 곳에서 빨리 벗어나고 싶단 말
이야.”

나는 그녀를 바라본다. 맞는 말이다. 우리는 이곳을 빠져나가
야 한다. 재스의 안전을 위해서라도. 하지만 이대로는 안 된다.

나는 저들을 좀 더 가까이에서 관찰해야 한다. 눈에 익은 이가
없을 수도 있다. 저들은 그저 돈을 받고 일하는 하수인에 불과할
지도 모른다. 하지만 난 알아야겠다. 어떤 작자들이 우리를 저리
도 집요하게 뒤쫓는지를.

“여기서 기다려. 죽은 듯 조용히 기다리라고. 금방 돌아올 테
니.”

그녀는 말없이 나를 노려볼 뿐이다. 재스가 나를 올려다본다.
뭔가를 기다리는 눈빛이다.

"뽀뽀해달라는 거야."

베키가 일러준다.

그녀의 어투는 협박조에 가깝다.

나는 재스를 내려다본다. 누군가와 뽀뽀란 걸 해본 지도 정말 오래되었다. 마지막 상대는 베키였다. 물론 이 베키가 아니라 다른 베키다. 세상에서 가장 특별한 베키. 이젠 죽고 없는 베키. 하지만 지금 베키에 관한 넋두리를 늘어놓고 싶진 않다.

몸을 숙여 재스의 뺨에 입을 맞춘다. 기분이 아주 묘하다.

"안녕."

그렇게 작별인사를 하고, 재스는 엄마에게로 돌아선다. 더 이상 내가 그 자리에 없는 것처럼.

아니, 처음부터 나란 존재를 몰랐던 것처럼.

"재스? 괜찮니, 우리 꼬맹이?"

"너하고는 이게 마지막이라고 생각하는 거야."

베키가 대신 설명한다.

"뭐라고?"

"이런 식으로 떠나서 다시는 돌아오지 않은 사람들이 많았지. 재스는 이별에 익숙해. 그래서 뽀뽀해달라고 한 거야. 재스는 네가 일부러 우리 곁을 떠난다고 생각해."

"베키……."

"뭐, 정말 그런지도 모르지."

나를 향한 베키의 눈초리가 사납다.

"그래, 그럴 거야. 우리가 네 발목을 잡고 늘어지는 것 같겠지. 혼자라면 움직이기도 훨씬 수월할 테니까. 우린 너한테 방해만 되니까."

나는 슬쩍 눈을 깔고 재스를 살핀다. 엄마의 다리를 부여잡고 엄마 허벅지에 얼굴을 한없이 비벼대고 있다. 울거나 하는 건 아니다. 아이는 그저…… 휴, 모르겠다…….

"널 잊으려고 애쓰는 중이야."

이번에도 베키가 대신 나선다.

나는 한쪽 무릎을 꿇고 앉아 재스의 머리칼을 쓸어내린다. 아이는 움직이지 않는다. 얼굴을 돌리지도 않는다. 이런 행위는 내게 몹시 낯설다. 사람들과 가까워지는 걸 극도로 싫어하는 나인데. 하지만 재스는 다르다.

"재스."

나는 아이의 귀에 대고 속삭인다.

"오빠가 잠깐 어디 갈 데가 있어서 그래. 금방 돌아올 거야. 돌아온다고 약속할게."

아이는 엄마의 허벅지에 얼굴을 더욱 세차게 파묻을 뿐이다.

"재스?"

아이가 살짝 고개를 돌린다. 언뜻 보인 오른쪽 눈동자에 눈물이 그렁그렁하다.

아, 정신을 잃을 것 같다. 이런 상황에 어떻게 대처할지 나는 모른다. 그냥 추격자들을 잊어버리고 이대로 모녀를 데리고 이곳을 벗어날까 생각해본다.

그러나 그래서는 좋을 게 없다. 이 꼬맹이가 날 얼마나 애태우건 간에, 나는 운동장 저편에 무엇이 있는지 알아야 한다.

아이의 뺨에 또 한 번 뽀뽀를 한다. 아이는 꼼짝도 않고 입도 열지 않는다.

“돌아올 거야, 재스. 꼭 돌아온다고 약속해.”

아이는 아무 말도 없이 젖은 두 눈으로 나를 올려다본다. 뭔가가 내 주머니 속으로 들어온다. 보지 않아도 그게 무엇인지 알 수 있다. 나는 베키를 향해 원망의 눈길을 보낸다.

“칼은 원치 않아.”

“넣어둬. 나보다 너한테 더 필요한 물건이야. 사용법을 아는 것도 너고.”

나는 주머니에 손을 넣고 칼을 슬며시 쥐었다가 꽉 붙잡는다.

“가져가.”

그녀가 단호하게 말한다.

주머니에서 손을 뺀다. 주머니 안에 든 칼이 유난히 무겁게 느껴진다. 이유는 모르겠다.

“좀 있다 다시 만나.”

다짐하듯 말하고, 나는 그 자리를 뜬다.

생각을 하자. 본래의 내 모습을 되찾아야 한다. 강인한 나, 홀로 행동하는 나. 잠시 베키와 재스를 잊어야 한다. 모녀에 대한 걱정에 사로잡혔다간 무너지고 말 것이다.

어깨 너머로 모녀를 살펴본다. 벽이 무너진 곳을 찾아낸 베키가 재스를 들어 올리고 있다. 그래도 할 일은 하는 중이군. 내가 돌아갈 때까지 저기서 얌전히 기다리기만을 바랄 뿐이다.

좋아, 이제 마음을 비워야 한다. 은밀하게 움직이자.

운동장엔 아직 아무도 없다. 내 눈에 띄는 놈은 없다. 나는 몸을 낮추고 천천히 움직인다. 두 귀를 활짝 열어두고, 맹렬히 생각하며. 손전등 불빛이 있던 장소로 가봐야 한다. 놈들은 아직 거기에 있다. 놈들이 느껴진다.

짭새들도 가지 않았다. 여전히 경찰차가 헤드라이트를 켠 채 그 자리에 서 있다. 샛길 쪽에 경찰 두 명의 형체가 보인다. 나는 왼쪽으로 꺾어 하키 경기장으로 들어선다.

멈추고, 주위를 둘러보고, 귀를 기울인다.

다시 움직인다. 덤불을 뚫고 기어서 그 옆의 하키 경기장에서 또 멈춘다. 오른편 가까이에 샛길이 있다. 이제 명확하게 보인다. 운동장 반대편까지 훤하다.

베키와 재스를 데려오지 않은 건 잘한 일이다. 이쪽 운동장엔 사람들이 있다. 보이진 않지만 감지할 수 있다. 몸을 최대한 낮춘다. 지금의 나는 고양이와 같다. 눈에 띄지 않게 움직이되 여차하면 튀어나갈 수 있다. 달리기가 빠르지 않으니 놈들이 다가오면 내가 먼저 움직여야 한다.

하지만 도대체 그들은 어디에 있는가?

찾았다.

운동장 맞은편 경기장과 샛길이 만나는 울타리 쪽이다. 몇 명의 형체가 서로 딱 붙어 있다. 손전등은 끈 상태다. 경찰차 불빛을 보자마자 울타리를 넘은 게 틀림없다.

짭새들이 그들을 포착한 것 같진 않다. 아마 손전등 불빛도 못 봤을 거다. 어둠 속에 숨은 그들이 몇 명인지는 정확히 파악할 수 없다.

나는 그들에게 좀 더 가까이 접근할 방법을 모색 중이다. 경기장 울타리를 넘어서 그 뒤로 숨어드는 방법이 가장 나을 것 같다.

가자.

다시 비가 내리기 시작한다. 아까와 같은 부슬비다. 얼굴에 닿는 빗방울의 감촉이 좋다. 나는 저쪽의 형체들에게 시선을 고정시킨 채 아주 천천히 움직인다. 조용하다. 속삭이는 소리조차 들리지 않는다. 그들은 기다리고 있는 듯하다. 아마 경찰을 기다리는 것이리라.

아니면 나를.

날 보진 못했을 것이다. 왼편에 딱 붙어서 땅바닥을 기어가고 있으니까. 이제 놈들의 목소리가 들린다. 아득하게 중얼거리는 소리.

그러다 그 목소리가 다시 뚝 끊긴다.

대신 내 뒤쪽에서 자동차 시동 거는 소리가 들린다. 헤드라이트가 샛길을 환히 비춘다. 짭새들이 자리를 뜨는 중이다. 첫 번째 경찰차가 샛길로 들어서고, 두 번째 차가 그 뒤를 따른다.

나는 꼼짝 않고 경찰차를 주시한다. 경찰차는 리프라는 놈이 서 있던 지점으로 돌아간다. 문득 그는 지금 어디에 있을지 궁금해진다. 일이 점점 복잡하게 꼬이는 것 같다.

누군가가 짭새들에게 우리를 밀고한 것이다. 어떻게 아느냐고 묻지 마라. 누군가가 거리에서 우리를 보고 뉴스에서 떠들어대는 인물임을 알아본 것이다. 그래서 경찰에 신고한 것이다.

샛길에서 마주쳤던 떨거지들은 아닐 것이다. 그들도 경찰을 꺼리기는 매한가지니까. 리프일 리도 없다. 그는 여자 깡패들과 한편이니까. 경찰에 신고한 건 어느 오지랖 넓은 인간일 것이다.

그렇다면 손전등들을 끌어들인 건 누구인가. 누군가 알려줘서 온 게 아니겠는가. 그냥 우연히 이곳으로 흘러들어왔을 리는 없으니.

나는 최대한 많은 정보를 얻어야 한다.

다시 움직인다. 땅바닥에 납작 엎드린 채, 천천히 움직인다. 짭새들이 사라진 지금, 놈들은 아까보다 한층 큰 목소리로 자신 있게 떠들어댄다. 서둘러 자리를 뜨려는 기색도 없이 한데 모여 앉아 있다.

울타리에 도착했다. 멈추고, 듣는다. 오른쪽 울타리 너머 조금 아래에 놈들이 있다. 그들도 경사진 곳, 야트막한 도랑에 숨어 있어서 머리와 어깨만 보인다. 한 놈이 움직인다.

나는 움직이지 않는다.

놈이 사방을 두리번거린다. 나는 돌처럼 굳어 있다. 숨조차 쉬지 않고 죽은 듯 꼼짝도 하지 않는다. 저쪽도 조용하다. 아무도 입을 열지 않는다.

다른 놈들도 고개를 돌린다. 그들의 눈길이 내 쪽을 향한다. 보이진 않지만 놈들이 어둠 속에서 흩어지는 게 느껴진다. 찢어져서 나를 찾으려는 거다. 놈들은 나를 볼 수 없다. 놈들은 나를 볼 수 없다고, 나는 스스로 계속 되뇐다. 나는 투명인간이다. 그렇게 지금까지 살아남았다.

그런데 놈들이 고개를 돌리지 않는 까닭이 뭘까? 어째서 아직도 이쪽을 응시하고 있는 거지? 나는 그늘 속에 몸을 감춘 채 바닥에 붙어 있다. 나는 돌처럼 정지해 있고, 숨소리조차 내지 않는다. 그런데 저들은 왜 계속 이쪽을 쳐다보는 걸까?

바로 그 순간 귀에 들려오는 소리.

내 뒤쪽에서 저벅저벅 다가오는 발소리가 들린다.

빌어먹을, 위기다. 나는 고개를 홱 돌려 뒤를 살핀다.

저놈이군. 살금살금 다가오는 저놈을…… 나는 안다. 트릭시를 죽인 괴한. 놈에게 시선을 고정시킨 채 온몸에 힘을 준다. 여차하면 오른쪽이든 왼쪽이든 냅다 튈 수 있게 마음의 준비를 한다. 놈과 싸울 수는 없다. 부지런히 도망치는 것만이 살 길이다.

아직, 아직은 아니다. 놈이 덥석 달려들 때까지 기다리자.

그러나 놈은 덤비지 않는다. 그가 거의 나를 덮칠 무렵에야 나는 놈이 날 보지 못했음을 깨닫는다. 놈은 저쪽의 괴한들을, 괴한들은 놈을 보고 있다. 그래서 고개를 돌리지 않은 것이다.

그러나 이제 놈이 날 알아보는 건 시간문제다. 내가 조금이라도 움직이거나 놈이 조금만 시선을 돌리면 난 꼼짝없이 발각된다. 괴한들 중 한 놈이 큰 소리로 외친다.

"천천히 하라고, 패디."

바로 다음 순간, 놈이 나를 지나쳐 동료들과 합류한다.

패디.

이게 놈의 이름이다. 내가 알고 있던 사실들에 한 가지 정보가 더해진다. 패디 — 유들유들한 말주변, 매끈하게 면도한 얼굴, 나이는 약 30세, 인간쓰레기, 살인자, 고용된 똘마니.

날 찾아서 데려오라는 명령을 받은 자.

그러나 난 돌아가지 않는다. 저들을 보낸 놈들한테는. 차라리 혀를 깨물고 죽으리라.

내 말 잘 들어라, 구경꾼. 세상엔 나쁜 곳이 있고, 지독한 곳이 있고, 또 지옥이 있다. 나는 세 곳을 모두 경험했다.

절대 돌아가지 않을 것이다.

내 눈에 다른 두 놈이 들어온다. 오두막집에서 보았던 괴한 셋이 다시 모인 것이다. 너무 캄캄해서 놈들의 모습을 또렷하게 볼 수 없다는 게 문제다. 패디가 계속 내 뒤를 밟았다면 나머지 둘도 그랬을 것이다. 역시 좀 더 가까이 다가가 자세히 관찰하고 놈들이 하는 말을 엿들어야겠다.

저들이 서둘러 손전등을 다시 켜지 않기만을 바란다.

다시 놈들이 대화를 한다. 너무 작게 속삭여서 한마디도 알아들을 수 없다. 왼쪽으로 기어간다. 너무 빠르지도 느리지도 않게. 놈들이 흩어지기 전에 대화를 엿들어야 한다. 놈들이 언제 다시 움직일지 모른다. 또한 나는 절대로 들키지 말아야 한다.

다른 울타리다. 위로 넘어갈까, 아래로 기어갈까? 아래쪽에 내가 통과할 만한 틈이 있는지 살펴본다. 역시 바닥에 붙어서 가는 편이 안전할 테니.

틀렸다. 틈이 너무 좁다. 오른쪽을 살핀다. 여기선 잘 보이지 않는다. 중간에 덤불이 있다. 그러나 덕분에 저쪽에서도 여기가 안 보일 것이다.

울타리를 넘는다. 아주 천천히, 반대편으로 미끄러져 내려간다. 저들 쪽에서 움직이는 소리는 들리지 않는다. 좀 전과 똑같이 저들끼리 속삭이는 소리뿐이다.

울타리에 붙어 기어간다. 이제 거리는 충분히 가깝다. 샛길 반대편 울타리를 따라 도랑이 파여 있고, 바로 저기, 괴한들이 보인다.

움직임을 멈추되, 긴장을 풀지 않고 관찰한다. 왼쪽으로 아주 조금 움직인다. 나는 엎드린 자세로 울타리 밑의 틈으로 놈들을 엿보고 있다. 저기 도랑 쪽에 있는 무리는 총 여섯 명이다.

어둠이 짙게 깔렸지만 놈들의 얼굴을 하나하나 뜯어볼 수 있다. 그중 셋은 보자마자 알아챘다. 패디, 그의 동료, 투덜이 괴한. 나머지 셋은 모르는 얼굴이지만 모두 인상이 험악하다. 그들도 나를 찾아다니는 것이라면, 나는 생각보다 더 큰 곤경에 처한 것이다.

패디가 입을 연다.

"그럼 아무도 녀석을 못 본 거야?"

나머지 놈들이 고개를 젓는다.

"우린, 여기서 오도 가도 못하는 신세였다고."

투덜이가 말한다.

"너랑 리프가 없는 사이에 말이야."

리프!

이 녀석들, 리프를 안다! 젠장, 빌어먹을! 전혀 예상치 못했다. 놈들이 리프를 안다면, 틀림없이 여자 패거리, 그리고 트릭시의 오빠와도 아는 사이라는 뜻이다. 어떤 식으로든 연락을 주고받았을 것이다. 어떻게 아는지 묻지 마라.

하지만 한 가지 중요한 사실이 있다. 저들은 패디가 트릭시를 죽였다는 사실을 태미에게 알려주지 않았다. 아마 나나 베키가 죽였다고 둘러댔을 것이다. 그렇기에 저들이 한 패가 되어 움직이는 것이다. 머릿수가 많을수록 사냥에 유리할 테니.

그러나 괴한 일당은 저들만의 꿍꿍이가 따로 있다.

투덜이의 말이 이어진다.

"경찰이 뜨는 바람에 꼼짝도 못했어."

그는 잠시 뜸을 들인 후 대뜸 묻는다.

"나머지 둘은 어쨌어?"

나머지 둘이라고? 오싹한 전율이 온몸을 훑는다. 공포로 그만 정신이 아득해지는 느낌이다. 패디가 대답한다.

"꼬맹이는 리프한테 맡겼어."

그럴 리가 없다. 재스는 아닐 것이다. 분명 다른 꼬맹이를 말하는 것이리라.

"여자애는?"

투덜이가 또 묻는다. 듣고 싶지 않다. 감히 들을 엄두가 나지 않는다. 그러나 이미 늦었다. 패디가 입을 놀린다. 그의 말이 내 심장에 와 박힌다.

"죽였어."


칼에 찔려본 적이 있다. 나는 지금 그 고통을 다시금 느낀다.

내게 이런 감정이 남아 있을 줄이야. 나에게 타인을 향한 감정 따위는 죽어버린 지 오래인 줄 알았다. 그러나 다시 마음을 열고 말았다. 재스와 베키가 내 삶 속으로 들어왔는데 이제 아이는 놈들에게 뺏기고 베키는 죽었다. 게다가 이 모든 게 나 때문이다. 왜 그랬을까? 내가 어떻게 해야 했을까?

놈들 사이에 작은 소란이 인다.

"제기랄, 패디!"

"멍청하긴!"

"쓸데없이 왜 그랬어!"

"어쩔 수 없었어."

놈이 대수롭지 않게 말한다.

"여자애가 불어버렸을지도 모르잖아."

"하지만 그들이 말썽 없이 일하라고 누누이 일렀잖아. 녀석만 찾아내라고."

"어쩔 수 없었다고. 알겠어? 이제 그만해."

"그래, 어쩔 수 없었겠지. 오두막집에서도 어쩔 수 없었고. 그래서 둘이나 해치웠겠지."

놈들은 나지막한 목소리로 욕설을 내뱉는다.

"시체는 숨겨놨어. 한동안 아무도 못 찾을 거야."

패디의 말에 놈들은 일제히 입을 다문다. 각자 생각에 잠긴 듯하다.

여기서 벗어나고 싶다. 절박하고 간절한 심정이다. 패디라는 놈이 무슨 짓을 저질렀는지 내 눈으로 확인해야 한다. 쉽진 않을 것이다. 이 부근에는 시체를 숨겨둘 만한 장소가 부지기수다. 둔덕, 도랑, 덤불, 쓰레기장. 그러나 시도는 해봐야 하지 않겠는가.

그렇다고 무작정 내달릴 순 없는 노릇이다. 잘 생각해서 은밀하게 움직이지 않으면 놈들에게 걸리고 말 것이다. 세상에, 내가 감당할 수 있는 범위를 넘어선 일이다. 온몸이 갈기갈기 찢기는 듯하다. 나를 찾아 과거로 되돌리기 위해 나타난 놈들, 그리고 베키를 죽인 자를 지척에 두고 엎드려 숨은 이 현실. 이 와중에도 나는 머리를 굴리고 침착해지기 위해 애써야 한다. 그러나 나를 이루는 모든 조각이 통제력을 상실해버리고 말았다.

심호흡을 하자. 당신도 심호흡해라.

나도 심호흡을 한다. 되도록 조용히 그리고 천천히. 그렇지만 솟구치는 눈물을 참으려니 끄윽 하고 목청을 긁는 소리가 난다. 괴한들 중 한 명이 고개를 돌려 내가 있는 쪽을 살핀다.

놈의 두 눈이 고통처럼 선명하게 보인다. 위험하게 번뜩이는 눈동자. 나를 봤을까? 모르겠다. 혹시라도 어둠 속에서 흰자위가 두드러져 보일까봐 나는 눈을 질끈 감는다. 저들 사이에 정적이 흐른다. 대화소리도 뚝 멎었다.

뭐하는 거지? 저 남자는 뭘 하는 걸까? 움직이는 소리는 들리지 않는다. 가까이 다가오는 기척도 없다. 눈을 뜨고 싶지만 감히 엄두가 나지 않는다. 눈을 뜨면 놈이 볼지도 모른다. 눈물이 흐른다. 눈물이 두 눈을 적시고, 내 얼굴을 적신다.

눈을 뜬다. 괴한이 아직 이쪽을 쳐다보고 있다. 날 본 것이다. 정말 나를 본 걸까? 그 순간 놈은 고개를 돌리고 담배에 불을 붙인 후 나머지 일당에게 가자고 한다.

그런데 아무도 움직이지 않는다. 눈물 때문에 시야가 흐려졌다. 나는 눈을 깜빡여 놈들을 면밀히 관찰한다. 고통을 떨쳐내고, 할 일을 해야 한다. 나는 놈들의 얼굴을 하나하나 관찰하고, 머릿속에 단단히 각인해둔다.

바로 이 순간부터 상황은 뒤바뀐다. 나는 더 이상 놈들의 사냥감이 되지 않기로 결심한다.

투덜이가 일어선다. 그는 담배를 입에 문 놈을 내려다보며 말한다.

"레니 말이 맞아. 여기 마냥 앉아서는 녀석을 영영 찾을 수 없다고. 가자."

레니 — 또 한 명의 이름. 그 이름을 마음속에 깊이 새겨둔다. 레니, 레니, 기억해두마. 증오라는 감정이 이토록 빨리 되살아나다니. 과거에 훌훌 벗어놓고 온 줄 알았는데, 그게 아니었다.

놈들이 모두 일어선다. 패디는 레니의 입에서 담배를 뽑아내더니 자기 입에 문 담배와 끝을 맞붙여 불을 옮긴 후 돌려준다. 그러고는 일당을 쭉 훑어본다.

“따라와.”

그는 도랑에서 기어 나와 샛길로 향한다. 놈들도 그를 뒤따르고, 모두 금세 사라진다. 나도 울타리를 넘어 하키 경기장을 가로질러 내달린다.

난 아직도 울고 있다. 달리면서도 눈물이 멈추지 않는다. 어쩌면 놈들은 내가 있다는 걸 처음부터 알면서 모르는 척 시치미를 뗀 것인지도 모른다. 다른 곳으로 가는 척하다 샛길로 돌아와 나를 잡으려는 수작인지도 모른다. 그러니 주위를 살피며 달려야 하는데…… 그럴 수가 없다.

심지어 놈들의 수작을 신경 쓸 마음의 여유도 없다. 분노와 상처와 공포로 무너져버린 가슴을 안고 그저 엉엉 울고 소리치며 내달릴 뿐이다. 하키 경기장을 건너고, 그 옆의 경기장을 넘는다. 어둠과 비를 뚫고 쓰러지듯 비틀대며 달린다. 그들과 헤어졌던, 무너진 벽에 닿아서야 광란의 질주를 멈춘다.

베키와 재스는 없다.

있을 리가 없지 않은가. 그들이 거기 없다는 사실을 누구보다 내가 잘 알고 있는데. 하지만 그만큼 나는 내가 틀렸기를, 잘못 들은 것이기를, 패디가 동료들에게 뻐기기 위해 거짓말한 것이기를 간절히 바랐다.

그러나 나의 바람은 모두 물거품이 되었다. 놈이 한 말은 거짓이 아니었다. 실은 나도 그의 말이 진실임을 알고 있었다.

베키를 찾아봐야 소용없다. 그녀는 죽어 없어졌다. 바로 나 때문에. 나는 베키와 재스를 마지막으로 보았던 지점에서 무릎을 꿇는다.

"베키."

나의 목소리를 듣는 건 어두운 그림자뿐이지만…… 말해야 한다, 말할 수밖에 없다.

"베키, 미안해. 용서해줘…… 정말 미안해."

하염없이 쏟아지는 눈물을 닦을 생각도 않고, 나는 주위를 둘러보며 무슨 일이 벌어졌는지 파악해보려 애쓴다. 근처에 나무 막대기가 있다. 큼지막하고 무거워 보이는 막대기가. 아마 저것이리라. 저 막대기로 해치운 것이다. 저 정도 크기라면, 한 방이면 족하다.

재스가 목격해야 했을 장면은 생각도 하기 싫다.

"미안해, 베키."

그녀를 떠나지 말았어야 했는데. 재스를 떠나지 말았어야 했는데.

"미안해, 정말 미안해."

가지 말았어야 했다. 모녀를 데리고 이곳을 벗어나 안전한 곳으로 피했어야 했다.

나는 자리에서 일어나 주변을 살핀다. 제대로 생각하기 어렵지만 애써본다. 아직도 비가 흩뿌린다. 바람이 제멋대로 분다. 밤

하늘은 그 어느 때보다도 캄캄하다. 아직 이른 새벽 이곳에 선 나는, 지금이 바로 그 순간임을 알고 있다.

나는 예전처럼 다시 혼자가 되었다. 베키, 재스와 함께 하려고 계획했던 일은 혼자서도 할 수 있다. 이곳을 빠져나가 몸을 숨기면 된다.

……혹은 계획을 바꿀 수도 있다.

내가 사냥꾼이 되는 것이다.

두 번 생각할 필요도 없다. 패디가 그 일을 자랑처럼 떠벌린 순간 이미 답은 정해진 셈이다. 나는 주머니칼을 꺼내어 날을 펴든다. 빗방울이 앉은 칼날은 마치 눈물을 흘리는 것 같다.

"잘 들어……."

나는 나직이 속삭인다. 누구에게 속삭이는지도 모른 채. 구경꾼이여, 대체 나는 누구에게 말을 걸고 있는가?

칼을 꼭 움켜쥐며 비로소 깨닫는다.

내 목소리는 베키를 향해 있다. 방금 전 죽임을 당한 베키, 그리고 진짜 나를 알았던, 역시 지금은 세상에 없는 예전의 베키. 나는 그녀들이 내 말을 듣고 있음을 안다.

칼을 내려다본다. 번뜩이는 칼날 속에 두 베키의 모습이 뚜렷이 보인다. 칼날을 접고 눈물과 함께 칼자루 속으로 넣어버린다. 그리고 다시 한 번 그녀들을 부른다.

"베키, 이건 너를 위한 거야."

나는 다시 달려 샛길을 따라 내려간다. 우리가 왔던 길로 되돌아가는 건 아니다. 괴한들이 그 길로 가는 중이다. 놈들이 보이진 않는다. 한참 앞선 것 같다. 어디선가 방향을 틀지 않았다면, 또 놈들도 나처럼 달리는 게 아니라면, 조만간 얼추 따라잡을 수 있을 것이다.

놈들은 달릴 이유가 없다. 놈들이 무서울 게 있겠는가? 나 같은 애송이 따위는 그들에게 전혀 위협적인 존재가 아니다.

그러나 놈들이 잘못짚은 점이 있다. 이곳은 그들의 영역이 아니다. 내 것이다. 이곳은 나의 도시다. 놈들은 나만큼 그녀를 잘 알지 못한다. 그리고 놈들은 나를 모른다. 딴에는 안다고 여기겠지만, 천만의 말씀이다.

달리고 달리고 또 달린다. 여전히 비는 내린다. 이제 내 얼굴에 남은 물기는 빗방울뿐이다. 눈물은 가슴으로만 흘러내린다. 내 안에서 마음껏 흘러라. 내 안에서 흐르는 눈물을 막을 생각은 없다. 영원히 멈추지 말고 흐르길 바란다.

많이 지쳤지만 나는 있는 힘을 짜내 빠르게 달리고 있다. 속도를 좀 늦춰야겠다. 놈들을 보게 되는 시점에 머리가 돌아가지 않으면 낭패다. 분노에 잠식당한다면 절대 이길 수 없다. 게다가 놈들의 수는 여섯이다. 나는 명쾌하게 생각해서 계획을 짜고 관찰해야 한다.

스톱! 놈들이 보인다. 저만치 앞에 움직이는 그림자들이 보인다. 손전등도 켜지 않고 서로 몸을 가까이 붙인 채 조용히 움직이고 있다. 아까 손전등을 밝히고 다가왔을 때, 놈들은 틀림없이 내가 바로 근처에 있다고 생각했을 것이다.

저 괴한들이 리프며 여자 패거리들과 아는 사이라는 사실이 아직도 믿기지 않는다. 패디라는 작자가 패거리에게 뭐라고 말하며 베키와 내가 트릭시를 죽인 것처럼 꾸며댔을지 궁금하다.

하지만 그게 뭐 중요한가? 나는 적이 누구인지 안다. 그 여섯 명의 적이 저만치 앞에서 걷고 있다.

돌아보는 놈은 없다. 나는 샛길 한쪽에 붙어서 그늘에 몸을 숨긴 채 몰래 뒤따라간다. 최대한 눈에 띄지 않게 움직여야 한다. 이젠 마음이 가라앉았다. 필요한 만큼 냉정해졌지만, 내 안의 피는 들끓고 있다.

나는 너무도 위험하다. 나 자신조차 두려울 만큼.

그러나 지금은 행동할 때가 아니다. 거리를 두고 뒤에서 놈들을 주시하며 따라갈 뿐이다. 주머니 속의 내 손은 칼을 쥐고 있다. 칼을 세게 움켜쥔다. 당장 뽑아서 날을 세우고 싶다. 온갖 기억들이, 보고 싶지 않은 과거의 이미지들이 한꺼번에 떠오른다. 우후죽순 떠오르는 이미지를 막을 도리가 없다. 고통이 액체처럼 나를 채워간다. 내 안의 눈물과 분노와 증오와 죄책감과 함께 뒤섞인다.

그중 가장 큰 비중을 차지하는 것은 죄책감이다.

놈들의 뒤통수를 바라보고 있자니 마음 한 켠이 와르르 무너져 내린다. 되살아난 과거의 기억 때문만은 아니다. 재스가 납치당하는 모습, 살해당하고 어딘가에 버려진 베키의 모습이 자꾸만 떠오르기 때문이다. 지금쯤 그녀의 몸은 차갑게 식었겠지. 그 차가운 몸은 비에 젖은 채 점점 굳어가겠지.

그녀를 그렇게 만든 것이 바로 나다. 내가 그녀를 죽게 내버려둔 것이다.

다시 주머니 속의 칼을 꽈악 움켜쥔다.

그런 눈으로 날 쳐다보지 마라, 구경꾼. 그러지 마. 아예 나를 쳐다보지도 마. 그쪽은 이해하지 못한다. 이제부터, 복수의 시간이다. 그러나 그것은 내 방식대로 이루어지리라.

놈들이 속도를 늦춘다. 투덜이가 패거리에서 약간 뒤처져 있다. 뒷모습만 봐도 지친 기색이 역력하다. 힘만 세지 약골인 모양이다. 뒤룩뒤룩 살만 쪄서 근력이 없는 것도 당연하다. 나머지가 그를 돌아본다. 놈은 더 이상 걷지 못하고 서서 숨을 고르고 있다.

모두 멈춰 선다. 패디가 또 담뱃불을 붙인다. 놈들이 뭐라고 속삭인다.

스톱!

한 놈이 고개를 빼고 샛길을 살핀다. 구경꾼, 조용히 울타리 쪽으로 붙어서 몸을 낮춰라. 반짝 켜지는 불빛. 손전등 불빛이다. 놈은 손전등을 휘휘 저으며 샛길 쪽을 탐색한다. 나는 조용히 웅크린 채 꼼짝도 하지 않는다. 놈들이 다가올라치면 재빨리 도망쳐야 한다.

샛길을 따라 달리는 건 도움이 되지 않는다. 이 정도 거리라면 금세 따라잡힐 것이다. 울타리를 넘어서 철로 쪽으로 향하는 게 최선이다. 그 근방에 닿으면 놈들을 따돌리기가 한결 수월하다.

그러나 놈들은 오지 않는다. 손전등이 꺼지고 괴한들은 가던 길로 계속 걷는다.

놈들을 뒤따르되, 울타리에 바짝 붙어서 천천히 움직인다. 어두운 그늘이 나를 완전히 숨겨주고 있다. 나는 놈들의 뒤통수에서 시선을 떼지 않는다. 놈들이 방향을 틀면 내가 먼저 봐야 하니까. 그러나 그들은 계속 전진한다. 투덜이 돼지도 헉헉대면서 힘겹게 걸음을 옮긴다.

그런데 더 주의할 일이 생긴다. 다른 사람들이 시야에 들어온다. 남자 둘이 울타리 쪽으로 다가오고 있다. 괴한들은 그들에게 눈길도 주지 않지만 그들 중 하나라도 나에게 말을 걸면 일이 어려워진다. 괴한들이 들을 것이다.

가만히 서서, 괴한들이 한참 앞으로 가기를 기다린다. 충분히 거리가 벌어진 후에 다시 움직인다. 기다리길 잘했다. 남자가 나에게 말을 건다.

"어이, 꼬맹이! 길을 잃었나?"

나는 대답하지 않고 계속 걷는다. 그들 곁을 지나치기 직전, 다른 남자가 느닷없이 펄쩍 뛴다.

나는 눈 깜짝할 사이에 칼을 꺼낸다. 순식간에 드러난 칼날이 번뜩이며 쉿, 소리와 함께 남자의 얼굴을 스치듯 지나간다. 뒷걸음질 치는 그의 시선은 칼날에 박혀 있다.

나는 칼을 단단히 쥔 채 그를 노려본다. 다른 녀석은 화들짝 놀라 엉덩방아를 찧었다. 한참 동안 칼날을 응시하던 남자가 갑자기 어깨를 으쓱하고는 "그래, 뭐"라며 털썩 주저앉는다.

칼날을 접고 주머니에 도로 넣은 후, 나는 다시 걸음을 옮긴다.

이런 순간이 더 위험하다. 이들과 마주치기 전보다 더. 두 남자가 위험하다는 건 아니다. 나를 해칠 위인은 아니다. 그러나 말썽의 불씨를 당길 수는 있다. 나한테 폭행당했다며 고함을 질러댈지도 모른다. 그러면 괴한들이 무슨 일인가 싶어 돌아볼 것이다.

그러나 둘 다 목소리를 높이지 않는다.

괴한들은 한참 멀리 떨어졌다. 나도 뒤따른다. 놈들이 어느 방향으로 움직이는지 알아야 하기 때문에, 시야에서 놓치지 않을 만큼의 거리를 유지한다. 지금은 샛길이 하나로 쭉 뻗어 있지만 조만간 갈림길에 닿을 것이다. 그 지점에서 도시로 이어지는 길과 도시 외곽을 에둘러 가는 길로 나뉜다.

외곽길, 베키와 재스를 데려가려던 곳이다. 도망가는 길. 그 계획도 나쁘진 않았다. 이제 나 혼자 남았지만, 지금이라도 그 길로 도망쳐버리면 그만이다. 하지만 이제 와서 고민할 이유가 없다.

이제 모든 게 변했다. 과거와 현재가 다시 합쳐졌다.

앞에 또 사람들이 있지만 아까 두 녀석만큼 경계할 필요는 없다. 다들 샛길에 누워 있다. 자거나 술을 마시거나 술에 취했다. 아마 내가 있다는 것조차 모를 것이다.

그들을 지나쳐 걷는다. 시선은 여전히 괴한들을 향해 있다. 400미터쯤 더 가고, 그만큼 더 걸은 후, 다시 1.5킬로미터를 갈 때까지 나는 놈들에게서 시선을 떼지 않는다. 이렇게 먼 거리를 걸어왔단 말인가? 자동차를 타고 와도 됐을 텐데. 하지만 대충 짐작은 된다.

헤드라이트 불빛이 없으면 경계할 대상도 없다. 누군가가 우리를 보고 놈들에게 고해바쳤고 — 십중팔구 리프 놈이겠지 — 놈들은 당장 우리를 잡으러 튀어 온 것이다. 처음엔 손전등을 밝히고 넓게 퍼져서 휴대폰으로 연락을 주고받으며 우리를 찾아다녔을 것이다.

나름 훌륭한 작전이었다. 짭새들이 나타나면 즉시 흩어져서 숨었다가 나중에 다시 모이면 될 테니까. 과연 경찰차가 나타나기도 했고 말이다.

그리고 다른 문제도 있었다. 놈들은 베키와 재스를 데려갈 생각이 없었다. 우리를 몽땅 잡아갈 작정이었다면 자동차를 끌고 왔을 것이다. 셋을 끌고 가려면 자동차에 태워 가는 게 편하다. 우리가 반항하고 소리치면 한바탕 소란이 일어날 테니까.

그래서 패디 놈이 베키를 죽이고 리프에게 재스를 맡긴 것이리라. 놈이 원하는 건 오직 나 하나다. 그럼에도 아직 날 잡지 못했지만.

그러나 갈림길에 닿자, 가장자리에 주차된 밴이 보인다.

괴한들이 걸음을 멈춘다.

나도 그 자리에 멈춰서 가만히 놈들을 관찰한다. 그늘 아래에 있으니 놈들 눈에 띄진 않을 것이다. 그들이 낮은 목소리로 대화를 나눈다. 투덜이 놈은 숨이 턱까지 차올라 씨근덕대면서도 패디에게 담배를 얻어 불을 붙인다.

비도 그쳤다.

더 가까이로 기어간다. 내가 시도해볼 수 있는 일은 많지만 모두 위험하다. 먼저 가장 단순한 것부터 해결하자. 밴의 번호판 확인. 실패다. 좀 더 다가가야 한다.

조심조심 천천히 기어서 나아간다. 도시의 소리가 다시 들려온다. 왼편이다. 이 시간이면 언제나 시끌시끌한 그녀다. 다만 오늘은 내가 그녀의 이야기를 들어주지 않았다. 들어줄 수 없었다. 저 쓰레기 같은 인간들에게 온 신경을 집중해야 했으니까.

물론 지금도 나는 저들에게 집중하고 있다. 그 어느 때보다 진지하게.

그러니까 이상한 거다. 도대체 도시의 소리가 왜 다시 들리는 걸까? 당신이 말해주지 않겠나? 나는 왜 도시의 소리를 다시 들고 있는가? 그녀가 나지막이 투덜대고 있다. 잠을 잘 수 없다고, 영원히 잠들 수 없음을 알기에 행복하지 않다고 툴툴거린다. 아니, 그녀가 불평하는 이유는 어쩌면 너무 많은 것, 나나 저들처럼 시답잖은 인간들을 너무 많이 봐서인지도 모르겠다.

앞으로도 목격해야 할 일들이 너무 엄청나서 말이다.


투덜이가 기침을 한다. 정신 바짝 차리자.

번호판. 이제 읽을 수 있다. 번호를 읽고 몇 번이고 똑똑히 기억해두어야 한다 — 되었다. 나는 기억력이 좋다. 지금껏 읽은 책의 내용도 모두 기억한다.

이제 다른 것들을 기억해둘 차례다. 밴, 괴한들의 얼굴, 갈림길의 위치, 울타리 너머의 쓰레기 더미들, 그 뒤로 펼쳐진 들판, 그리고 다시 밴.

머릿속에 갖가지 생각이 홍수처럼 쏟아지지만 특별히 신경 쓰이는 것은 하나뿐이다. 아주 강렬한 생각이라 그냥 흘려보낼 수가 없다. 공연히 그 얘기를 털어놓게 하지 마라, 구경꾼 양반.

어차피 이제 와서 말이 다 무슨 소용이겠는가. 나는 두 명의 베키를 가슴에 묻었다. 그녀들의 모습이 선명하게 보인다. 재스가 보이고, 그 밖의 다른 모든 것이 보인다. 온몸의 피가 거꾸로 치솟는 듯한 분노에 하늘을 갈기갈기 찢어버리고 싶은 심정이다.

더 가까이 다가간다. 울타리의 찢어진 틈을 통해 건너편으로 넘어간다. 샛길 맞은편, 오른쪽에 괴한들이 있다. 한가롭게 담배를 피우고 저들끼리 쑥덕이며 시간을 때우는 것 같다. 두 놈이 오줌을 눈다. 패디는 휴대폰으로 누군가와 이야기를 나누고 있다.

쥐 한 마리가 황급히 내 곁을 지나쳐 덤불 속으로 사라진다. 나는 쓰레기 더미 쪽으로 다가간다. 아까 지나왔던 쓰레기 하치장만큼 쓰레기가 많지는 않지만 나에게 필요한 물건은 대충 다 있다.

또 다른 쥐가 나타난다. 녀석은 가만히 서서 나를 쳐다보다가 이내 다른 놈처럼 사라진다. 계속 움직이자. 울타리 뒤쪽에서 서성이는 괴한들 그림자를 주시하면서, 쓰레기 더미를 뒤진다.

필요한 걸 찾았다. 덤불 아래에 물건을 숨겨놓고 소리 없이 움직이며 돌멩이를 주워 모은다. 울타리에서 멈추고 철망 틈으로 저쪽 상황을 살핀다.

놈들은 더 이상 쑥덕이지 않는다. 패디만 여전히 휴대폰을 붙들고 있다. 놈들은 안절부절못한다. 패디 놈이 여유를 부리는 게 못마땅한 눈치다. 계속 고개를 돌리며 패디를 쳐다본다.

나 역시 놈을 쳐다보고 있다.

아무렴, 당연하지.

놈이 통화를 끝냈다. 온 세상이 평화롭다는 듯, 자기는 평생 파리 한 마리 괴롭힌 적 없다는 듯 슬쩍 멋쩍은 미소를 내비치며 주머니에 휴대폰을 찔러 넣고는 동료들을 향해 돌아선다. 그들도 패디 놈의 안색을 살핀다.

그러나 나만큼 면밀히 살피진 못한다.

돌멩이를 하나 골라 쥐고 놈들을 바라보며 기다린다. 패디가 턱으로 밴을 가리키자 모두들 그쪽으로 움직인다. 나는 돌멩이를 던진다. 돌멩이는 어둠을 가르고 놈들의 머리 위로 휙 날아간다.

샛길 반대편 쓰레기 더미가 푹, 하는 소리를 내며 살짝 꺼진다.

괴한들이 멈추어 선다.

입을 여는 놈은 없지만 모두 돌멩이가 떨어진 지점을 주시하고 있다. 마침내 한 놈이 입을 연다. 아주 낮은 목소리지만 충분히 알아들을 수 있다.

"고양이겠지."

자신 없는 목소리다.

나는 가만히 놈들을 본다. 모두 샛길 건너편 쓰레기 더미를 뚫어져라 쳐다본다. 또 한 번 소리가 나기를 기다리는 것 같다. 그러나 곧 패디가 다시 밴을 가리킨다.

"가자고. 설마 그 녀석일 리는 없잖아."

다른 놈들이 삐죽삐죽 웃는다. 반신반의하는 어색한 웃음이다. 그리고 나는, 생각 중이다 ― 그래, 웃어라. 자지러지게 웃어대라. 그 소년일 리 없으니. 여기는 그 소년이 가장 있을 법하지 '않은' 곳이니.

마음껏 웃어라, 웃어.

나는 돌멩이를 하나 더 던진다. 이번에는 왼쪽으로.

놈들이 일순간 돌처럼 굳는다. 이젠 정말 경계하는 눈초리로 사방을 면밀히 둘러본다. 놈들도 어수룩한 바보는 아니다. 투덜이 돼지조차 날카로운 시선을 여기저기 던지고 있다.

그렇지만 나를 발견하진 못한다. 나는 울타리 쪽 바닥보다 조금 낮은 경사지 뒤에 숨어 있다. 쓰레기봉지와 낡은 깡통이 널려 있지만 상관없다. 여기서는 놈들이 아주 잘 보이고, 혹여 저들이 손전등을 켠다 해도 내 모습이 보이진 않을 것이다.

역시. 손전등 여섯 개가 빛을 뿜는다.

나는 만약의 경우를 대비해 고개를 좀 더 움츠린다. 하지만 시선을 거두지는 않는다. 할 줄 아는 것이라곤 보는 것밖에 없다는 듯 열심히 놈들을 바라본다. 그들은 여전히 한데 뭉쳐 있지만 모두 잔뜩 긴장했다. 놈들이 서 있는 자세만 봐도 알 수 있다.

덩치 큰 괴한 여섯이 정체를 알 수 없는 소음에 겁을 집어먹은 것이다.

내가 놈들에게 두려움이 뭔지 가르쳐주었다. 알지 못한다는 게 어떤 것인지 알려주었다.

또 한 번 돌멩이를 집어 든다. 이번에는 아주 조심해야 한다. 이제 불빛이 있으니 허공을 가르는 돌멩이가 놈들 시야에 잡힐 수도 있다. 나는 잠시 뜸을 들이며 상황을 잘 살핀 후에 돌멩이를 던진다. 놈들보다 훨씬 더 멀리, 반대편 쓰레기 더미를 향해 힘껏.

괴한들의 시선이 일제히 그쪽으로 향한다.

"이쪽이야."

패디가 말한다.

놈들은 울타리를 넘어 어정어정 쓰레기 더미를 헤집기 시작한다. 그들이 시야에서 사라지는 순간, 나는 이쪽 울타리를 훌쩍 뛰어넘어 밴 쪽으로 다가가며 칼을 편다. 타이어 두 개면 충분하다. 아니, 세 개로 하자. 제길, 네 개 다 해치우지, 뭐. 안 될 것도 없잖은가?

푹! 푸슈슈~ 바람 빠지는 소리가 달콤하다.

나머지 셋도 구멍을 낸 다음, 울타리로 돌아와 경사지 뒤로 다시 숨어든다. 숨이 가쁘지만 소리를 내선 안 된다. 조용히 숨을 고르고, 칼날을 접고, 도로 주머니에 넣고, 샛길을 다시 살핀다.

저기 놈들이 나온다. 한 놈씩 차례로 저쪽 울타리를 넘는다. 투덜이가 마지막이다. 폭탄 맞은 난민 꼴이다. 나머지는 이미 밴 옆에서 그를 기다리고 있다.

그리고 나는 놈들을 기다리고 있다.

아직 끝난 게 아니다. 우선 놈들 중 누군가가 사태 파악을 해줘야 한다. 투덜이 놈이 그 역할을 맡는다.

"어라, 타이어가……."

놈들이 그를 쳐다보고는 자동차 바퀴를 내려다본다.

누군가 "젠장!" 하고 소리친다.

다들 욕설과 불평을 늘어놓으며 밴 주위를 뱅뱅 돈다. 그러나 나는 패디의 면상을 주시하고 있다. 놈은 단 한마디도 하지 않는다. 짜증이나 분노의 기색도 보이지 않는다.

놈은 주변을 살피고, 손전등으로 샛길을 비춰본다.

"흩어져."

그래, 잘하고 있어, 패디. 다들 흩어지게 하라고.

패디, 네놈만 빼고.

네놈은 여기 있어야 해.

놈들이 손전등을 휘휘 저어가며 천천히 샛길로 움직인다. 나는 바닥에 바짝 엎드린다.

어서 와라, 패디. 이쪽으로 건너와.

놈은 샛길 한가운데서 우뚝 멈춰 선다. 다른 세 놈은 다시 울타리를 넘어 쓰레기 더미를 뒤진다. 투덜이와 또 한 놈은 길가를 살피며 어슬렁어슬렁 앞으로 나아간다.

패디는 밴 근처에 가만히 서 있다.

어서 와라, 패디. 네놈이 이리로 와야지.

놈이 말을 한다. 나직한 목소리다. 목소리를 높일 필요 없다는 걸 아는 듯이.

"그 여자애, 싸움은 젬병이던걸."

그의 시선은 내가 있는 샛길 옆을 향해 있다. 나를 볼 수는 없을 것이다. 하지만 마치 내 얼굴을 똑바로 쳐다보는 것 같다. 그의 말이 내 심장에 똑바로 와 박힌다. 놈도 그 사실을 아는 듯하다.

“시체는 도랑에서 찾아봐.”

놈이 조롱하듯 짧은 웃음을 내뱉는다.

“굳이 보고 싶다면 말이지. 나라면 그런 데 시간을 낭비하진 않을 테지만. 인생은 짧으니까, 안 그래?”

그래, 패디. 네 말대로다.

다른 놈들의 손전등이 여기저기를 들쑤시는 것이 보인다. 하지만 놈들은 위험하지 않다. 그들은 다른 세계에 있다. 바로 지금 나의 세계에는 단 둘만이 존재한다.

나와 패디.

놈이 내가 있는 방향을 쳐다본다. 아주 자세히. 그러고 보니 궁금하다. 이건 숙명인가? 아니면 내가 의지만으로 저놈을 이곳으로 끌어들일 수 있을까?

전에 당신에게 보여줬던 책처럼 말이다.

《힘을 향한 의지》.

그래, 힘을 향한 의지.

다만 지금은 사정이 다르다. 내가 널 보고 있어, 패디. 네놈에게 하나만 물어보지. 지금 힘을 가진 자가 누구지? 의지를 가진 사람은?

놈은 여전히 이쪽을 바라본다.

“어서 와라.”

놈을 향해 속삭인다.

"이리로 와라."

놈이 온다. 천천히, 의심 가득한 표정으로, 손전등을 좌우로 휘저으며. 불빛이 내 뒤의 쓰레기 더미를 비추고 심지어 내 위로도 쏟아지지만, 놈은 경사지 뒤에 납작 엎드린 나를 절대로 볼 수 없다.

이제 놈은 울타리 근처로 다가온다.

나는 몸을 숙인 채 오른쪽으로 미끄러지듯 움직인다. 놈의 손전등 불빛이 주변을 샅샅이 밝히지만 멍청하게도 나만은 피해서 지나간다. 샛길 반대편 멀찍한 곳에서 괴한들이 쓰레기를 헤집어 내던지는 소리가 들린다.

"어서 와라."

나는 다시 속삭인다.

패디 놈이 울타리를 넘는다. 밝은 빛을 쏘는 손전등 너머로 어른거리는, 한때 패디라 불렸던 유령. 내 눈에 비친 놈의 모습이다. 그렇다면, 놈의 눈에 비친 나는?

없다.

나 역시 유령이니까. 지금 나는 가장 잘하는 일을 하는 중이다. 지갑을 훔치는 것만큼이나 쉬운 일.

이번 경우는 지갑이 아닌 한 남자의 목숨을 훔치는 것이지만.

생의 마지막 몇 초 동안 놈은 무엇을 보게 될까? 사람들 말처럼 그간의 인생이 주마등처럼 스쳐 지나갈까? 그동안 자신이 저

지른 일들이? 아니면 마지막 숨을 토해냄과 동시에 손전등이 꺼지듯 생명의 빛도 그냥 사라지는 것일까?

놈은 내가 움직이는 것을 보지 못한다. 내가 덤불 밑에 숨겨둔 크리켓 배트로 손을 뻗는 것도, 아무것도 보지 못한다. 내가 배트를 들고 놈의 정면에 설 때까지. 뒤에서 몰래 덮치진 않을 작정이다. 이 일은 제대로 해치워야 한다.

놈의 몸이 굳으며 입이 벌어진다.

하지만 말은 나오지 않는다. 복부로 날아든 크리켓 배트에 억 소리마저 내지 못한다. 배트가 놈의 턱을 한 대, 뒤통수를 또 한 대 후려친다. 놈은 헐떡대며 비틀거린다. 나는 놈의 손을 가격하여 손전등을 떨어뜨리고는 정강이를 힘껏 걷어찬다.

무릎이 푹 꺾였지만 놈은 쓰러지지 않는다. 손으로 땅바닥을 더듬고 있지만, 방어할 만한 물건은 하나도 잡히지 않는다. 머리를 맞아 당황하고 둔해진 탓이다. 놈이 나를 쳐다본다. 형편없이 일그러진 얼굴. 아마 놈의 심장도 저 얼굴처럼 오그라들었겠지. 놈이 입술을 달싹이며 뭔가 웅얼거린다. 이제 무슨 일이 벌어질지, 놈도 아는 것이다.

그러나 나는 듣고 싶지 않다.

놈의 두 눈을 들여다본다. 놈의 몸속을 흐르는 피가 보인다. 잠시 후 내 손에 의해 사방에 흩뿌려질 피가. 나는 말한다. 내 목소리가 낯설다.

"이건 베키를 위한 게 아니야. 나를 위한 것이지."

놈은 대답하지 않는다. 그저 나를 빤히 응시할 뿐이다. 놈도 다 끝장났다는 걸 안다. 나는 배트를 떨어뜨리고, 주머니칼을 꺼내어 날을 편다.

칼날에게 키스를.

여명이 밝아온다. 빛이 없는 빛. 11월의 태양이 도시 위로 느릿느릿 기어간다. 그러나 어둠을 몰아내기엔 역부족이다. 마치 낮이 거꾸로 흐르는 것 같다. 나는 혼자이고, 안전하며, 보이지 않는다.

그러나 나는 살아 있는 나 자신을 소모하고 있다.

혹은 죽어버린 나를.

무슨 차이가 있겠는가? 다를 게 없다. 생과 사, 어차피 동전의 앞뒷면이다. 운명이란 거, 동전 던지기나 다름없다.

구경꾼이여, 나는 놈을 없애야 했다. 복수란 그런 것이다. 그렇게 해야 마땅한 일이었다. 놈을 죽여야 했다. 듣고 있나? 나는 놈을 죽여야 했단 말이다.

그런데 왜 죽이지 않았을까?

놈이 어째서 아직도 살아 있단 말인가?

말해보라.

나는 칼을 노려보며 계속 칼날을 세웠다 접기를 반복하고 있

다. 무슨 일이 있었더라? 머릿속으로 당시 상황을 그려보지만 재
스가 그린 그림처럼 어설프기 짝이 없다. 도무지 앞뒤가 맞지 않
는다.

패디의 얼굴, 나를 바라보던 놈의 두 눈, 애원하던 놈의 입술을
그려본다. 말은 없었다. 그저 간절한 표정으로 입술만 달싹였을
뿐이다. 그다음 그림이 떠오른다. 돌아서는 나의 모습이.

나는 그대로 내달렸다.

믿을 수가 없다. 나답지 않은 짓이다. 이런 실수는 단 한 번도
해본 적이 없다. 특히 칼을 다룰 때는. 나는 '블레이드'다. 그렇게
불린 데는 그만한 이유가 있다. 나는 실수하지 않는다. 나는 블레
이드다. 피비린내가 진동하는 잔인한 블레이드.

그런데 그를 죽이지 않았다. 그냥 몸을 돌려 달아났다.

제발 좀 도와줘, 구경꾼. 이젠 내가 뭔지도 모르겠다고.

해가 높아질수록 어둠이 짙어진다. 온 세상이 뒤집혀버린 것
같다. 모든 것이 순리에서 벗어났다. 칼을 주머니에 넣고, 주위를
둘러본다…….

골목길이다. 빅턴 지역. 어떻게 여기까지 왔지? 기억나지 않는
다. 가만…… 조금씩 기억이 돌아온다. 내가 이곳을 택한 데는 이
유가 있다. 그게 뭐였더라? 분명 이유가 있었을 텐데.

도시 외곽, 바로 그거다. 도시 변두리, 변두리의 변두리. 고만고
만한 집들과 고만고만한 사람들. 그게 가장 큰 이유였다 ― 나를

주목할 이가 없다는 것. 그렇다면 그다음 이유는?

생각해보자. 당신도 좀 생각해봐라.

두 번째 이유가 뭘까? 분명 두 번째 이유도 있다. 고만고만하고 한적한 동네라는 이유만으로 내가 여기까지 왔을 리는 없다.

공중전화.

그래, 그거다. 공중전화. 전화를 걸어야 한다. 벌써 몇 시간 전에 해치웠어야 하는 일인데, 차마 생각지 못했다. 얼이 빠진 채 여기 퍼질러 앉아서 머릿속의 그림자에 사로잡혀 있었다. 내가 해야 할 일을 하지 못하고.

지금 시급한 건 '생각'인데!

패디는 잊어버리자. 칼도 잊어버려라. 하지 않은 일에 매달리지 말자. 머리를 굴려야 한다.

"공중전화."

그래, 그거다. 소리 내어 말한다.

"공중전화. 전화를 걸어야 해."

나는 일어서서 골목 바깥을 내다본다. 한가롭긴 하지만 절대로 경계를 풀면 안 된다. 집집마다 라디오와 텔레비전이 있을 테고, 사람들은 경찰이 한 소년을 찾고 있음을 알 것이다.

아직까진 괜찮다. 창문마다 커튼이 드리워져 있다. 아주 조용한 가운데 멀리서 도시가 흥얼대는 소리가 희미하게 들려온다. 지금 이 순간만큼은 그녀의 소리가 반갑다. 도로를 건너 공중전화박스로 들어간다. 수화기를 들고 소리를 확인한다 — 잘 되는 군. 생각하고, 숨을 고르고, 생각하고, 또 심호흡을 한다.

억양은 어떻게 할까? 자신 있는 스코틀랜드 억양으로 정한다.

9, 9, 9.

남자가 받는다. 나는 경찰을 바꿔달라고 한다. 그는 내 말대로 한다. 여자가 전화를 받는다.

"경찰 긴급구조팀입니다. 무엇을 도와드릴까요?"

젠장, 여자가 스코틀랜드인이다.

"무엇을 도와드릴까요?"

여자가 재차 묻는다.

차라리 아일랜드 억양을 써야겠다.

"중요한 정보가 있습니다."

그럴싸한 아일랜드 억양은 못 되지만 나로선 최선을 다한 거다.

"그런가요. 하지만 먼저 전화 주신 분의 성함과 전화번호를 알 려주시겠습니까?"

"아뇨, 당신은 아무 말하지 말고 듣기만 해요. 나에겐 정보가 있고 그걸 당신에게 아무런 대가 없이 알려주려 합니다. 하지만 그쪽이 자꾸만 귀찮은 질문을 해대면 바로 끊어버릴 거요, 알아 들어요?"

"천천히 말씀하세요."

냉철한 고객이다. 절대 당황하거나 겁먹은 티를 내면 안 된다.

그래, 난 겁먹지 않았다. 침착하려 애쓰며, 아일랜드 억양을 유지하려 애쓰며, 나는 밭은 숨을 내쉰다.

"자동차 번호판을 하나 알려드릴 테니, 적으세요."

나는 차근차근 번호를 불러준다. 다행히 까먹지 않았다. 나는 밴의 생김새를 설명하고, 어디에 주차돼 있었는지, 괴한들의 인상착의는 어떠한지 상세히 말한다. 패디 놈에 대한 정보는 일부러 미루고 있다. 마음 한구석은 놈 얘기를 쏙 빼놓으라고 말한다. 패디 놈만은 경찰에게 잡히지 않게 하여 훗날 내 손으로 처단하고 싶은 마음 때문이다. 두 번째 실수란 없다. 다음번엔 확실히 해치우리라.

다시 일을 망치는 일은 없으리라.

그러나 나는 놈에 관한 정보도 일러준다. 굳이 숨기는 것도 무의미한 듯하니.

나는 "전부 잘 적었나요?" 하고 확인해본다.

"그러니까 그 남자 이름이 '패디'라고 말씀하셨죠?"

"그래요."

"알겠습니다. 그러니까 그쪽이 얘기하는 건 남자 여섯 명인데 이름을 아는 건 패디와 레니 둘뿐이다, 맞습니까?"

"그래요. 그런데 패디에 대해 한 가지 더 알아두실 게 있어요."

놈의 얼굴이 다시 눈앞에 아른거린다. 내 칼로 그었어야 할 목의 상처도. 아무리 떨쳐내려 애써도 그 망할 놈의 이미지가 자꾸만 달라붙는다.

"한 가지 더…… 패디에 관한 겁니다."

"네?"

"그 사람 턱뼈가 부러졌을 거예요."

"무슨 일이 있었나요?"

"크리켓 배트로 맞았어요."

"누가 그랬는데요?"

나는 대답하지 않는다. 노력 중이다. 생각하려고, 억양이 새지 않게 하려고, 당황하지 않으려고. 마음이 어수선한 탓에 이 여자에게 너무 많은 것을 털어놓았다.

"누가 그랬죠?"

여자가 다시 묻는다.

이번에도 나는 대답하지 않는다. 또다시 정신을 잃을 지경이다. 아직도 머릿속이 멍하다. 내가 패디의 명줄을 끊는 장면이 머릿속을 채우고 있다. 할 일을 하지 못한 나 자신을 아직도 믿을 수 없다.

심호흡을 하자. 훅, 훅, 훅. 여자가 먼저 입을 연다.

"말씀하신 사항은 모두 적었습니다. 하지만 이 정보가 왜 중요한지를 알려주지 않으셨네요."

또 한 번 심호흡한다. 길고 묵직한 한숨. 나는 간신히 목소리를 낸다.

“칸사이드의 오두막집에서 살해당한 여자애 말입니다.”

“예?”

“그 사건, 아세요?”

멍청한 질문이다. 아는 게 당연하지 않은가. 그러나 여자는 한결같이 나직한 어조로 대답한다.

“네, 압니다.”

“뉴스로 들었습니다. 경찰이 ‘뺀질이’라는 남자애와 베키라는 여자애를 찾는다고 하더군요.”

“그렇습니다. 그 사건과 관련 있는 정보를 아시는 건가요?”

“뺀질이를 만났어요. 방금 말씀드린 것들…… 전부 그가 직접 알려준 겁니다.”

“그 사람은 어디에 있나요?”

“잘은 몰라요. 안다 해도 말씀드릴 수 없고요. 하지만 잘 들어요. 내가 그를 좀 아는데, 그는 살해범이 아닙니다. 그냥 정신 나간 비행청소년일 뿐이죠. 그한테 직접 들었습니다. 장난삼아 오두막집에 몰래 들어갔는데 거기에 여자애가 죽어 있더랍니다. 그 옆에 패디라는 남자가 서 있었고요. 베키라고 불리는 여자애도 함께 있었대요. 뺀질이와 베키는 같이 도망쳤는데, 나중에 베키가 트릭시를 죽인 범인은 패디라고 털어놨답니다. 그 여자애 짓도 아니고 뺀질이 녀석 짓도 아니에요. 패디가 죽였다고요. 제대로 듣고 있어요?”

“네.”

여자가 간단히 대답한다.

이제 전화를 끊어야 한다. 지금쯤이면 발신지를 추적했을 것이다. 되도록 빨리 이곳을 벗어나야 한다. 하지만 아직 할 얘기가 한 가지 남았다.

“뺀질이가 한 가지 더 알려줬어요.”

“무슨 얘기인가요?”

“지금은 베키도 죽었답니다. 역시 패디 짓이죠. 머리를 내려쳤거나 해서요. 뺀질이라고 나한테 전부 털어놓은 건 아닐 겁니다. 베키랑 그 여자애 딸아이를 데리고 샛길에 있었는데 패디랑 나머지 일당이 그들을 잡으러 왔다고만 했어요. 아이는 도망치고 패디는 베키를 없앤 거예요. 뺀질이도 도망쳤지만 베키가 살해당하는 장면을 목격했다고 해요. 시체는 어떻게 됐는지 모른답니다. 현장에 방치돼 있거나 도랑이나 구덩이로 옮겨졌을 수도 있겠죠. 더 이상은 들은 게 없어요. 그게 전부랬어요. 아무튼 맥들이 패디랑 나머지 남자들을 잡아들여야 해요.”

“잘 알겠습니다. 그런데 말이죠…….”

“이제 끊습니다.”

“잠시만요, 한 가지만 알려주실 수…….”

“끊겠습니다.”

“뺀질이는 지금 어디 있죠?”

"드릴 정보는 모두 알려드렸습니다."

"당신이 뺀질이인가요?"

나는 전화를 끊는다. 몸이 부들부들 떨린다. 형편없었다. 현명하게 생각하지 못했고, 똑똑하게 말하지 못했다. 아일랜드 억양은 계속 끊겼다. 그 여자가 내 말을 믿어줄 리 없다.

하지만 후속조치를 취하긴 할 것이다. 짭새들은 어젯밤 우리가 샛길에 있었다는 정보를 입수하여 알고 있었다. 그래서 직접 나타나지 않았던가. 그러니까 그들은 방금 내가 알려준 정보도 확인해볼 것이다. 어쩌면 괴한들을 체포하고 베키의 시신을 찾아낼지도 모른다.

하지만 가여운 재스는…….

그건 내가 해결해야 할 또 하나의 문제다. 하지만 그러려면 다시 은밀하게 움직여야 한다. 나는 블레이드라는 이름을 버려야 한다. 뺀질이라는 별명도 함께.

나는 다른 사람이 되어야 한다.


지금 이 집은 약간 다르다. 내가 밤을 보내는 집이 아니다. 여기서 잠을 자본 적도 없다. 왜냐고? 여기 사는 가족은 좀처럼 집을 비우지 않기 때문이다. 최소한 내가 밤에 안전한 은신처로 삼을 만큼 오래 비우진 않는다.

가족 수도 많고, 다들 지옥처럼 시끄럽다. 엄마, 아빠, 그리고 아들이 다섯이다. 이 집 아줌마도 참 불쌍하다. 가족들은 그럭저럭 착한 사람들이지만 커스터드 파이처럼 끈적거리고 더럽다. 집 안에 온통 물건을 흘리고 다니는데다 보안이라는 관념이 아예 없다. 나 같은 사람들의 접근을 막을 줄 모른다는 뜻이다.

나는 이 집을 낮의 은신처로 삼는다. 낮에 빈집에 숨어든다는 얘기는 한 적이 없을 것이다. 하지만 나에겐 대낮에 사용하는 빈집도 엄청 많다. 심지어 밤에 쓰는 빈집보다도 많다. 편리한 곳이다. 특히 낮에 피곤할 때, 몇 시간 정도 추위를 피할 때 몹시 유용하다.

이들 가족은 낮에는 모두 외출한다는 점이 마음에 쏙 든다. 월요일부터 금요일까지, 오전 아홉 시부터 오후 다섯 시까지, 이 집엔 아무도 없다. 아저씨는 꽤 높은 자리를 차지한 공무원이고 아줌마는 치과의사다. 아들 다섯은 모두 학교에 다닌다.

들어가는 거야 식은 죽 먹기다. 경보장치가 있지만 센서는 거실과 안방에만 설치돼 있다. 그 정도로 충분하다고 여기는 모양이다. 귀중품은 거실과 안방에 숨겨두었을 것이다.

하지만 나는 그들의 귀중품 따위엔 관심이 없다. 나에게 필요한 건 다른 물건들이고 그걸 손에 넣는 건 침 뱉기만큼이나 쉽다. 그들이 모두 나갔는지 확인하기 위해, 나는 차고 유리창을 통해 집 안을 살핀다.

굳이 힘 뺄 것도 없다. 자동차 두 대, 자전거 다섯 대가 모두 나갔다. 혹시 모르니 현관 벨을 눌러본다.

대답이 없다.

오케이, 애들이 창문을 열어두고 나갔는지 확인해보자. 보통 두 개 이상은 열려 있다. 집 뒤편으로 돌아간다.

역시 내 짐작은 빗나가는 법이 없다.

저기 하나, 또 저기 하나 더. 살짝만 열어놓으면 아무도 못 볼 줄 알았나보다. 보통 사람들이 얼마나 멍청한지 가끔은 믿을 수 없을 정도다.

주변을 살핀다. 이 집이 마음에 드는 또 하나의 이유가 있다. 동네 어느 집 창문에서도 이 집의 현관이나 뒷문을 엿볼 수 없다. 하지만 그 누구도 냄새 맡지 못하게, 확실히 해두는 편이 좋다.

수상한 놈은 없다.

별채에서 사다리를 가져와 집 벽에 괸다. 다시 한 번 주변을 확인한 다음, 사다리를 타고 열린 창문으로 오른다. 쌍둥이 녀석들이 쓰는 방이다. 축구에 환장한 얼간이들이다. 나이는 나와 같지만 생긴 건 둘 다 얼빠진 저능아 같다. 또 한 번 방 안을 살피고, 창문을 열고 안으로 들어간 다음 좀 전과 똑같은 상태로 되돌려놓는다.

쉽다.

꼼짝 않고 귀를 기울인다. 고요하다. 시계 초침이 째깍대는 소리와 골목 끝자락에서 들려오는 자동차 소리뿐이다. 집 안엔 아무도 없다. 나 혼자다.

나와 나의 고통. 그렇다, 고통은 여전하다. 패디의 면상이 자꾸만 떠오른다. 놈은 독 안에 든 쥐였다. 끝장난 것이다. 놈은 내 것이었다. 도대체 그는 왜 죽지 않은 것인가?

놈은 도망치지 않았다. 내가 놓아주었다. 내가 망쳤다.

째깍, 째깍, 째깍.

빌어먹을 시계. 부숴버리고 싶다.

째깍, 째깍, 째깍.

진정하자. 나 자신에게 말한다. 소리 내어 혼잣말을 한다.

"발을 움직여. 네가 할 일을 하라고."

할 일이 한두 가지가 아니니, 허투루 낭비할 시간은 없다.

"자, 움직여."

방문을 살짝 열고 밖을 내다본다. 짜증나는 시계 소리만 빼면 고요하다. 통로로 나간다. 천천히, 차분하게, 큰아들 방과 그 옆의 침실 두 개를 지나 계단 끝에 닿는다. 이제부터 조심해야 한다. 계단 아래의 거실에 센서가 있다.

경보기가 울린 적은 없다. 계단이 높으니 사각지대로 통과할 수 있지만, 그 어떤 위험도 피해야 한다. 몸을 낮추고 기어간다. 계단 꼭대기 높이를 유지해야 한다.

문제없이 지나간다.

다시 일어선다. 여기는 욕실이다. 안방이 가까우니 다시 조심해야 한다. 안방문은 거의 대부분 닫혀 있지만 지금은 열린 상태다. 방 안의 센서가 여기 있는 나를 감지할 수는 없지만 안심은 금물이다. 스트레스가 심해서 평소처럼 치밀하게 생각할 수 없다. 멍하니 정신을 놓고 센서가 지나는 길목을 건드리면 끝장이다.

지금 가장 필요한 건 욕실, 아니 욕실 안에 있는 물건이다. 아들 다섯을 키우는 엄마가 다 써버리지 않았기를 간절히 희망하고 있다.

쓸데없는 걱정이었다. 그 물건은 산더미처럼 쌓여 있다. 저 선반을 좀 보라. 빈틈없이 꽉꽉 채워져 있지 않은가. 지난번에 왔을 때보다 더 많은 것 같다.


가을의 꿈
20분 만에 완성하는 영구적인 염색


가을의 꿈? 이따위 문구는 누가 만든 걸까? 맙소사, 고작 염색약 주제에. 뭐, 효과만 좋다면야. 어이, 비웃지 말라. 나는 처음 해보는 거란 말이다.


다양한 색조로 풍부하게 빛나는 머릿결을 위한 영양 성분 첨가 정말 눈 뜨고 못 봐주겠군. 아무튼 이걸로 해보자.

가위를 찾는다. 지난번에 왔을 때는 두 개가 있었다. 욕실장에 작은 것 하나, 선반에 또 하나.

안 보인다.

욕실 안을 샅샅이 살펴보지만…… 역시 없다.

제길, 가위가 없으면 안 되는데. 물건들을 헤집어가며 찾기는 싫다. 가만있자…….

샤워젤 뒤편에 하나가 있다. 후져 보이긴 하지만 사용하는 데 문제는 없을 것이다. 좋아, 해보자. 코트와 점퍼, 셔츠를 차례로 벗고 세면대 위로 고개를 숙인다. 오케이, 이제 가위를 쓸 차례다…….

하지만 가위는 움직이지 않는다. 내가 움직이지 않기 때문이다. 난 아무것도 하지 않고 있다. 그저 가위를 손에 든 채 바라볼 뿐이다. 패디의 코앞에 칼을 들이대고 있을 때처럼, 그와 나의 시선이 정면으로 마주쳤을 때처럼. 지금 여기, 내 눈앞에 또 하나의 얼굴이 나와 시선을 마주하고 있다.

그 시선이 나를 응시한다.

거울 속의 내 얼굴이.

그거 아는가? 거울 속의 저 얼굴이 패디 놈의 얼굴보다 더 섬뜩하다. 그리고 말이다…….

저건 한 번도 본 적 없는 얼굴 같다.

그래, 안다 — 물론 본 적이 있다. 수백 번, 수천 번은 봤다. 숨어 들어가는 빈집마다 당연히 거울이 있다. 그리고 거울을 볼 때마다 나는 내 얼굴을 확인해본다.

왠지 그래야 할 것 같아서다. 어처구니없는 소리처럼 들리겠지만 어쨌든 그래야 한다. 내 얼굴이 잘생겼다고 생각해서는 아니다.

못생겼을지도 몰라서, 그게 겁나서다.

내 얼굴이 못나 보인 적은 없다. 잘생기지도 못생기지도 않은 얼굴이다. 영리한 얼굴일 뿐. 내 생각이나 감정을 드러내지 않는, 영리한 얼굴. 애써 노력하지 않아도 그렇게 된다. 난 내 얼굴에 만족한다. 끌어 올려 닫을 수 있는 중세의 성문과도 같다. 세상과 나를 완벽하게 차단시켜주는.

그런데 오늘은 아니다. 그래서 섬뜩하다. 왜인지 아나? 방금 무슨 일이 일어났는지 아는가?

얼굴이 사라졌다.

원래는 나 혼자였다. 나를 응시하는 나 자신뿐이었다. 그런데 이제 거울 속의 나는 내가 아니다. 자꾸만 다른 사람이 되고 있다. 내 눈에 비친 나는 패디이고 재스이며 두 명의 베키이고 메리 할멈이다. 그리고…….

온통 다른 사람들뿐이다.

그들과 말도 섞기 싫다, 구경꾼. 그들을 보기도 싫다.

"사라져, 꺼져버려!"

그러자 다시 내 얼굴이 돌아온다, 평소와 똑같은 내 얼굴이. 눈, 코, 입, 모든 것이 익숙한 내 얼굴이다. 다른 환영은 모두 사라졌다. 하늘에 감사기도라도 올리고 싶은 심정이다. 나는 가위를 내려다보고는, 허공에 대고 싹둑 자르는 시늉을 한다.

가위는 제 할 일을 할 것이다. '가을의 꿈'도 제 할 일을 할 것이다. 나 역시 그러할 것이다.

나는 내가 할 일을 할 것이다.


자, 어떤 것 같은가? 뒷머리를 너무 많이 잘라냈나? 머리가 너무 짧아진 건 아닌가 싶다. 하지만 역시 색은 마음에 든다. 당신도 그렇게 생각하지 않나?

'가을의 꿈'이라는 표현은 어디서 비롯된 건지 모르겠다. 내가 보기엔 이 집 아줌마의 머리색과 똑같은, 붉은 기가 도는 갈색이다. 하긴, 이 색의 명칭이 뭐든 간에 누가 신경이나 쓰겠나? 좀 튀는 것 같아서 신경이 쓰일 뿐이다.

됐다, 다음 단계로 넘어가자.

쌍둥이 방으로 돌아간다. 이 가족은 가진 물건의 절반은 사용하지 않아서 아주 마음에 든다. 보다시피 여긴 없는 게 없다. 게다가 정리정돈이라는 개념이 없는 가족이기 때문에 뭐가 없어져도 없어진 줄을 모른다. 내가 훔치려는 물건을 그들이 찾는 일도 없을 것이다. 설령 찾는다 해도, 아마 그냥 잃어버린 줄로만 알고 대수롭지 않게 넘어갈 거다.

좋다, 우리에게 필요한 건 빈 비닐봉지다. 이 집에서 비닐봉지를 찾는 건 어렵지 않다. 이 집 부부는 슈퍼마켓 같은 데서 장을 보고 와서는 비닐봉지를 아무 데나 흘려놓는다. 아까 사다리를 타고 올라왔을 때 이 방 침대 밑에서도 하나 봤다.

저기 있군. 튼튼하고 큼지막한 게, 딱이다. 엇, 잠깐 — 안에 뭔가가 들어 있다.

여자 나체 사진이 가득한 잡지.

10대 남자애 방이 그렇고 그렇지, 뭐. 아무래도 이 봉지는 포기해야겠다. 이게 없어지면 쌍둥이 녀석들이 대번에 알아챌 것이다. 어차피 엄마한테 들킨 줄 알고 식겁하겠지만, 나로선 쓸데없이 흔적을 남길 이유가 없다.

방 안을 훑어본다.

쓸 만한 봉지는 보이지 않는다. 큰아들 방으로 가봐야겠다. 그 녀석은 툭하면 게임이랑 컴퓨터 부품을 사들인다. 틀림없이 그 방에 쓸 만한 봉지가 있을 것이다.

그럼 그렇지, 엄청 많다. 저기 녹색 봉지가 좋겠다. 욕실로 돌아가 잘라낸 머리카락을 쓸어 담고, 자잘한 것들은 배수구로 흘려보낸다. 세면대의 물기를 닦아내고, 모든 물건을 원래 위치로 되돌려놓는다.

이제 메리 할멈이 준 옷가지를 처리할 차례다.

이것들을 없애려니 기분이 이상하다. 이유는 모르겠다. 하지만 자꾸만 할멈이 생각나서 안 되겠다. 나 때문에 할멈이 괴한들에게 몹쓸 짓을 당했다는 생각에 견딜 수가 없다. 머리 모양과 색을 바꿨듯이 옷차림도 바꿔야 한다.

옷가지를 몽땅 비닐봉지에 넣을 순 없다. 코트와 점퍼, 셔츠까지는 들어가지만 더 이상 공간이 없다.

다시 큰아들 방으로 가서 다른 봉지를 가져온다. 여기 있는 동안 그 녀석의 재킷을 하나 슬쩍할까 하는 마음도 생겼지만, 아마 나한텐 클 것이다. 게다가 녀석은 가족 중에서 가장 깔끔하니 옷이 사라지면 금세 눈치챌 것이다.

쌍둥이 녀석들이라면 포르노 잡지만 빼고는 아무것도 신경 쓰지 않을 것이다. 뭐가 없어져도 전혀 모를 거란 말이다. 그거 아는가? 대부분의 물건이 지난번 내가 왔을 때의 모습 그대로 널브러져 있다. 그전에 왔을 때도 마찬가지였다.

녀석들이 물건을 쓰고 제자리에 갖다놓기 때문이 아니라, 아예 쓰지를 않기 때문이다. 그들은 어떤 물건이 어디에 있는지조차 모른다.

어떻게 아느냐고 묻지 마라.

좋다, 쌍둥이 방으로 가자. 바지와 신발, 양말을 벗어 새로 가져온 비닐봉지에 넣는다. 이제 할멈이 준 것과 다른 옷들을 찾아보자. 완전히 다른 옷이어야 한다.

그리고 쌍둥이 녀석들이 오랫동안 건드리지 않은 옷, 없어져도 모를 법한 옷을 찾아야 한다.

옷장 문을 연다. 저 꼴을 좀 보라. 내가 뭐랬는가? 입지 않을 거라면 저렇게 쌓아두는 이유가 뭘까? 단언하건대, 저 옷의 대부분은 안 입는 것들이다. 내가 근처에서 이 집을 관찰할 때, 녀석들의 옷차림은 항상 교복 아니면 운동복이었다.

바로 그거다. 그들은 딴 옷을 입는 법이 없다. 그리고 당신은 아직 벽장과 서랍장 안을 보지도 못했다. 그렇지만 거기까지 뒤질 필요도 없을 것 같다. 지금 눈앞에 보이는 옷들만 해도 충분하다.

좋다, 옷장을 보자. 셔츠, 바지, 벨트, 양말, 신발, 점퍼까지 다 있다.

얼마나 쉬운 일인가? 꺼내서 입으면 그만이다.

잘 맞는다. 메리 할멈이 준 옷들보다 낫다. 좀 작을 줄 알았던 신발마저 내 발에 꼭 맞는다. 몇 가지만 더 챙기자.

우선 후드가 달린 재킷.

너무 요란한 것은 안 된다. 남의 시선을 끌지 않을 만한, 평범하고 밋밋한 것이 좋다. 적당한 재킷이 보이지 않는다. 벽장을 뒤져보자. 그래, 저것 정도면 되겠다. 회색 파카. 좀 꼬질꼬질하지만 내 몸에 잘 맞는다. 이걸로 하자. 이제 마지막 하나만 남았다.

안경.

쌍둥이는 둘 다 안경을 쓰지만 나는 시력이 좋기 때문에 녀석들 안경을 쓰면 오히려 눈이 침침해진다. 하지만 안경은 여러 모로 쓸모가 있다. 쌍둥이 녀석들 책상 서랍 안에 안경이 수두룩하다.

안경이 왜 저리 많으냐고? 알 게 뭐람. 뭐, 새 안경을 맞출 때마다 옛날 안경을 저 서랍에 넣어두는 모양이지. 보이는가? 이 서랍에 세 개나 있고 저 서랍엔 두 개가 더 있다.

안경 다섯 개를 모두 써본다.

그나마 이것이 가장 낫다. 안경알이 뿌옇지만 어차피 코끝에 걸치고 그 위로 내다볼 테니 상관없다. 이것으로 정했다. 안경을 칼이 들어 있는 파카 주머니에 넣는다.

제기랄!

간담이 서늘해진다. 나는 얼음 조각상이 된 듯 순식간에 얼어붙는다. 왜냐고?

손끝에 칼이 닿았다. 그런데 정작 이 칼을 옮긴 기억은 없다.

메리 할멈이 준 재킷 주머니에서 칼을 꺼내 이 파카에 넣은 기억이 없단 말이다. 웃기는 소리 같겠지. 나도 안다. 고작 그런 것 때문에 화들짝 놀라고 걱정에 휩싸이다니. 자기가 한 일을 고스란히 기억하는 사람은 없다. 인식하지 않은 채 그냥 하는 행동들이 있기 마련이다. 큰일도 아니다.

이 일 역시 큰일이 아니어야 한다.

하지만 뭔가 께름칙하다. 왜 이런 느낌이 드는지 모르겠다.

칼을 꺼내어 만지작거린다. 날을 펴진 않는다. 그냥 가만히 들고 쳐다볼 뿐이다. 그러다 문득 창문을 벌컥 열고 이 망할 물건을 뒤뜰로 던져버리고픈 충동에 휩싸인다. 있는 힘껏, 되도록 멀리 던져버리고 싶다.

하지만 아무리 멀리 던져도 소용없을 것이다. 왜인지 아는가? 어디로 내던지건 간에, 칼이 어떻게든 나를 다시 찾아올 것이기 때문이다. 늘 그런 식이다. 어떻게 아느냐고 묻진 마라.

나는 칼을 움켜쥐고는 주머니에 도로 넣는다. 그러고 보니 그냥 냅다 던져버리지 않길 잘했단 생각이 든다. 아직은 쓸 데가 있다. 제대로 정신을 차리고 평소의 평정심을 되찾은 다음, 지난밤 해치웠어야 할 일을 끝내야 한다.

패디 놈을 없앨 것이다.

그래야만 한다. 그게 옳은 일이다. 베키는 물론이고 나를 위해서도. 내 능력을 다시 증명해 보여야 한다. 다음번엔 절대 약해지지 않으리라. 내 능력을 증명해내리라. 배짱만 되찾을 수 있다면.

배짱 말이다.

대단한 것을 의미하는 하찮은 단어. 두려움과 비슷한 단어. 또 하나의 작은 단어, 또 하나의 대단한 의미. 갑자기 내 안에서 의문이 샘솟는다.

내가 진정 원하는 일, 이 빈집으로 숨어들 때마다, 특히 겁에 질려 이곳에 올 때마다 늘 하고 싶었던 일을 해낼 수 있을까? 문제는, 그 일 역시 배짱이 필요하다는 것이다.

왜냐하면 내가 하고 싶은 일, 가슴이 저릴 정도로 원하는 그 일을 하려면, 안방을 가로질러 열린 문으로 나가 센서장치를 지나야 하기 때문이다.

그래, 나도 안다. 개나 줘버릴 생각이라는 것을. 미치지 않고서야 시도해볼 엄두도 나지 않는 위험한 짓이다. 오늘 이곳에 와서 할 일은 이미 다 마쳤다. 이제 더 이상 꾸물댈 것 없이 여길 빠져나가야 한다.

그러나 나는 벌써 통로로 나서고 있다. 나도 나를 막을 수 없다. 큰아들 방, 그 옆의 방 두 개, 욕실까지 지나쳐 어느덧 안방 문 앞이다. 그리고 그 뒤편, 통로 끝에 있는 건…….

서재다.

서재 문도 열려 있다. 여기서도 안이 훤히 보인다. 책장에 가득 꽂힌 책들. 내 눈엔 보석처럼 눈부신 존재들이다. 전부 읽은 건 아니다. 하지만 전부 한 번씩은 눈여겨봤다. 저 안의 내용은 내 방식대로 알고 있다. 내가 들어가는 모든 빈집의 모든 책을 나는 잘 안다.

나만의 방식으로.

눈앞에 보이는 저것들은 그야말로 보물이다. 수많은 보물이 번쩍번쩍 빛을 발하고 있다. 《셜록 홈즈》와 《데이비드 코퍼필드》, 《제인 에어》가 보인다. 표지에 독수리 사진이 박힌, 안데스 고원에 대한 책도 있다. 《도덕경》, 《새뮤얼 피프스의 일기》, 《제비호와 아마존호》도 보인다.

《제비호와 아마존호》.

내가 무척 좋아하는 책이다. 내용이 짜릿하다. 책등에 적힌 제목이 보인다. 표지에도 제목이 있다. 제목 아래에 그림이 있고, 저자의 이름이 대문자로 찍혀 있다. '아서 랜섬.'

그는 천재다. 머리가 아주 비상한 작자였을 것이다. 그의 작품이 얼마나 훌륭하냐면, 책 표지만 봐도 나는 이미 존과 수전, 낸시 등 책 속의 등장인물들과 함께 호수를 누비고 있을 정도다. 하지만 지금의 나는 좀 더 절박하다. 표지만 보는 것으로는 만족할 수 없다.

그 책을 읽고 싶다. 너무 읽고 싶어서 정신을 놓을 지경이다.

나는 물이 싫다. 무섭다. 물은 거대하고 끊임없이 움직이는데다 내가 통제할 수 없는 대상이다. 수영하는 법 따위 배우고 싶지 않다. 그냥 물하고는 멀찍이 떨어져 살고 싶을 따름이다. 하지만 《제비호와 아마존호》를 읽을 때면, 배를 타고 항해하고 물속을 헤엄치면서도 더없이 행복하고 즐겁기만 할 것 같다.

아무튼 저 책을 당장 읽고 싶다. 한동안 모든 일을 까맣게 잊고 싶다. 이야기 속에 풍덩 몸을 담근 채 항해하고 수영하며 두려움을 몰아내고 싶다. 위험을 무릅쓸 가치가 있는 일이다. 민첩하게 행동하면 센서에 걸리지 않을 것이다.

나는 잠시 기다렸다가, 양팔로 몸을 감싸고 센서의 사각지대를 확인한 다음, 점프한다.

경보음이 요란하게 울리기 시작한다.


멍청한 자식! 버러지만도 못한 멍청한! 도대체 내가 무슨 생각을 한 거지?

쌍둥이 방으로 돌아가 비닐봉지 두 개를 잡아채고 창문을 밀어 연다. 아래에 누가 보이진 않지만 누군가가 집을 확인하러 달려오는 소리가 들린다. 창문을 넘어 원래처럼 살짝만 연 상태로 닫고 사다리를 타고 내려와 주위를 살핀다.

아직 아무도 안 보인다. 그러나 목소리가 들린다.

"계십니까?"

집 앞에서 어떤 남자가 소리친다. 나이가 지긋한 듯하고, 목소리엔 긴장이 가득하다. 경보음이 하도 시끄러워 남자의 목소리가 묻힐 정도다. 그는 아직 집 앞쪽에 있으니 서두르면 몰래 빠져나갈 수 있을 것 같다.

재빨리 사다리를 별채로 가져다놓고, 건물 뒤로 돌아가 상황을 살펴본다.

대문 곁에 노인네가 서 있다. 다리가 후들거려 제대로 서지도 못하는 늙은이다. 집 뒤편까지 돌아가서 살펴야 할지 고민하는 듯하다. 아직 나를 보진 못했지만, 내가 움직이면 분명히 보게 될 것이다.

그러니까 기다려야 한다. 꼼짝 말고 기다려야 한다.

하지만 너무 오래 기다릴 순 없다. 빨리 여길 빠져나가야 한다. 다른 사람이 또 나타나면 정말 큰일이다.

그가 고개를 길게 빼고 주변을 둘러본다. 겁먹은 얼굴에, 동작도 엄청 굼뜨다. 자칫하면 자신이 화를 당하는 게 아닐까 걱정하는 기색이 역력하다. 나는 노인네를 향해 주문처럼 속삭인다.

"돌아가요, 할아범. 당신이 여기서 할 일은 없으니까."

그러나 그는 대문 안으로 들어온다. 나는 움직이지 않고 그를 계속 주시한다.

그는 집 건물 모퉁이에서 여기저기를 기웃거린다. 늙어서 앞도 잘 안 보일 텐데 열심히도 살핀다. 주변을 살피고, 앞마당을 확인하고, 집 안을 들여다본다.

"돌아가요, 꼬부랑 영감."

경보음은 아직도 귀청을 찢을 기세로 미친 듯이 울려대고 있다. 완전히 바보가 된 기분이다. 어쩜 그토록 멍청할 수 있었는지 나 자신도 믿을 수가 없다. 그런 위험을 무릅써서는 안 되는 것이었다. 책들은 가만히 내버려두고 기회가 있을 때 보기 좋게 빠져나가야 했다.

게다가 이제 문제가 더 커졌다. 집 앞쪽에서 또 다른 남자의 목소리가 들린다.

"짐? 계세요?"

타이밍 한번 기막히다. 꼬부랑 영감이 고개를 돌린다.

"나 여기 있어. 뒤뜰이야!"

다른 남자가 나타난다. 나이는 서른쯤 되어 보이고, 땅딸막한 키에 체격이 다부지다. 일은 잘하게 생겼다. 그가 들어와 영감과 함께 집 뒤편을 살펴본다. 그리고 세 번째 목소리가 들려온다.

"짐?"

이번엔 여자다. 그녀는 대답도 듣기 전에 대문 앞에 와 있다. 땅딸보와 비슷한 나이인 것 같다. 그녀는 휴대폰을 들고 있다.

"여기 있네!"

영감이 외친다.

그녀도 뒷마당으로 들어선다.

"무슨 일이에요?"

그녀가 묻는다.

"아무것도 안 보이는데."

땅딸보가 대답한다.

"그러니까 어서 가버려."

내가 속삭인다.

"썩 꺼지라고!"

그들은 가지 않고 흩어져서 뒷마당을 살펴본다. 영감은 뒷마당 끝자락으로 가고, 여자는 창문을 올려다본다. 땅딸보는 별채로 다가온다.

구경꾼 양반, 일이 점점 꼬여간다. 아직 들키진 않았지만 땅딸보가 이쪽으로 오고 있으니 난 꼼짝없이 잡히게 생겼다. 그런데 여자가 갑자기 소리를 친다.

"저기!"

그러나 그녀가 가리키는 건 내가 아니다. 그녀의 손가락은 쌍둥이 방 쪽을 향해 있다. 땅딸보가 걸음을 멈추고 몸을 돌린다.

"창문이요. 살짝 열려 있어요."

영감과 땅딸보는 여자가 말한 창문을 한참 올려다본다.

"원래 열려 있던 것 같은데. 쌍둥이 녀석들이 어떤지 당신도 알잖아."

"여기 바닥에 자국이 있어요."

여자가 몸을 굽혀 풀밭을 살핀다.

"사다리가 놓인 자국 같은데요."

꼬부랑 영감이 비척비척 다가와 그 자리를 굽어본다.

"사다리 자국이 확실한가? 잘 모르겠구먼."

"확인해보죠. 사다리는 별채에 있을 거예요"라면서, 땅딸보가 내 쪽을 향해 돌아선다.

"브레이든 씨한테 전화를 넣어야겠어요."

여자가 말한다.

"직장 번호가 어디 있을 거예요."

영감은 "경찰한테도 연락하게"라고 이른다.

"전 사다리를 확인해보죠."

땅딸보가 다시 별채 쪽으로 걸음을 옮긴다.

긴장의 순간. 여기 계속 있다간 그가 다가오는 즉시 들키고 말 것이다. 그의 눈을 피해 옆으로 움직였다간 다른 두 사람의 눈에 띄고 말 것이다.

하지만 집 앞쪽에서 또 한바탕 소란이 벌어진다.

여러 사람의 목소리가 한꺼번에 들린다.

"거기 뒤에 무슨 일 있어요?"

"괜찮소? 도와드릴까요?"

대문 쪽에 보이는 사람은 없지만 땅딸보는 별채 문 바로 앞에서 걸음을 멈춘다. 그는 다시 돌아서서 사람들을 찾는다. 지금이 기회다. 사람들이 다른 쪽을 살피는 동안 도망쳐야 한다.

비닐봉지를 울타리 너머로 휙 던지고 나도 기어오른다. 한 번에 풀쩍 뛰어넘으려 해보지만 울타리가 너무 높아 위에서 걸리고 만다. 사람들이 소리를 듣고 이쪽을 돌아본다.

새로 나타나 별채 근처를 뒤지던 남자 둘을 포함해 모두가 한꺼번에.

"저기다!"

누군가가 소리친다.

나는 울타리 건너편 마당으로 굴러떨어져 봉지를 낚아채고는 번개처럼 잔디밭을 가로지른다. 마당이 넓어 울타리 주변에 사과나무도 있고 가운데에 연못도 있다. 집은 멀찍이 떨어져 있어 오히려 다행이다. 사람들 고함소리를 아무도 못 들었기만을 바랄 뿐이다. 요란한 경보음 때문에 사람들 소리가 묻힐지도 모른다.

창문가로 와서 바깥을 살피는 사람은 아직 없지만 나는 벨트를 고쳐 매며 다른 집 창문을 하나하나 꼼꼼히 살펴본다.

뒤는 절대로 돌아보지 않는다. 후드를 푹 뒤집어쓰고 최선을 다해 도망치려 애쓰고 있다. 하지만 생각처럼 다리가 빨리 움직여주질 않는다.

"저기 있다!"

뒤에서 누군가가 외치는 소리가 들린다.

드디어 위층 창문으로 얼굴 하나가 나타난다.

노파가 밖을 내다보다가 나를 발견한다. 깜짝 놀란 기색이다. 노파가 전화기를 들고 버튼을 누른다. 잠시 후 그녀 곁에 젊은 남자가 나타나고, 또 한 명, 그리고 소년 하나가 모습을 드러낸다.

그들은 안으로 사라지고 나는 부리나케 집 옆으로 내달린다. 집 안에서 다급하게 외치는 소리가 들린다.

"내가 현관에서 막을게요!"

남자들 중 하나일 테지만 지금 이것저것 따져볼 때가 아니다. 이제 집 앞이다. 아직 아무도 없지만 집 안에서 계단을 우당탕탕 내려오는 소리가 들린다. 현관 옆에 산악자전거 한 대가 세워져 있다. 소년이 타는 것이리라.

"고마워, 친구."

손잡이에 봉지를 걸고 자전거를 밀어 대문 밖으로 나간다. 현관문이 벌컥 열리며 두 남자가 목청이 터져라 고함을 친다.

"어이!"

하지만 나는 이미 죽을힘을 다해 자전거 페달을 밟고 있다.

뒤에서 남자들과 땅딸보가 고래고래 소리를 질러댄다. 땅딸보는 집 앞 길거리까지 전속력으로 질주하며 나를 뒤쫓아 온다. 양 옆으로도 계속 고함소리가 들린다. 집집마다 문과 창문이 열리며 사람들이 튀어나온다.

자동차 시동 거는 소리도 들린다.

빨리 도로로 나가야 한다.

다른 차가 출발하는 소리도 들린다.

나는 주위를 둘러본다. 이 동네 지리는 훤하다. 저 앞 골목길로 접어들면 놀이터로 이어진다. 나는 속도를 높인다. 내 뒤는 온통 난리법석이다. 자동차 엔진 소리도 요란하다. 몇 초면 그들이 들이닥칠 테지만 이제 골목길과 놀이터가 코앞이다.

젊은 여자가 길목을 막고 딸아이 쪽으로 허리를 굽히고 있다. 재스 또래로 보이는 귀여운 꼬맹이다. 엄마가 아이의 코트를 여며준다. 뒤에서 들리는 자동차 소리가 한층 더 가까워졌다.

"비켜요!"

나는 힘껏 외친다. 엄마가 고개를 들어 나를 쳐다본다. 그녀의 두 눈에 공포가 서린다.

자동차 엔진 소리가 더 크게 들린다.

"비키라니까!"

그녀가 아이를 감싸 안고 옆으로 비켜선다. 나는 그대로 질주하여 골목길로 접어든다. 끼이이익, 하고 자동차에 급제동을 거는 소리가 들린다. 자동차 문이 열렸다 쾅 닫히고, 남자가 고함치는 소리, 여자의 비명소리가 동시에 울려 퍼진다. 내 머릿속의 증오처럼 뜨겁고 절박한 외침이다.

나는 부지런히 자전거 페달을 밟는다. 뒤는 돌아보지 않는다.


2분 후. 나는 골목을 지나 웨스트베리 드라이브로 접어드는 중이다. 이제 나를 뒤쫓는 이는 없지만 여기서 미적거릴 수는 없다. 골목길이 어디로 이어지는지 아는 사람이 있다면 금세 나를 찾아낼 것이다. 가능한 한 빨리 도로로 나가야 한다.

하지만 아직은 아니다. 이 골목과 접한 도로가 없다. 일단 머튼 광장으로 가서 오솔길을 통해 농장으로 가는 게 좋겠다. 거기에 자전거를 버리고, 그다음에 할 일은 이미 잘 알고 있다.

타협의 여지도 없다.

상황은 그대로다. 머리가 어떻게 돼서 실수를 거듭 저지르고 있지만, 베키와 재스가 자꾸만 눈에 밟힌다. 패디 놈을 향한 내

뜨거운 증오는 조금도 식지 않았다.

여기가 머튼 광장이다.

지금까진 무사하다. 추격의 조짐도 안 보이고, 거리의 사람들이 이상한 눈초리로 힐끔거리지도 않는다. 광장 끄트머리로 내려가 오솔길과 접하는 지점에 이르러 자전거에서 내린다.

이제 정말 조심해야 한다. 아무런 흔적도 남기지 않고 홀연히 사라져야 한다. 지금 입은 파카가 문제다. 후드를 깊숙이 눌러써서 아무도 내 얼굴이나 머리를 제대로 보지 못했지만 땅딸보나 꼬부랑 영감이 회색 파카 얘기를 떠벌릴 것이다.

아무래도 파카는 버리는 게 좋겠다.

자전거를 벽에 기대어놓고 주위를 살핀다. 오솔길엔 개미 한 마리 얼씬거리지 않는다. 벽에 난 틈으로 머튼 광장 주변을 확인해본다. 좁은 도로는 고요하지만 사방에 건물이 있다. 누구든 창문으로 내다볼 수 있다.

다시 자전거에 올라타고 오솔길 아래로 좀 더 내려간 다음 멈춘다. 길 위아래를 모두 살핀다. 눈에 띄는 사람은 없다. 담 너머를 확인한다. 양쪽이 각각 다른 집 뒷마당이고 아무도 없다.

왼쪽에 있는 집이 빈 것 같다. 창문이 모두 닫혀 있고, 전등도 모두 꺼져 있고, 아무런 소리도 들리지 않는다. 안심해도 될 듯하다. 오른쪽 집은 뒷문이 열려 있다. 비닐봉지를 손잡이에서 빼내고 자전거를 벽에 기댄 후 다시 주변을 돌아본다.

괜찮은 것 같다.

벽을 넘어 마당으로 들어선다. 집 옆으로 다가가 쓰레기통 뚜껑을 연다. 완벽하다 — 반쯤 차 있고, 내용물은 대부분 비닐봉지다. 파카를 벗고 안경과 주머니칼을 꺼낸다.

제길, 다시 또 찾아드는 그 느낌.

구경꾼이여, 정녕 나는 칼을 만질 때마다 이런 기분에 사로잡혀야 한단 말인가? 너무도 낯설다. 어차피 이미 벌어져버린 일이고 되돌릴 수도 없다. 그런데 지금 나는 어둠 속에서 나를 바라보며 입술을 달싹이는 패디 놈의 얼굴을 떠올리며 벌벌 떨고 있다.

그 살인마의 얼굴은 정말이지 보고 싶지 않다. 정 떨쳐낼 수 없다면, 하다못해 어젯밤의 그 모습으로는 나타나지 말란 말이다. 정 내 눈앞에 어른거릴 거라면, 놈과의 일을 해치운 후의 모습을 보고 싶단 말이다.

숨통이 끊어진 얼굴, 갈가리 찢긴 얼굴. 곧 그렇게 될 것이다. 당신도 그렇게 될 거라고 믿어라. 내가 손만 까딱하면 그렇게 된다. 그렇게 될 수만 있다면.

칼을 바지 주머니에 찔러 넣고 쓰레기통 안의 비닐봉지를 몇 개 꺼낸 다음 또 한 번 주변을 둘러본다. 집 안에서는 아무 소리도 들리지 않고, 누가 내다보는 것 같지도 않다. 파카와 내가 가져온 비닐봉지를 쓰레기통 안으로 던져 넣고 휘저어 다른 봉지들과 섞어버린 후 좀 전에 꺼낸 봉지들을 그 위로 던진다.

감쪽같다. 원래의 모습 그대로다.

뚜껑을 닫는다. 안경을 쓰고 살짝 내려 코끝에 걸친다. 그래야 안경알 위로 사물을 볼 수 있다. 오솔길로 돌아가 자전거를 타고 농지로 향한다.

당신이 무슨 생각하는지 안다, 구경꾼 양반. 사람들이 자전거도 목격했는데 어째서 버리지 않는지 의아할 것이다. 뭐, 계속 궁금해하라. 댁한테 일일이 설명하고 보고할 의무는 내게 없다.

어이구, 그 뚱한 표정은 뭔가? 그만둬라. 말해줄 테니.

아직 이 자전거가 필요해서 그런다, 됐나? 물론 위험하다는 건 알지만, 갈 길이 멀고 시간은 쉼 없이 흐른다. 농지를 지날 때는 걸어야 하지만, 그다음부턴 자전거를 타고 갈 작정이다. 한적한 도로만 골라 다니면 아무 문제없을 것이다.

벌써 농지가 펼쳐진다, 보이나? 저쪽 끝에 노인네 한 명을 제외하고는 아무도 없다. 저 노인네도 신경 쓸 필요 없다. 그래도 나는 경계를 풀지 않는다. 예리한 눈초리로 사방을 둘러보며 계속 걷는다. 문제가 될 만한 조짐은 없지만 신경이 곤두선다.

자전거에서 탈탈대는 소리가 난다. 바퀴살에 잔가지가 끼었다. 허리를 숙여 잔가지를 뽑아내고 다시 몸을 일으키는 순간, 저만치 앞에 사람이 있는 게 보인다.

남자 둘이다.

둘 다 중년이고 아마 그냥 지나치면 그만일 테지만, 만일의 경우를 대비해 나는 그들을 꼼꼼히 살핀다. 그들은 이쪽으로 다가오는 중이다. 나는 자전거를 밀며 전진한다. 너무 빠르지도, 너무 느리지도 않게. 그들이 나를 쳐다본다. 안 봐도 뻔하다. 그들 중 하나가 나에게 왜 학교에 가지 않았느냐고 캐물을 것이다.

하지만 내가 틀렸다.

그들은 나에게 말 한마디 붙이지 않고 무심히 지나쳐 간다.

오솔길을 걸어 커트널 클로즈에 닿는다. 이제 자전거에 올라타고 페달을 밟는다. 큰길을 건너 동쪽 교외로 이어지는 샛길을 탄다.

슬슬 한기가 몸속을 파고들면서, 아까 버린 파카가 새삼 그리워진다. 하늘도 잔뜩 찌푸린 것이, 금방이라도 비를 뿌릴 것 같다. 나는 페달에 얹은 발을 더욱 재게 놀린다. 비가 오기 전에 그곳에 도착해야 한다.

하지만 벌써 빗방울이 하나둘 떨어지기 시작한다.

클리프씨 주택단지에 접어들어 상점가를 지나고 랭던 드라이브를 따라 내려가다 축구 경기장을 둘러싼 육상경기용 트랙에 닿는다. 트랙 한 끝자락에 있는 관목 숲 앞에 서서 주위를 둘러본다.

아무도 없다. 다시 한 번 확인해본다. 역시 이상 무, 아무도 없다.

자전거를 숲 속으로 끌고 간다.

자전거를 툭툭 차서 깊숙이 밀어 넣은 다음 뒷걸음질을 친다.

좋다, 무성한 잎사귀에 가려 잘 보이지 않는다. 트랙에선 더더욱, 절대 안 보인다. 설령 누군가가 관목 숲 안으로 걸어 들어간다 해도 십중팔구 자전거는 못 보고 지나칠 것이다.

서둘러야 한다. 빗줄기가 점점 거세어진다. 그래도 다행히 이제 조금만 더 가면 된다. 출입구를 지나 마시 뷰로 향하는 샛길로 접어든다.

여기가 '마시 뷰'인 까닭은 나도 모른다. 이 근처엔 '마시(marsh: 늪지대)'는 물론이고 '뷰(view: 경관, 경치)'라 할 만한 것도 없는데 말이다. 하긴, 주택단지 후미에 자리한 냄새 나는 아파트 치고는 나쁘지 않은 이름이다.

보이는가? 저 허름한 건물이 바로 마시 뷰다.

이 시점에서 당신에게 알려줄 것이 있다.

여기는 어젯밤 내가 오려고 했던 곳이다. 베키에게 한사코 말하지 않았던 목적지 말이다. 당신도 그녀처럼 그 이유가 궁금했을 것이다.

왜냐하면, 나한테 계획이 있었기 때문이다. 계획 비슷한 것이.

지금도 얼마든지 실행에 옮길 수 있다. 도망칠 마음이 있다면 말이다. 하지만 당신도 나도 이미 알고 있듯이 나는 도망치지 않는다. 어젯밤 계획은 틀어졌으니 이제 그 계획을 다른 데 써먹어야겠다.

좋다, 계속 걷는다. 지금은 정신을 바짝 차리고 극도로 조심해야 한다. 어두운 곳만 골라서, 살금살금, 투명인간처럼 걸어야 한다. 우리가 들고 나는 걸 아무도 모르도록. 만에 하나 누가 본다고 해도 우리를 전혀 기억하지 못하도록. 그러니 주의하라. 여긴 대수로울 것 없는 작은 동네다. 사람들 대부분이 둔해터졌지만 그래도 시끄러운 인간들은 어디에나 존재하기 마련이다.

거의 다 왔다. 고개를 숙이고 몸을 낮춘 채 천천히, 차분하게 걸어라. 좌우를 잘 살피면서. 차라리 비가 오는 게 다행이다. 반대편 길가에서 어디론가 서둘러 가는 여자 둘을 제외하고는 밖에 나다니는 사람이 없다.

안경은 더 이상 못쓰겠다. 관자놀이를 짓누르는데다 젖어서 미끌거린다. 길가 쓰레기통에 아무렇게나 휙 던져버리고, 계속 걷는다. 꾸준히 느린 속도로, 아무렇지도 않은 듯이. 자, 다 왔다.

마시 뷰.

내가 뭐라고 했지? 허름하다고 했던가? 제정신으로 이런 데서 살 수 있는 사람은 없을 것이다. 고맙게도, 제정신이 아닌 남자 한 명이 여기서 산다. 하지만 우리는 그의 집을 구경하려고 여기 온 게 아니다.

우린 그의 차를 훔칠 것이다.


훔치는 방법은 그쪽이 신경 쓸 일이 아니다. 그냥 입 다물고 보기나 해라.

오케이, 건물 뒤로 돌아가면 차고가 늘어서 있다. 우리는 맨 끝의 차고로 갈 것이다. 주인이 갑자기 정신을 차리고 고쳐놓은 게 아니라면 문은 잠기지 않았을 것이다. 물론 그가 정신을 차렸을 리 만무하다. 꼼꼼함과는 거리가 먼 위인이다.

자세를 낮춰라. 비가 오고 밖에 사람이 없다는 이유만으로 안심할 수는 없다. 여기 차고를 굽어보는 창문이 많다. 보이는가? 저기에도 사람이 산다. 눈이 있고 가벼운 입이 있는 사람들 말이다.

지금 당장은 아무도 창밖을 내다보지 않기만을 바랄 뿐이다. 아무도 안 보이지만 꾸물댈 시간이 없다. 좋다, 맨 끝 차고까지 다 왔다. 문을 확인해보라. 그것 보라, 내가 뭐랬나?

안 잠겼다.

왜인지 아는가? 2년 전에 내가 꺾쇠에 본드를 조금 묻혀놨기 때문이다. 아무도, 최소한 그 사람이 눈치채지 못할 곳에 소량만 발랐지만 문이 제대로 안 잠길 만큼은 된다. 문은 멀쩡하게 닫히지만 잠기진 않는다. 주인이란 작자, 아직까지 고칠 생각을 안 한 모양이다.

여기로 그리 자주 오는 건 아니다. 애용하는 빈집이 비지 않았는데 잠자리가 절박할 때만 이곳을 찾는다. 여기로 숨어 들어와 차 안에서 잠을 잔다. 길거리에서 다른 노숙자들과 섞여 자는 것보다 더 따뜻하고 안락하다. 더 쉽기도 하고.

왜냐하면 그는 차 문 역시 안 잠그기 때문이다.

차고 문을 올려 열고, 안으로 기어 들어가 문을 다시 내려 닫는다. 비를 피할 수 있으니 좋고, 꽁꽁 숨을 수 있으니 좋다. 전등 스위치는 건드리지 마라, 구경꾼 양반. 빛이 새어나가는 것도 경계해야 한다. 그리고 어차피 나는 어둠을 좋아한다. 지금 이 순간도 어두웠으면 좋겠다. 게다가 이 정도 어둠이면 사물을 분간하는 데는 무리가 없다.

자동차를 살펴보자.

안쓰럽지 않은가? 완전 고물까지는 아니지만 한물간 구식 자동차다. 사실 그래서 더욱 안성맞춤이다. 이 차는 낡았고, 경보장치도 없으며, 짭새들의 의심을 사지 않을 만큼 멀쩡해 보인다.

주인은 이 차를 좀처럼 쓰지 않는다. 어떻게 아느냐고? 올 때마다 주행거리를 확인해보니까, 그래서 안다. 게다가 말이다.

지난 1년간 이 차는 겨우 16킬로미터를 달렸다. 그래, 맞다 — 16킬로미터. 내가 그동안 쭉 계기판을 확인했는데, 꽤 오랫동안 연료가 4분의 3 이하로 떨어지지 않았다.

2년 전만 해도 지금보다는 많이 달렸는데. 그때도 멀리 가지는 않고 가까운 데 볼일 보러 혹은 놀러 다녀오는 정도였지만 그래도 주행거리는 꾸준히 늘어났었다. 그런데 작년부터 상황이 달라졌다. 그가 웬만해선 자동차를 거들떠보지도 않게 된 것이다. 그 이유를 밝혀내기까진 퍽 오랜 시간이 걸렸다.

그가 다리를 못 쓰게 된 것이다.

그는 1층에 홀로 사는 독거노인이다. 거동이 불편하기 때문에, 외출하는 경우는 몹시 드물다. 사실 자동차를 갖고 있을 이유도 없다. 그 몸으로 운전대를 잡았다간 도로에서 비명횡사하기 딱 좋다. 그 자신도 잘 알고 있을 테지만 아무튼 그는 차를 처분하지 않는다. 늙은이들이란 으레 소유물에 집착하기 마련 아닌가.

그러니까 나한텐 딱이다.

주인이 자동차를 못 쓰면 내가 쓸 수 있다는 뜻이니까.

운전은 한 번도 해본 적이 없다. 야밤에 잘 데가 필요할 때 편안한 시트에서 따뜻하게 자기 위해 이 자동차를 이용했을 뿐이다. 하지만 이젠 이 자동차한테도 바깥바람을 쐬어줄 때가 되었다. 좋다, 차 문을 열어보라. 문제없을 것이다. 아까 말했듯이, 그는 절대 차 문을 잠그지 않는다.

제길, 이게 무슨 일인가. 열리지 않는다. 다른 문을 열어본다.

역시 잠겼다.

어찌 된 영문인지 모르겠다. 아마 그가 여기로 왔을 테지. 차를 몰려고 나온 게 아닌 건 확실하다. 아무튼 와서 뭔가를 한 다음 차 문을 잠가놓았을 것이다.

됐다, 해결할 방법이 있으니 신경 꺼라. 그는 이 좁은 소굴 안에 우리에게 필요한 모든 것을 갖춰놓았다. 어둠을 뚫고 찾아내기만 하면 된다. 안쪽 구석을 뒤져보자. 그가 공구와 잡동사니를 보관하는 곳이다. 마구잡이로 쌓여 있지만 있을 건 다 있다.

가는 철사, 그게 필요하다.

이건 좀 길군. 좀 더 뒤져보자. 지난번에 왔을 때 커터가 있는 걸 봤다. 여기 있다. 좋다, 철사를 잘라 모양을 잡아가며 구부린다.

완벽하다.

운전석 문 유리창 가장자리의 고무패킹을 살짝 당겨 그 틈으로 철사를 밀어 넣는다. 이리 와서 들여다봐라. 그래, 거기다. 아래로 살살 밀어 넣다 보면 딱 걸리는 부분이 있을 거다.

에잇, 둔해터져서. 감각이 둔해졌다. 지금쯤이면 차 안에 있어야 하는데 말이다. 하지만 한동안 이 짓을 안 했기 때문에 어쩔 수 없다. 죽은 척 몸 사리고 사는 동안 원했던 것은 사람들의 감시망을 피하는 것뿐이었다.

그래서 연습을 중단했는데.

찰칵!

됐다. 문을 연다. 이제 다시 공구를 찾아야 한다. 스크루드라이버가 필요하다. 여기에 맞는 종류로. 이거면 되겠다. 차 안에 올라탄다. 쿰쿰한 냄새가 코를 찌른다. 운전석 밑에 뭐가 있다.

털모자.

지난번에 왔을 때는 없던 물건이다. 대신 그 자리에 있던 회중전등이 사라졌다. 주인 양반이 그걸 가지러 왔던 모양이다. 허리를 굽히고 회중전등을 집어 들다가 모자를 떨어뜨린 게 분명하다. 하지만 모자는 아랑곳하지 않고 회중전등만 챙겨서 차 문을 잠그고 가버린 거지.

어찌 됐건, 뭐.

모자는 내가 써도 괜찮겠다. 그래, 안다. 낡고 촌스럽다는 거. 하지만 인상착의가 공개됐으니 겉모습을 계속 바꿔줘야 한다. 그러고 보니 생각나는 게 있다.

그 노인네가 차고 안에 늘 외투를 보관해두는데…….

저기 있군. 차고 문 옆의 못에 걸려 있다.

풀쩍 뛰어서 외투를 낚아챈 다음 몸에 걸쳐본다. 조금 얇은 감이 있지만 입어보니 따뜻하다. 게다가 유행을 타지 않는 디자인이다. 후드도 달려 있다. 금상첨화다. 해로울 요소가 전혀 없다. 오케이, 구경꾼 양반, 이제 다 됐다. 이제 자동차에 시동을 걸어보자. 하지만 마지막 순간까지 차고 문은 닫은 채여야 한다. 그래, 스크루드라이버…….

운전대 기둥을 감싼 플라스틱 아래로 찔러 넣는다. 식은 죽 먹기다. 금세 헐거워진다. 역시 이렇게 오래된 구식 자동차가 최고다. 플라스틱을 벗겨낸다. 이제 다시 스크루드라이버가 활약한다. 시동 스위치를 살짝 들어내야 한다.

이 녀석, 운전대와 작별하기 싫은 모양이다. 나와, 이 자식아! 떨어지라고!

그래, 그래야지 ― 깜찍한 시동 스위치 녀석.

이제부터가 진짜 고비다. 스티어링 로크(도난방지를 위해 자동차 바퀴의 방향을 고정시키는 장치)가 부서질 때까지 운전대를 잡아당겨야 한다. 평소의 나는 이 단계를 가장 즐긴다. 이유는 모르겠는데 기분이 좋아진다.

그러나 이번에는 좀 다르다.

아무래도 주인 양반 때문인 듯하다. 그 노인네와 말을 섞어본 적은 없다. 그는 나의 존재 자체를 모른다. 하지만 이 점에서는 내가 예의주시하는 다른 사람들도 마찬가지다. 그들은 나를 모르지만 나에게 그들은 '아는 사람'이다. 다만 그들에게 마음을 쓰진 않는다. 그냥 그들의 집에 숨어들고 그들의 음식을 먹으며 그들의 책을 읽을 뿐이다.

하지만 이 노인네는…… 왠지 마음이 쓰인다. 제정신은 아닐지언정 누구를 해치거나 골탕 먹이는 법이 없는 착한 사람이다. 그의 차를 훔치려니 마음이 좋지 않다. 더 이상 그에게 차가 필요없다는 사실이 그나마 좀 위안이 된다.

게다가 지금 내게는 차가 필요하다. 감상에 젖어 일을 그르칠 순 없는 노릇이다.

운전대를 당긴다. 영차, 영차, 영차. 좀 있으면 이 녀석은 고철이 될 것이다. 아직은 그렇게 생을 마감하긴 싫은 모양이지만. 누가 이기나 해보자. 영차, 영차, 영차.

빠직!

착하다, 우리 예쁜이!

차에서 내려 차고 문을 연다. 아까보다 비가 한층 더 많이 내린다. 나로선 잘된 일이다. 좌우로 두리번거리며 주변을 살핀다. 길거리는 텅 비었고, 어디선가 이쪽을 보는 사람도 없다. 적어도 내 눈에 띄는 이는 없다. 사실 누가 있다고 나가지 않을 건 아니지만.

차로 돌아와 운전석에 올라타고, 스크루드라이버로 시동 스위치를 꾹 눌러본다. 제대로 들어맞는다. 애초에 둘이 한 세트로 만들어진 것처럼. 자, 잠시 숨을 참아라. 드디어 때가 왔다. 시동이 걸려야 한다. 보통은 걸린다. 숨을 크게 들이쉰 상태에서 멈추고, 스크루드라이버를 돌린다.

툭, 툭, 부릉부릉, 부르릉…….

엔진이 생명의 숨을 토해낸다.

잠시 후 엔진이 안정적으로 돌아가는 걸 확인한 후에야 나는 비로소 안도의 한숨을 내쉰다. 후진 기어가 뭐더라. 당겨서 오른쪽으로 살짝 밀면 될 것 같다. 이렇게…… 됐다. 사이드브레이크를 풀고, 클러치를 천천히 뗀다. 심하게 삐걱거리는 게 마치 늙고 병든 개의 신음소리 같다. 하지만 자동차는 멀쩡히 움직여 서서히 차고 밖으로 빠져나간다.

뒷유리에 후드득 빗방울이 떨어져 부딪힌다. 후면 와이퍼 작동 버튼을 찾는 수고는 건너뛰도록 하자. 후방에 공간은 충분하다. 하지만 이제 비가 억수같이 쏟아지고 있다.

드디어 완전히 밖으로 나왔다. 주위를 둘러본다. 아무도 없다.

차에서 내려 차고 문을 닫은 다음 다시 운전석에 올라탄다. 이 버튼 저 버튼을 눌러본다. 와이퍼 작동 버튼은 이거로군. 이제 모든 준비가 끝났다. 시야에 들어오는 사람은 여전히 아무도 없다. 출발만 하면 된다.

어서 타라, 구경꾼 양반. 할 일이 많으니까.

운전하기 나쁘지 않다, 이 자동차. 클러치가 약간 말썽이지만 익숙해지니 괜찮다. 실은 험하게 몰아서 손상을 입히고 싶다. 녀석이 너덜너덜해져 비명을 지를 때까지 속도를 올리고 싶다. 그러면 속이 좀 시원해지지 않을까.

하지만 너무 위험하다. 나는 재미로 운전하는 게 아니니까. 엄연히 '일' 때문이다. 규정 속도를 지키면서 안전하게 운전해야 한다. 괜한 소동을 벌이면 안 된다. 사람들 눈길을 끄는 짓은 절대로 삼가야 한다. 이럴 때 쏟아지는 비는 내 편이다. 창밖을 내다보는 게 힘든 만큼 안을 들여다보기도 어려우니까. 어차피 우리한테 딱히 관심을 둘 만한 인간도 없다.

주택단지를 벗어나 스틱랜드 레인으로 접어든다. 당신이 무슨 생각하는지 안다. 어째서 도시로 들어가지 않고 우회로를 택했는지 궁금하겠지. 흠, 대답할 수 없다. 머리가 터질 때까지 고민해봐라. 어쨌든 얼마 후면 알게 될 거다. 나는 따로 해결할 일이 있다.

라디오를 켤 수 있을지 모르겠다.

차 안에서 라디오를 들어본 적이 없어서 말이다. 차고 안에서 소리가 새어나갈까 봐 단 한 번도 켜지 않았다. 일단 고장 나지 않았기를 빌어보자. 시계를 보니 한 시 정각이 거의 다 됐다. 지금 라디오를 켜면 지역 채널에서 뉴스를 들을 수 있을 것이다.

"한 시 뉴스입니다."

빙고.

"경찰은 10대 청소년 둘을 여전히 수색 중이라고 밝혔습니다. 한 명은 15세로 추정되는 소년으로 '뺀질이'라는 별명으로 통하며, 또 한 명은 17세의 레베카 제이크스입니다. 이 둘은 10대인 트릭시 켄튼의 살해사건과 연관이 있는 것으로 알려져 있습니다."

아직도 베키를 못 찾았단 말이야? 빌어먹을, 그녀가 아직도 샛길 옆 도랑에 누워 있다니.

"오늘 낮, 새로운 정황이 포착되었습니다. 이른 아침에 벌어진 사건을 뒤쫓던 경찰은 현재 버려진 밴을 조사하고 있습니다. 그러나 사라진 두 명의 10대 용의자와 관련이 있는지의 여부는 아직 밝혀내지 못했습니다. 오늘 오전 별개의 사건이 발생했습니다. 회색 파카 차림의 소년이 햄포스 지역의 어느 주택 뒷마당에서 도망치는 것이 목격되었습니다. 경찰은 매우 적극적으로 이 소년의 행방을 추적 중이지만, 이 소년과 트릭시 사건 용의자와의 연관성에 관해서는 침묵을 지키고 있습니다."

재스에 대해서는 일언반구도 없다.

이게 무슨 의미인지 아는가? 패디 일당이 아직도 자유의 몸이라는 뜻이다. 뭐, 어쩌면 나도 은근히 바라는 바다. 투덜이 돼지와 나머지 괴한들 얘기가 아니다. 놈들은 내 안중에도 없다.

하지만 패디 놈은…… 그놈만큼은 내 손으로 처치하고 싶다. 두 번째 기회를 잡을 수만 있다면. 그때는 제대로 해낼 수 있으리라.

좌회전하여 우회로로 접어든다. 곧장 사우스랜드 애비뉴로 이어진다. 라디오는 계속 켜둔다. 뉴스는 다른 얘기를 떠들어대고 있다. 나는 애쓰고 있다. 제대로 생각하려고 애쓰고, 진정하려고 애쓴다.

쉽지가 않다. 뉴스를 들으니 다시 감정이 격해진다. 베키가 어떻게 됐는지 궁금하다. 그녀의 몸이 빗속에 방치된 채 흠뻑 젖는다고 생각하니 치가 떨린다.

그리고 재스도.

그 아이 생각도 머릿속을 떠나지 않는다.

라디오를 끈다. 더 이상 듣고 싶지 않다. 정신을 집중해야 한다. 마음을 산란하게 흩뜨려선 안 된다. 할 일에 집중하지 않으면 옴짝달싹 못하게 되고 말 것이다. 사우스랜드 애비뉴 끝에 이르러 닿은 곳은 내가 내내 염두에 두었던 장소다.

브리태니아 로드와 연결되는 교차로.

여기서 우회전하면 도시 밖으로 이어진다. 8킬로미터만 더 가면 고속도로가 나오고, 나는 감쪽같이 사라지는 거다. 연료는 충분하다. 연료가 바닥나도 차를 버리면 그만이다. 하지만 그래서 좋을 일은 없다.

지금껏 우린 모든 일을 잘 헤쳐 왔다, 구경꾼 양반. 댁도 나도 잘 알다시피, 난 우회전하지 않을 것이다.

왼쪽으로 꺾는다. 할 일은 해치워야 하지 않겠는가. 직진하다 로터리를 타고 빙 돈다. 이제부터 점점 흥미진진해진다. 왜냐하면 잠시 후 당신 입이 떡 벌어질 일이 생길 테니까. 내가 그렇게 해줄 것이다. 구경꾼 당신, 나를 조금 알게 됐다고 생각하던 참이었다. 안 그런가?

아니라고 고개 젓지 마라. 그랬던 거 다 안다. 글쎄, 깜짝 놀랄 준비나 해라.

도로를 따라 가다가, 학교를 지나치고, 상점가 끝에서 좌회전한다. 저기 샛길이 보이는가? 교외로 이어지는 길이다. 들판을 가로질러 3킬로미터 정도 가면 끝에 작은 개울이 나온다.

인적이 드문 곳이다.

우리의 목적지이기도 하다.

안다, 알아. 내가 물을 무서워한다고 얘기했던 거. 그래, 단순히 무서운 정도가 아니라 공포증에 가깝다. 인정한다. 빈집에서 샤워나 목욕을 하는 정도는 괜찮다. 내가 통제할 수 있는 물이니까. 내가 수도꼭지를 틀어 물이 나오게도, 안 나오게도 할 수 있으니까. 배가 드나들 정도로 규모가 큰 강이라면 사정이 다르다. 호수도 마찬가지다. 그런 데는 되도록 피하려 애쓰는 편이다. 바다는 생각도 하기 싫다.

하지만 이 개울은 똥줄 타게 무서운 존재가 아니다. 일단 수심이 깊지 않고, 어차피 물 위나 물속으로 들어갈 게 아니니까. 아무렴, 절대 들어가지 않는다. 따라와라. 보여줄 테니.

샛길로 접어들어 천천히 전진한다. 딱히 거슬리는 느낌은 없다. 위험요소가 없다는 얘기다. 이 길로 오는 이는 거의 없다. 그래서 내가 여길 택한 것이고. 게다가 비가 계속 온 덕분에 고집불통 어부들도 얼씬거리지 않을 거다.

내 희망사항이다.

한번은 그 희망이 무너진 적도 있다. 고무장화를 신은 남자가 있었다. 꿈쩍할 생각도 않는 것 같았다. 그자가 사라질 때까지 몇 시간을 기다려야 했다. 내가 주로 밤에만 여길 찾는 이유가 바로 그 때문이다.

혼자 있을 곳이 필요하니까. 너무도 간절하니까.

천천히 계속 전진한다. 차가 다시 병든 개의 신음소리를 낸다. 기어가듯 하는 속도가 마음에 안 드나보다. 말했다시피 나는 보통 밤에 이곳을 찾는다. 차를 몰고 오는 법은 없다. 대개 자전거를 훔쳐서 타고 온다. 그것도 내내 페달만 밟는 것도 아니다.

저 앞에 출입구 보이는가? 저기 왼쪽, 돌담이 조금 헐거운 곳?

저기만 지나면 바로 버드나무가 한 그루 있고, 돌담 건너편에 덤불숲이 있다. 당신도 곧 확인할 수 있을 것이다.

저기다. 보이나?

나는 저 덤불 속에 자전거를 안 보이게 잘 숨겨두고 나머지는 걸어서 간다. 그러니까 여기서 차를 세워야 한다. 엔진을 끄고, 밖으로 나온다. 비는 한결 잦아들었다. 하늘이 우리 편인 것 같다.

좋다, 구경꾼. 여기서부터 길 끝까지 걸어서 간다. 토 달지 마라. 우리는 걸어간다.

자동차는 잊어버려라. 그 무엇에도 마음 쓰지 마라. 여기엔 샛길을 따라 내려가는 한 소년이 있을 뿐이다. 또한 그 소년은 아무에게도 목격되지 않기를 바란다.

이제 가자.

천천히 샛길로 내려간다. 침착하게, 천천히. 어두운 하늘에 비구름이 소용돌이치지만 지금은 빗방울이 떨어지지 않는다. 조금만 더 이 상태가 유지되길 바라보자. 시간이 얼마 없다. 하지만 잠시 비가 멎은 사이에 모두 해결할 수 있는 일이기도 하다.

샛길도 막바지에 다다랐다. 저 앞에서 길이 꺾인다, 보이는가? 몇 미터만 더 가면 개울물 흐르는 소리가 들릴 것이다. 졸졸졸 기분 좋은 소리다. 특히 달이 비추는 고요한 밤이면 굉장히 낭만적으로 들린다. 별이 총총 떠 있으면 더욱 좋고. 여기 자주 오는 편은 아니지만, 가끔 올 때마다 개울물의 잔잔한 노랫소리를 들으면 기분이 참 좋아진다.

물에 대한 두려움도 덜해진다. 아예 사라지는 건 아니지만. 길을 따라 오른쪽으로 굽이돈다. 귀를 기울여보라…….

들리나? 아직 아니라고? 좋다, 조금만 더 가보자 — 이제 들어봐라…….

그래, 이 소리다. 부드럽고 정교한 소리. 평소엔 이보다 조금 더 크게 들리는데. 바람소리 때문에 물소리가 좀 묻히는 것 같다. 서둘러라, 그리고 부지런히 주위를 살펴라. 여기엔 우리밖에 없을 테지만 경계를 늦추면 안 된다. 또한 내가 한 말을 기억해라.

난 당신 입을 떡 벌어지게 해줄 작정이다.

깜짝 놀랄 일이 당신을 기다리고 있다.

개울이 나타난다. 섬뜩한 물로 가득 찬 것 치곤 꽤 귀엽고 사랑스럽지 않은가? 샛길 끝까지 가서 오른쪽의 둑으로 올라선다. 계속 사방을 휘둘러보는 걸 잊지 말라.

안전해 보인다. 늘 그랬듯이. 아무래도 밤에 오는 편이 더 낫지만 오늘은 그런 사치를 부릴 여유가 없었다. 바로 지금이어야 했다.

오케이, 거의 다 왔다. 저만치 앞에 좁은 다리가 보이나? 가시금작화 덤불에 반쯤 가려진 아담한 다리 말이다. 걸어서만 건널 수 있는 인도교다. 다리는 곧장 반대편 둑으로 이어진다.

불운했던 그날 그 어부가 서 있던 그곳.

우리가 가려는 곳이 바로 저기다.

하지만 지금까지처럼 천천히, 지금까지처럼 주위를 잘 살피며 가야 한다. 아니, 이제부턴 지금까지보다 더욱 조심해야 한다. 이 일이 틀어지면 많은 걸 잃게 될 테니.

다리 있는 데까지 가서 멈추고 주위를 돌아본다. 이제…… 둑 아래로 내려간다. 둑이 급격히 가팔라지며 개울로 뚝 떨어진다. 여기서 알 수 있는 게 뭔가?

세 가지가 있다.

첫째, 개울은 수심이 얕다. 기껏해야 무릎까지 잠길 정도다. 둘째, 다리 아랫부분은 벽돌로 지어져 있다. 셋째, 벽돌은 튼튼하게 다리를 받치고 있다.

하지만 세 가지 중 하나는 틀렸다.

신발을 벗고, 양말도 벗고, 바지 아랫단을 말아 올린다. 솔직히 내키지 않는 일이다. 물론 물이 얕다는 건 안다. 이 개울이 똥줄 타게 무섭진 않다고 얘기한 것도 안다. 하지만 그렇다고 마음이 편한 건 아니다. 발이 미끄러져 머리를 부딪치거나 하면 어떡하지? 욕조에서도 익사할 수 있다. 실제로 그런 일은 벌어진다. 나는 끊임없이 여기는 안전하다고 나 자신을 세뇌시켜야 한다.

용기를 끌어 모아…… 물속으로 들어간다. 으윽! 얼어붙은 키스처럼 몸서리치게 차갑다.

"기운 내, 정신 차리라고. 익숙해져야 해. 괜찮아, 무사할 거야."

이런 식이다. 계속 스스로 되뇐다. 괜찮아, 아무 일도 없을 거야. 고작 얕은 개울일 뿐이잖아. 자꾸만 다리를 휘감는 물결의 감촉이 소름끼친다. 차라리 감각이 마비되었으면.

집중하자. 할 일이나 제대로 하자.

좋다, 구경꾼, 이 앞을 봐라. 다리 아랫부분 말이다. 벽돌 쌓인 형태를 잘 봐라. 수면 위로 1미터쯤 되는 지점까지 잘 훑어보라. 자, 다시 한 번 벽돌을 유심히 바라봐라. 뭐가 보이는가?

별거 없다고? 그럴 줄 알았다. 당신 눈에는 예쁘장한 벽돌밖에 안 보이겠지. 그쪽 눈앞에 있는 건 전문가가 공들여 쌓은 건축물뿐이겠지.

이제 두 눈 크게 뜨고 잘 봐라.

여기 이 벽돌을…… 흔들어본다. 아주 살짝 헐겁다. 보이나? 조금 더 흔들다가, 끄집어낸다. 천천히, 천천히. 너무 성급하게 굴다가 벽돌 끝에 손톱을 찧을 수도 있다. 천천히 조금씩 벽돌 하나만 깨끗하게 끄집어내야 한다. 이런 짓을 하려면 영리해져야 한다. 이걸 제대로 해내기까지 몇 년이 걸렸는지 모른다.

다 됐다…… 벽돌을 빼냈다. 벽돌이 빠져나온 구멍 안을 들여다봐라. 빈 공간이 있다. 내가 다른 벽돌들을 빼놓았기 때문이다. 벽 속의 빈 공간, 그런 게 존재한다는 말은 들어봤겠지? 흠, 이게 내가 만든 벽 속의 공간이다. 웬만한 은행보다 더 낫다.

손을 집어넣고 더듬어서 비닐봉지를 찾아 꺼낸다.

놀랐나? 훗, 그럴 줄 알았다.

봉지 안을 확인해봐라. 무엇을 찾아냈는가? 다른 비닐봉지. 그 봉지 안에는…… 또 하나의 봉지. 그리고 그 안에는…… 그래, 그거다.

약 1천 파운드가 들었다.

숱한 작업을 통해 모은 것이다. 아주 오랜 시간에 걸쳐 아주 많은 일을 했다. 단, 남의 지갑을 슬쩍하는 좀스러운 작업으로 생긴 돈은 아니다. 물론 소매치기도 내 주특기에 속하긴 하지만 돈을 버는 방법은 그것 말고도 부지기수다.

그리고 내가 그 방법을 좀 잘 안다. 이건 내 유일한 비밀금고가 아니다. 몇 군데 더 있다. 댁한테 어디라고 알려줄 마음은 없다. 대신 다른 대단한 비밀을 알려주겠다. 이 비닐봉지 안에는 돈만 든 것이 아니다.

다시 한 번 잘 뒤져봐라. 봉지 맨 밑바닥으로 손을 넣어라.

비닐봉지가 하나 더 있다.

자, 이제 꺼내봐라. 이 봉지도 마찬가지다. 봉지 안에 봉지가 겹겹이 들어 있는 게 느껴지나? 모두 파헤쳐 맨 안쪽을 살펴봐라. 찾았나? 어서 말해라, 이래도 입이 떡 벌어질 정도는 아니라고 말해보라고.

진짜 다이아몬드를 보고도 침착할 수 있겠나?

그것도 그냥 다이아몬드가 아니다. 눈이 있으면 알 거다. 이런 보석을 본 적이나 있나? 내 장담하는데, 이렇게 가까이에서 들여다본 적은 없을 것이다. 너무도 아름답고, 또 너무도 비싼 보석이다.

그렇다, 무지무지 비싼 다이아몬드다. 정신 차려라, 우린 지금 돈 얘길 하는 거다. 사람의 목숨과도 맞바꿀 만큼 어마어마하게 큰 돈. 그리고 이미 말했다시피, 다른 곳에도 내 비밀금고가 존재한다.

오케이, 구경 잘 했는가? 그럼 이제 도로 집어넣어라. 그래, 제대로 들은 것 맞다. 다시 집어넣으라고 했다. 다이아몬드를 가져갈 순 없다. 너무 위험하다. 이런 물건을 몸에 지니고 다니면 안 된다. 다른 때를 위해 안전한 곳에 보관해두어야 한다. 내가 여기 온 건 현금 때문이다.

다이아몬드를 금고 안에 넣고, 꺼낸 돈을 세어본다. 이런 식으로 깰 생각은 없었는데. 소매치기만 해도 먹고사는 데는 전혀 지장이 없다. 이건 위급상황에 대비해 모아둔 것이다.

뭐, 지금이 위급상황이긴 하니까. 해야 할 일을 해치우고 난 다음, 나는 도시 밖으로 영영 사라질 것이다. 잘 모르는 곳에 가서 납작 엎드려 숨어 살아야지. 어쩌면 누군가와 함께일 수도 있겠다. 지금까지처럼 내키는 대로 노숙을 하거나 지갑을 훔치는 일은 할 수 없을 것이다.

으으, 차가운 물 때문에 몸이 으슬으슬 떨리기 시작한다. 당장 둑으로 올라가고 싶지만 아직은 다리 밑에 숨어 할 일이 있다. 나는 매우 잰 손놀림으로 돈을 센다.

1,460파운드.

얼마나 가져가느냐, 그것이 문제로다.

몽땅. 전부 다 가져가자. 다른 데 남은 돈도 많으니까. 다만 마음에 좀 걸리는 건…… 이렇게 많은 돈을 가져가자니 조심스러워진다. 특히 내가 가려는 곳은. 하지만 위험을 감수해야 하리라. 다른 비밀금고에 들를 기회가 없을지도 모르니. 아마 요란한 대소동이 돌풍처럼 휘몰아칠 테니.

끌어 모을 수 있는 돈은 모두 필요할 것이다.

몽땅 가져간다.

금액을 조금씩 달리하여 여러 주머니에 돈을 나눠 넣는다. 주머니 안을 더듬던 내 손이 칼에 닿고, 나는 칼을 가만히 쥐어본다. 이번에는 조금 다른 느낌의 떨림이 온몸을 훑는다. 얼음장처럼 차가운 물 때문이 아니다. 다른 떨림이다. 나는 칼을 놓고 손을 주머니에서 빼낸다.

'서둘러. 꾸물댈 시간이 없어.'

나는 빈 비닐봉지를 금고 안으로 밀어 넣고 벽돌을 제자리에 다시 꽂아 넣은 다음, 다시 감쪽같아졌는지 꼼꼼히 확인한다. 원래 모습 그대로다. 견고하고 깔끔하게 마감된 벽돌 벽. 그리고 이제 — 드디어 — 이 냄새 나는 물에서 빠져나간다.

둑으로 올라선다. 물이 뚝뚝 떨어지고, 춥다. 주변을 살핀다. 눈에 띄는 사람은 없다. 사방이 고요하다. 풀밭을 스치듯 지나가는 바람과 그 위에 드문드문 선 나무들뿐이다. 오솔길에 들어서서 바짓단을 내리고 양말과 신발을 신는다.

다시 한 번 주위를 살핀다.

여전히 고요하다.

샛길로 돌아간다. 그런데 말이다, 나는 점점 초조해지고 있다. 속을 태우고 싶진 않지만 스트레스가 너무 크다. 많은 돈을 지니고 있기 때문만은 아니다.

실은 칼 때문이다.

슬쩍 닿기만 해도 모든 것이 되살아난다. 그렇다고 계획한 일을 포기하진 않을 거지만. 당신, 내 주머니 속에 있는 돈에 대해서는 신경 끄는 게 좋을 거다. 허튼 맘 품었다간 나의 실체와 맞닥뜨리게 될 테니. 그래, 일을 망친 적이 있다는 건 인정한다. 허나 그런 일은 다시 벌어지지 않을 것이다.

하지만 지금은 칼이 너무 무겁다.

모든 상황이 엉망진창이다.

자동차를 세워둔 곳으로 돌아가 주위에 아무도 없는 것을 확인한 다음, 차에 올라타 시동을 건다. 돌아 나갈 공간이 부족하다. 기어를 후진으로 놓고, 클러치를 살짝 뗀다. 늙고 병든 노인네가 기침하듯 쿨렁쿨렁 소리가 나지만 차는 무리 없이 움직이기 시작한다. 후진하면서 차를 돌릴 공간을 찾느라 목에 쥐가 날 지경이지만 금세 적당한 곳을 찾아낸다.

저기 출입구 정도면 되겠다.

샛길로 후진하여 기어를 바꾸고 핸들을 돌리며 전진한다. 이제 우리가 향하는 곳은 도시 방향이다.

갖가지 생각들이 내 머릿속을 날아다닌다.

내 계획에 대해, 곧 나를 둘러싸고 벌어질 일들에 대해 생각해야 하지만, 지금 내 머릿속을 잠식한 것은 현재와 미래가 아닌 과거다. 다이아몬드를 다시 본 이후로 이런 생각들에서 헤어 나올 수가 없다. 다이아몬드가 어디서 났는지는 궁금해하지도 마라. 그쪽이 상관할 바가 아니다.

하지만 다이아몬드 때문에 나는 마음이 복잡해졌다.

베키 생각이 난다. 도랑에 누워 있는 베키 말고 다른 베키 말이다. 나의 옛 사랑 베키. 그녀가 죽으면 안 되는 것이었다. 그녀는 지금도 살아 있어야 했다. 어째서 내가 마음을 준 사람들은 모두 죽는 것일까?

그녀가 살아 있다면 나와 같은 나이일 것이다.

생각해보라. 열다섯 살이다. 아직 어린아이에 불과하다, 나처럼. 그러나 그녀는 열두 살을 넘기지 못했다. 다른 베키라고 더 나을 것도 없다. 열일곱 살, 트릭시와 동갑이었다. 역시 어린 나이다. 그리고 또…… 메리 할멈도 있다.

물론 확실히 어린 나이는 아니지만.

그렇지만 죽었다.

모두가 죽어버렸다. 한 명 한 명 차례로 목숨을 잃었다. 나는 어떻게 될까? 나도 마찬가지로 목숨을 잃게 될까? 어쩌면 나도 죽고 말 것이다. 돈이 사라지고, 꿈이 사라지는 날, 그날이 오면.

어차피 마땅히 꿈이라 할 만한 것도 없지만.

하나쯤 가져야 하는 건데 말이다. 누구나 저마다 꿈을 안고 살아가야 하는 법이니까. 그래서 내가 이야기를 좋아하는 것이기도 하고. 이야기는 곧 꿈이다. 다른 사람이 되어 다른 곳에서 존재하는 꿈. 이야기 속에서는 무엇이건 원하는 대로 될 수 있다. 몇 분 혹은 몇 시간, 그렇게 잠깐에 불과할지라도 이야기는 삶의 피난처가 되어준다.

하지만 지금은 아니다.

이건 이야기가 아니다. 하물며 꿈일 수도 없다.

다시 비가 내리기 시작한다. 다행이다. 도움이 될 것이다. 이제 그만 쓸데없는 잡담은 집어치우고 앞을 주시해야겠다. 여긴 도시 외곽이지만 되도록이면 한적한 거리만 골라 다니고 싶다. 목적지에 닿는 길은 잘 안다.

하지만 우리밖에 없을 거란 오산은 금물이다. 기억해둬라. 그곳엔 다른 사람들도 있을 것이다.

패디는 바보가 아니다. 놈도 경우의 수가 둘뿐임을 알 것이다. 내가 어디론가 멀리 내빼거나 도시에 남거나 둘 중 하나. 또 만약 내가 남는다면, 그 이유는 딱 한 가지다. 그리고 놈은 그 이유가 뭔지 알고 있다.

놈이 모르는 건 나의 머리색과 옷차림이 바뀌었고 내가 차를 몰고 있다는 것이다. 아직도 내가 자신을 뒤쫓고 있다는 것 역시.

오오, 그건 절대 모를 것이다.

알아도 너무 늦은 후이리라.

빗줄기가 점점 거세어진다. 마음에 든다. 비는 믿을 수 있다. 어둠도 마찬가지다. 어둠은 믿을 만하다. 안심하고 그 안에 숨어도 된다.

우회전과 좌회전을 거듭하며 계속 운전해 나아간다. 갈수록 교통량이 늘어간다. 시계를 확인해본다. 세 시 15분. 돈을 찾아오는 데 그렇게나 오래 걸렸나?

상관없다. 중요한 건 지금이며 지금 이 순간도 충분히 위험하다. 내가 걱정하는 건 짭새들이다. 지난 2분간 경찰차를 세 대나 봤다. 모두 무사히 지나쳤지만 나는 매우 조심해야 한다. 경찰의 의심을 사지 않도록 제대로 운전해야 한다.

또 두 대의 경찰차가 보인다. 맙소사. 경찰들이 우르르 몰려나왔다. 이 정도는 짐작했어야 하는데. 트릭시가 죽었고, 괴한들이 돌아다니며, 나 역시 자유의 몸이다. 어쩌면 베키, 심지어 메리 할

멈의 시체까지 발견됐을 수 있다. 사방에 경찰이 깔린 것도 놀랄
일은 아니다.

차를 몰고 여러 거리를 통과한다. 로열 오크 언저리에 짭새 둘
이 서 있다. 내가 곁을 지나칠 때 그들은 고개를 돌려 나를 쳐다
본다. 나는 거울로 확인한다. 그들의 시선이 계속 나를 좇는다. 예
감이 좋지 않다, 구경꾼 양반. 정말 좋지 않다.

왼쪽으로 꺾어 샘슨 스트리트로 들어선다. 길 끝까지 직진하여
교차로에서 우회전한다. 쭉쭉 전진한다. 이런, 너무 빠르게 간다.
차의 속도를 말하는 게 아니다. 차는 규정 속도를 철저히 지키며
나아가는 중이다. 내가 말하는 건 시간이다. 시간이 너무 빠르게
흘러간다.

나는 아직 그곳에 도착하는 걸 원치 않는다. 그러나 1분 1초가
빗방울보다 빠르게 스쳐가고 있다. 달리고 달려 거리를 지나 또
다른 거리로. 내 안에서 분노가 다시금 차곡차곡 쌓여간다. 두려
움이 섞인 분노가. 기분이 좋지 않다. 이 복잡한 감정을 나는 잘
안다. 마치 칵테일과 같다.

누구도 마시고 싶어하지 않을 칵테일.

분노 그리고 두려움, 분노와 두려움. 평생에 걸쳐 느껴온 두 가
지 감정. 한 번에 하나씩이라면 충분히 해결할 수 있다. 하지만
두 가지가 한꺼번에 섞여버리면 나는 곤란해진다.

너무도 위험해지므로.

이미 내 손은 칼을 더듬고 있다. 칼은 주머니 맨 안쪽, 지폐들 아래에 묻혀 있다. 나는 운전대 위에 한 손만 얹은 채 다른 손으로 칼을 꺼낸다.

"도로 넣어. 지금은 안 돼."

하지만 이런 혼잣말 따위 아무 소용도 없다. 나는 칼을 다시 집어넣지 않는다. 오히려 칼날을 편다. 왼손으로는 운전을 하고, 오른손으로는 칼날을 쓰다듬는다. 그리고 내 입이 주문처럼 같은 단어를 되뇐다.

"패디, 패디, 패디……."

나는 칼날을 접고 칼을 도로 주머니 속에 떨어뜨린다. 방금 다른 걸 봤기 때문이다. 엘름리 사유지 입구.

노망난 노파가 사는 곳이다. 그녀를 기억하는가, 구경꾼 양반? 태미의 할머니 말이다. 놈들이 재스를 여기에 숨겨두었을 것이다. 이제 우리는 극도로 예민해져야 한다. 개미 한 마리도 놓쳐선 안 된다. 우리는 그냥 집을 관찰하려는 게 아니다. 우리가 나타나길 기다리는 놈들을 관찰하려는 것이다.

튀지 않게 차를 천천히 몰아 집 근처의 골목 끝에 세운다. 도로 위를 살핀다. 길 건너 저 집, 알아보겠는가? 지난번에는 저쪽 골목길에서 저 집을 관찰했다. 지금 당장은 꽤 조용해 보인다.

문제는, 이상한 느낌이 슬며시 고개를 든다는 것이다.

놈들은 그 애를 이 집으로 데려왔다. 모든 정황이 그렇게 말하고 있다. 확실히 알 수 있다. 저 안에 나를 기다리는 눈길이 있다는 것을 알듯이. 아직은 위협이 될 만한 조짐이 느껴지지 않지만, 자동차 시동을 끄는 순간 나는 구린 냄새를 맡고야 만다. 하지만 아까도 말했다시피, 이미 나는 이상한 예감에 사로잡혀 있었다.

재스가 이곳에 없다는 느낌.

현관문이 열리고…… 한 남자가 나온다. 어젯밤에도 본 놈이다.

리프다.

틀림없다. 캄캄할 때 봤지만 틀림없이 알아볼 수 있다. 물론 지금이 훨씬 더 훤하게 잘 보이지만.

한눈에 봐도 시답잖은 불량배다. 나이는 스물한 살 정도, 얼굴은 둔해 보인다. 체격은 다부지지만 뭔가 엉성하고 게을러 보이기도 한다. 그래, 머리끝부터 발끝까지 게으른 백수 티가 다분히 드러난다. 놈은 문젯거리도 아니다. 하지만 혼자가 아니라는 게 문제다.

다른 놈이 뒤따라 나온다. 얼굴을 보니 누군지 알겠다 — 트릭시의 오빠다. 저 녀석 이름이 뭐라더라? 베키한테 들었는데.

디그.

그래, 디그. 베키는 저 녀석이 스물한 살이라고 했다. 굼벵이 리프 녀석과 동갑이다. 또 그녀는 저 녀석과 마주치지 않는 게 좋을 거라고도 했다. 하지만 그녀의 설명이 없었더라도 나는 놈을 한 눈에 알아볼 수 있었다. 얼굴을 보면 안다.

트릭시의 더러운 얼굴이 겹쳐 보인다. 리프의 같잖은 분위기와는 사뭇 다르다. 지금껏 놈을 본 적이 없다는 사실이 놀라울 따름이다. 역시 그런 것이다. 그토록 철저히 주변을 관찰해왔다고 자신했건만 그 와중에도 놓친 것들이 있다.

놈들이 도로 아래쪽으로 내려간다. 서두르는 기색은 없다. 불안한 표정도 짓지 않는다. 이리저리 두리번거리지도 않는다. 하지만 나는 다르다. 나는 그들을 주시하는 동시에 사방을 면밀히 살피고 있다.

아직 이렇다 할 문젯거리는 보이지 않는다. 하지만 놈들이 여기 있다. 내가 뭐랬나, 구경꾼 양반? 놈들이 여기 있을 거라고 했다. 놈들이 내 심장을 옥죄는 것을 느낄 수 있다. 다시 디그와 리프에게로 시선을 돌린다.

그들은 어느 자동차 곁에 멈춰 선다. 주위를 둘러보지 않는다. 아무렇지도 않게 차에 올라탄다. 리프가 운전대를 잡고 시동을 건다.

나도 시동 스위치에 스크루드라이버를 꽂고 돌리다가…… 그만둔다.

당장 시동을 걸 순 없다. 너무 위험하다. 놈들이 시동을 걸자마자 내 차가 부릉대면 그들 대신 망을 보는 놈들이 금세 눈치챌 것이다. 그들의 시선을 끌어서 좋을 게 없다.

몇 초 정도 간격을 두어야 한다. 하지만 너무 늑장을 부렸다간 놈들을 놓치고 말 것이다. 놈들의 차가 큰길 쪽으로 향한다. 나는 시동을 걸고 싶어 온몸이 근질거릴 지경이다. 놈들이 내 시야 밖으로 벗어나는 건 용납할 수 없다. 주변을 둘러본다. 어떠한 눈길도 감지되지 않는다.

하지만 놈들은 있다. 분명히 단언하건대, 놈들은 있다. 눈에 보이진 않아도 그들은 엄연히 존재한다. 하지만 이제는 우리도 출발해야 한다. 더 이상 지체하면 리프를 놓치고 말 것이다.

스크루드라이버를 돌린다. 엔진이 돌기 시작한다. 다시 한 번 주변을 확인한다. 세발자전거를 타는 꼬맹이 하나 말고는 근처에서 움직이는 건 없다.

출발.

기어는 1단으로 놓고, 사이드브레이크를 풀고, 클러치를 뗀다. 자동차가 천천히 도로로 나아간다. 리프는 우회전하여 사라졌지만 큰길에서 따라잡을 수 있을 것 같다. 하지만 태미 할머니의 집 앞을 지나치는 순간, 소리가 들린다.

뒤쪽에서 들려오는 또 한 대의 자동차 엔진 소리.

백미러로 확인해본다. 도로로 나온 자동차는 보이지 않는다. 길 양옆에 주차된 차들뿐이다. 그중 어떤 차가 시동을 걸었는지 모르겠다. 어쨌든 나는 차를 몰고 전진한다. 그래야만 한다.

큰길에 닿는다. 여전히 백미러에 들어오는 차는 없다. 리프가 모는 차는 저속 차선을 타고 도심으로 향하는 중이다. 다시 한 번 백미러를 살핀다.

역시 아무것도 없다.

하지만 엔진 소리가 들렸다. 확실히 들렸다. 지금도…… 들리는 것 같다.

앞을 보고, 끼어들 틈이 있는지 살핀다.

지금이다. 오른쪽으로 끼어들어 리프 놈과 같은 차선에 붙는다. 놈들의 차는 아까보다 빨리 달리고 있다. 그들과 나 사이에 다섯 대의 자동차가 있지만, 내 눈은 놈들의 차만을 주시한다. 다시 뒤를 살핀다.

여전히 아무것도 없다.

하지만 놈들이 다가오고 있다. 그냥 감으로 알 수 있다. 놈들이 우릴 뒤쫓고 있단 말이다. 나는 주머니 속으로 손을 집어넣어 칼을 꽉 쥐어본다.

오른쪽에 있던 자동차가 경적을 울린다. 잠시 칼에 정신이 팔려 하마터면 오른쪽 차와 추돌할 뻔했다. 칼을 놓는다. 두 손으로 핸들을 붙잡고 왼쪽으로 홱 꺾는다. 사각지대에 있던 밴이 쭉 미끄러져 나온다. 운전대를 잡은 붉은 머리칼의 남자가 나를 향해 가운뎃손가락을 쳐들어 보인 후 쌩 하고 지나간다.

또다시 몸이 떨려온다. 개울에서 그랬던 것처럼, 온몸이 덜덜덜 떨린다.

정신을 집중해야 한다. 침착해야 한다. 쓸데없이 튀지 않게 제대로 운전해야 한다.

"칼은 치워버려."

옳거니. 큰 소리로 혼잣말이라도 해야겠다.

"잊어버리자. 아직은 필요 없잖아. 나중을 기약하는 거야. 지금은 운전에 집중해야 해. 주위를 살피고 놈들을 놓치지 말아야 한다고."

자동차들이 속력을 내기 시작한다. 저만치 앞에 리프와 디그의 차가 보인다. 놈들의 차가 오른쪽 차선으로 끼어든다. 다음 신호에 우회전을 할 모양이다.

백미러와 사이드미러를 확인하며 나 역시 같은 차선으로 움직인다.

저들과 우리 사이에 차 두 대가 있고 내 뒤에는 여전히 아무도 없다. 어쨌든 위험해 보이는 건 없다. 자동차들이 꼬리에 꼬리를 물고 서 있을 뿐이다. 하지만 명심하라, 저 자동차들을 모두 경계해야 한다. 저들 중 하나에 나를 노리는 사내들이 타고 있을 수 있으니.

내가 노리는 인간이 있을지도 모르고.

패디만은 아니다. 내가 더 간절히 원하는 사람이 있다.

사이렌이다!

제기랄, 침착하자, 침착해…….

소리는 한참 뒤에서 들려온다. 백미러로는 사이렌 불빛이 보이지 않지만 자동차들이 차선을 옮겨 사이렌을 울리는 차가 지나갈 길을 만들어주고 있다. 신호등이 초록색으로 바뀌면서 리프 녀석이 우회전을 한다. 놈이 가는 방향은 부두 쪽이다. 사이렌 소리가 한층 더 요란해진다. 이제 사이렌 불빛이 보인다. 하지만 아직 뒤로 멀찍이 떨어져 있다.

경찰차다. 그럴 줄 알았다. 아무래도 나를 뒤쫓는 것 같다. 누군가가 날 목격한 것이다. 하지만 영문을 파악하기 위해 여기서 어정거릴 순 없는 노릇이다. 어떻게 해서든 리프 녀석을 쫓아가야 한다. 앞의 차들은 왜 빨리 안 가고 꾸물대는 거지?

맙소사! 범인은 리프 바로 뒤의 차다. 놈의 차만 유유히 빠져나가고 그 뒤의 차들은 여기에 꼼짝없이 갇혀버렸다. 게다가 금방 신호가 바뀔 것이다.

빌어먹을 사이렌 소리. 적어도 두 대 이상의 경찰차가 오고 있다. 벌써 하나가 내 시야에 들어왔고 다른 하나는 소리로 알 수 있다. 육중한 트럭이 중간에 있어서 그들도 좀처럼 속도를 내어 다가오지 못한다. 하지만 트럭이 조금만 자리를 내주면 경찰차는 쏜살같이 달려올 것이다.

내 앞의 차들이 다시 움직이며 한 대씩 우회전을 한다. 나도 클러치를 떼고 속도를 올려 맹렬히 전진하지만 이번엔 신호등이 빨간색으로 바뀌어버렸다. 그러거나 말거나, 나는 브레이크를 걸지 않는다. 리프를 놓칠 순 없다. 어떠한 위험이 따르더라도.

주변의 자동차들이 일제히 경적을 울려댄다. 나는 다른 차선에 반쯤 걸친 채 나아가고, 어떤 남자가 차창 유리를 내리고 나를 향해 고래고래 욕설을 퍼붓는다. 나는 아랑곳하지 않고 오른쪽으로 꺾어 부두를 향해 질주한다.

그렇지만 리프는 보이지 않는다.

자자, 생각을 하자. 아까 우회전을 했다면 이 길을 탈 수밖에 없다. 여기서부터는 우연에 맡기는 수밖에. 놈이 계속 직진했기만을 바랄 뿐이다. 도로 자체가 구불구불하니까 조금만 더 가면 놈을 다시 찾을 수 있을 것이다.

가속페달을 밟아 속도를 올린다. 제한 속도에 신경 쓸 여유는 없다. 위험을 감수해야 한다. 낡은 모터가 털털털 격한 신음소리를 낸다. 노쇠한 몸을 무리하게 혹사시킨다고 불평하는 거다. 그래도 신호를 무시한 덕에, 내 뒤를 쫓던 무리를 따돌렸을지도 모르잖은가.

하지만 나한테 그런 행운이 따라줄 것 같진 않다. 사실 놈들도 내가 어느 방향으로 움직였는지 다 본 상태이고 말이다. 내가 부두 근처 어딘가에 있다는 걸 알 것이다.

리프를 발견했다. 그사이 뒈지게 멀리도 갔군. 하지만 온 세상의 시간이 자기 것이라는 듯 속 편하게 천천히 가고 있다. 아니면…… 저 녀석, 나를 기다리는 건가?

왠지 그런 것 같다는 생각이 든다.

내가 쫓아오길 기다리는 것 같다는.

놈은 그리 영리한 인간이 못 된다. 놈의 친구도 마찬가지다. 질 낮은 인간이지만 똑똑하진 않다. 놈들이 내 추격을 눈치챘을 것 같진 않다. 이런, 다시 사이렌 소리가 울려온다. 경찰차들이 이쪽을 향해 오고 있다.

리프가 왼쪽으로 꺾어 리버사이드 레인으로 들어선다.

나는 직진할 생각이다. 여기선 재치를 발휘해야 한다. 놈들에게 틈을 보일 순 없다. 미행이 따라붙었다는 사실을, 놈들은 꿈에도 몰라야 한다. 나는 다음 교차로에서 좌회전할 것이다. 그 길을 쭉 따라가면 리버사이드 레인과 똑같은 곳으로 이어진다.

부둣가.

그래, 나도 안다. 또 물이다. 내 신경을 곤두서게 하는 물. 게다가 부둣가의 물은 깊고 넓은 강이다. 조그만 개울처럼 만만한 상대가 아니란 말이다. 화물선도 들고 날 수 있을 정도다. 화물선은 부둣가에 정박하여 짐을 싣거나 내린 다음 바다로 돌아간다. 나는 웬만해서는 이런 장소에 발을 들이지 않는다.

하지만 지금은 다른 방도가 없다.

백미러를 확인해본다. 경찰차는 보이지 않지만 내 뒤를 따라오는 자동차가 많다. 고개를 돌려 뒤차에 앉은 놈들의 얼굴을 엿보고 싶지만, 그럴 시간이 없다. 이제 방향을 틀어야 한다.

　좌회전, 메이플 스트리트로 들어선다. 이 길 끝에 강물이 시커먼 괴물처럼 웅크리고 있다. 곧장 물속으로 떨어지는 긴 터널을 통과하는 기분에 사로잡힌다. 길의 양옆에 늘어선 창고들이 나를 집어 삼킬 듯하다.

　드디어 선창이 모습을 드러낸다. 창고들이 뒤로 물러선다. 자동차를 세우고, 주변을 둘러본다. 리프의 자동차가 저쪽 왼편에 선다. '도크사이드 다이너'라는 식당 밖의 주차장이다. 저런 게 있었나 싶게 허름한 식당.

　놈들이 식당 안으로 들어간다.

　놈들 눈에 띄지 않게 차를 오른쪽으로 빙 돌린 다음 잡화상점 옆에 세우고 차에서 내린다. 여전히 비가 온다. 신기하다. 여기까지 운전해 오면서, 실은 비가 내린다는 사실조차 거의 인식하지 못했다. 후드를 덮어 쓰고 놈들을 뒤따를 준비를 한다. ……그리고 그 느낌이 다시 엄습해온다.

　나를 주시하는 눈길이 있다.

　어째서 내 눈에 보이지 않는 걸까? 무엇 하나 내 눈을 피할 수 없는데. 나는 눈치 빠르고, 영리하다. 그런데 이 눈길만은 내 감시망에 걸리지 않는다. 도대체 무슨 일이 벌어지고 있는 건가?

　고개를 숙이고 식당으로 다가가 전면 유리창 너머로 안을 들여다본다. 손님이 꽤 많다. 대부분이 남자고, 여자들도 몇몇 눈에 띈다. 그리고 아이 한 명. 귀여운 얼굴의 작은 소녀가 안쪽 자리에 어느 노인과 함께 앉아 있다.

하지만 그 아이는 내가 찾는 소녀가 아니다.

리프는 구석진 자리에 앉아 담배를 말고 있다. 디그는 카운터에서 주문을 하는 중이다. 그리고 방금 난 다른 광경을 목격했다.

내가 찾던 건 아니었다. 하지만 나에게 필요한 것일 수는 있겠다.

태미와 새시가 식당 쪽으로 걸어오고 있다.

움직이자. 그녀들보다 먼저 자리를 잡아야 한다.

식당 안으로 들어선다. 사람이 많아 다행이다. 자연스레 섞여들 수 있다. 그래도 후드는 벗어야겠다. 수상쩍게 보일 테니까. 옷이 바뀌었고 머리를 자르고 염색도 했으며 모자까지 썼으니 조금이나마 도움이 될 것이다. 그러나 가능한 한 내가 지닌 모든 기술을 동원해야 한다.

이건 카페 블루삭스에서 지갑을 훔치는 것과 다르다. 오히려 내 주머니를 노리는 건달들이 모인 곳이다. 하지만 아직까지 나는 무사하다. 거친 사내들이 내 주위를 에워싸고 있다. 조심스레 천천히 곁눈질을 하며 주위를 살핀다.

태미와 새시가 식당으로 들어온다. 그녀들은 카운터가 아닌 리프의 테이블로 곧장 향할 것이다. 어떻게 아는지 묻지 마라. 디그도 파이와 초콜릿이 담긴 쟁반을 가지고 그 자리로 가서 앉는다.

가장 가까운 테이블을 확인한다. 아무도 없지만 손님이 방금 전에 나갔는지 자리는 치워지지 않은 상태다. 빈 커피 잔 둘과 반쯤 먹다 남은 롤빵이 하나 놓여 있다. 나는 재빨리 빵과 잔을 잡아챈다. 다시 한 번 주위를 살핀다.

오크녀 둘은 아직 식당 입구 쪽에 서 있다. 태미는 고개를 숙인 채 담뱃불을 붙이려는 참이다. 새시는 그 옆에 서서 식당 안을 둘러본다.

그녀의 시선이 내가 있는 쪽을 향했다가 다시 태미 쪽을 향한다.

날 봤을까? 그런 것 같진 않다. 그랬다면 곧장 이쪽으로 왔거나, 날 뚫어져라 쳐다봤거나, 무슨 말이든 했을 것이다. 하지만 그녀는 아무것도 눈치채지 못한 듯 표정의 변화가 없다. 나를 다시 쳐다보지도 않고, 입을 열지도 않고, 아무것도 하지 않는다.

태미는 여전히 라이터를 켜느라 정신이 없다. 카운터 너머에 있는 사내가 그녀에게 금연이라고 일러준다. 그녀는 사내를 쏘아보고 담배와 라이터를 주머니에 넣은 다음 다시 사내를 노려본다. 아무도 날 알아보지 못한 게 확실하다.

어쨌든 위험을 무릅쓰고라도 나는 지금 움직여야 한다.

슬며시 맨 구석 자리로 간다. 그 어느 때보다도 조심해야 한다. 그들도 이 식당 안에서는 날 해코지할 수 없지만 만에 하나 들키기라도 하면 무척 곤란해질 것이다. 또한 내가 이곳까지 온 목적을 달성할 수도 없을 것이다.

그들 옆자리엔 다른 손님이 앉아 있다. 남자 둘과 여자 하나. 오히려 잘됐다. 어차피 너무 가까이 다가가도 위험하다. 그 옆자리는 턱수염을 기른 남자가 차지했다. 주름투성이에 악취를 풍기는 노인네로, 신문을 읽고 있다. 나는 그 노인네 맞은편에 자리를 잡는다. 리프, 디그를 등진 위치다. 턱수염 노인네가 잠시 눈을 들어 나를 보더니 코를 훌쩍 들이마시고 다시 시선을 내려 신문을 본다.

나는 롤빵과 커피 잔을 입에 대며 먹고 마시는 시늉을 한다. 등 뒤로 남자 둘과 여자가 나누는 대화가 들린다. 잠시 후, 그 너머에서 들려오는 태미의 목소리.

"커피 사게 돈 좀 줘."

그 말에 디그가 대꾸한다. 처음 듣는 목소리지만 그가 분명하다. 그의 목소리에서 느껴지는 분위기 때문이다. 리프의 것이라기엔 너무도 위험하고 험상궂은 목소리.

"너희 둘, 여기 있으면 안 되잖아."

"폐선 위는 너무 춥단 말이야."

폐선. 당신도 들었나? 폐선이란다. 다시 디그의 목소리.

"내 알 바 아니지."

마음에 들지 않는 목소리다. 섬뜩하고 소름끼친다. 자신의 말대로 될 것임을 알기에 고함치거나 서두를 필요가 없다는 듯 낮고 느릿느릿한 말투.

"내가 거기 있으라고 말했을 텐데. 너희 둘 다."

"걔는 젠이랑 캣이 보고 있어."

"너희 넷이 다 있어야지."

"아니, 그럴 필요 없어. 얌전한 애거든."

"넷이 다 있어야 해."

내 머릿속이 팽팽 돌고 있다. 부두에 정박한 보트와 배가 한두 척이 아닌데. 폐선이라 불릴 만한 것들도 두세 척은 될 것이다. 하지만 강둑으로 좀 더 내려가면 보트가 즐비하고 그중 일부는 난파선이나 다름없다. 가라앉을 성싶진 않지만 안전하다고 볼 수도 없다. 오랜 세월 항해를 한 탓에 상하고 못쓰게 되어 더 이상 아무도 찾지 않는 배들이다.

하지만 이 폐선들은 도시를 떠도는 부랑자들, 즉 웃바람이 씽 씽 불어오는 공간에서 자도 아무렇지 않은 이들이 은신처로 삼는 곳이기도 하다. 나는 고민 중이다. 당장 여기서 나가 저들이 말하는 폐선을 찾아야 하나? 아니면 여기서 저들이 생각 없이 내뱉는 정보를 조금이라도 더 엿들어야 하나? 새시가 언성을 높인다.

"잔소리 좀 그만해. 금방 돌아갈 테니까."

"그래, 잘 생각했다."

디그가 심드렁하게 대꾸한다.

"잘 생각했어."

리프가 따라 말한다.

그럼 그렇지. 댁도 들었겠지? 내가 뭐랬나? 역시 저 리프라는 놈은 시답잖은 똘마니에 불과하다. 잘 생각했다, 잘 생각했어. 놈이 할 수 있는 거라곤 친구의 말을 앵무새처럼 따라하는 것뿐이다.

"네 의견은 필요 없어."

새시가 리프에게 딱딱거린다. 그녀의 생각도 나와 같은 모양이다.

"닥쳐."

디그가 말한다.

그녀는 입을 다문다. 하지만 태미가 말을 잇는다.

"커피 살 돈만 주면 갈게."

"오늘 아침에 돈 줬잖아. 그건 어쨌어?"

"다 썼어. 우유랑 이것저것 샀단 말이야. 얼른 줘, 디그."

"알았어, 알았다고."

동전이 테이블에 떨어지는 소리가 난다.

"대신 후딱 마시고 '샐리 로즈'로 돌아가."

순간 나는 얼어붙는다.

'샐리 로즈.'

그 폐선의 이름이리라. 필요한 정보는 얻은 셈이다. 이제 내가 원하는 건 태미와 새시가 되도록 오랫동안 커피를 마시는 것이다.

나는 고개를 푹 숙인 채 롤빵과 커피 잔을 응시한다. 턱수염 노인네가 다시 나를 흘끗 쳐다본다. 내가 찡긋 윙크를 해 보이자 그는 황급히 시선을 내리깐다. 나는 곁눈질로 새시가 카운터로 향하는 것을 본다. 내 뒤에 있는 의자를 툭 치고 지나간다.

태미는 자리에 앉아 있는 것 같지만 굳이 고개를 돌려 확인해 보고 싶진 않다.

롤빵과 커피 잔을 내려놓은 다음, 천천히 일어나 몸을 돌린다. 새시가 정면으로 보인다. 카운터 앞에 줄을 서고 있다. 그녀가 이쪽을 쳐다본다면 틀림없이 날 발견할 것이다. 아까는 나를 알아보지 못했지만 지금도 못 알아보란 법은 없다.

고개를 숙이고 그녀를 지나쳐 문밖으로 나간다.

우산 대신 후드를 덮어 쓰고 잰걸음으로 식당 앞을 지나간다. 슬쩍 유리창 안으로 시선을 던진다. 구석 자리의 그들 중 아무도 이쪽을 쳐다보지 않는다. 디그와 리프는 가까이 붙어 이야기를 나누고 있다. 태미는 고개를 돌린 채 새시에게 뭐라고 소리친다.

나는 자리를 뜬다.

'샐리 로즈.'

낡아빠진 화물선이겠지. 한창때 어떤 화물을 실어 날랐는지는 내 알 바 아니다. 과거의 영광이 어쨌건 지금은 누구든 먼저 들어가는 놈이 임자다. 전에는 나도 그런 폐선에서 누가 잠을 자건 전혀 관심이 없었다.

하지만 이제 사정이 달라졌다.

기중기 옆을 지나 다소 북적이는 선창가를 따라 걷는다. 새로 생긴 창고들을 지나니 지금은 쓰이지 않는 옛 창고들이 나온다. 활기를 찾아볼 수 없는 곳이다. 움직이는 것이라곤 강물, 그리고 내가 생각하는 그것뿐이다. 그것이 뭔지는 당신도 알고 있으리라 믿는다.

주위를 보라. 칙칙하고 우울하며 황량한 분위기만 맴돈다. 여긴 도시의 피고름 같은 곳이다. 왼편에는 강물, 오른편엔 황무지. 나무도 덤불도 생울타리도 없고 오직 말라비틀어진 풀과 생명을 다한 창고들뿐이다.

나를 뒤따르는 사람은 보이지 않지만 안심할 순 없다. 언제 어디서 누가 튀어나올지 모르니 끊임없이 주변을 확인해야 한다. 단 한 순간도 경계를 풀면 안 된다. 적은 어디에나 도사리고 있다. 설령 내 눈엔 보이지 않는다 해도.

내 눈은 보트들도 하나하나 훑고 있다. 멀쩡한 배는 선창에 묶인 채 강물 위에 떠 있고, 못 쓰는 배는 강둑으로 끌어 올려져 있다. 그나마 상태가 괜찮아 보이는 것이 두어 척 보이고, 나머지는 다 쓰레기다. 대부분은 라이터와 바지선이고, 모두 각자 자리에서 천천히 썩어가고 있다.

그리고 이게 '샐리 로즈'다.

걸음을 멈추고 뒤를 돌아본다. 아직까지 말썽의 징후는 보이지 않는다. 길에도, 강물 위에도, 버려진 창고에도 쥐새끼 한 마리 얼씬거리지 않는다. 주머니 속으로 손을 넣어 칼을 만져본다.

젠과 캣이라.

그녀들은 나 혼자서도 감당할 수 있다. 오직 둘뿐이라면.

칼을 꽈악 움켜쥐자 또다시 그 오싹한 전율이 일어난다. 이런 느낌을 받은 적은 없는데 말이다. 언제나 간단했다. 칼날을 펴고 해치우면 그만이었다.

그러나 지금은 이 떨림을 도저히 멈출 수가 없다. 나 스스로 극복해야 할 문제다. 일단 시작하면 제대로 해낼 것이다. 오래된 습관이 몸에 배어 있으니. 그저 시작할 수 있도록 마음을 다잡으면 된다.

다시 걸음을 옮긴다. 빠르고도 조용하게, 주위를 꼼꼼히 살피면서.

어디에서도 움직임은 포착되지 않는다. 오직 강물만이 나의 과거를 핥고 있다. 나는 물 쪽을 쳐다보지 않으려 애쓰고 있다. 배의 뒷전부터 이 길까지 나무판자가 대어져 있다. 불안하기 짝이 없어 보이는 판자 위로 용감하게 걸어가는 건 정말이지 미친 짓이다. 까딱하다간 그 아래의 강물로 곤두박질치기 십상이다. 하지만 더 나은 방법을 찾을 만한 시간이 없다.

기회는 지금뿐이다.

주위를 살핀다. 여전히 아무도 없다. 판자 위로 올라서서 한 걸음 내디뎌본다. 흔들거리긴 하지만 무너질 정도는 아닌 것 같다. 물을 내려다보지 말자. 두 눈을 판자에만 고정시키고 걷는다. 한 걸음, 한 걸음, 한 걸음.

그렇게 갑판에 닿는다.

주위를 둘러본다. 아무도 없다. 이제부터는 세심하게 움직여야 한다. 물처럼 유연하게, 죽은 듯 눈에 띄지 않게. 귀를 기울여본다. 목소리, 발소리, 그 어떤 소리도 들리지 않는다. 반대편 해치(배의 화물을 싣고 내리는 통로)는 이미 열린 상태다. 조용히 기어가 그 사이로 내다본다.

캄캄하다. 해치에서 늘어뜨린 사다리가 화물칸으로 이어져 있다.

천천히 사다리를 타고 한 발 한 발 아래로 내려간다. 바닥에 발이 닿는다. 시커먼 어둠이 주위를 감싸지만, 내 눈은 금세 시력을 회복한다. 그리고 이제 사람들 목소리도 들린다.

작게 속삭이지만 확실하다. 오크녀 둘의 목소리다. 배 앞쪽 선실에서 들려온다. 뭐라고 하는지는 잘 들리지 않지만 목소리는 알아들을 수 있다.

앞으로 기어간다. 오크녀들을 원하는 게 아니다. 내가 원하는 건 재스뿐이다. 하지만 싸워야 한다면, 기꺼이 싸울 것이다. 구경꾼이여, 지금 내가 두려운 게 무엇인지 아나?

바로 나 자신이다.

그렇다. 나는 내가 두렵다. 내 안에서 되살아나는 분노를 느끼기 때문이다. 피비린내가 진동하는 현장에 선 나 자신이 보이는 듯하다. 왜냐고? 갑자기 득도를 하듯 상황을 명확하게 알게 되었기 때문이다. 즉 잘못을 저지른 것은 패디만이 아니다.

모든 게 잘못이다.

그래서 내가 이토록 힘들고 괴로운 것이다. 모든 것이 잘못되었다.

베키의 목숨을 빼앗은 것은 잘못된 일이다. 재스를 납치한 것도 잘못된 일이다. 내가 태어난 날부터 오늘 이때까지 내가 겪은 모든 일들 ― 모두 다 잘못된 일이었다. 지금도 바로잡히지 않은, 잘못된 일들이다.

그리고 지금, 나의 일부는 젠과 캣이 나오기를 바라고 있다. 칼을 힘껏 움켜쥔 채 그녀들이 나오길 기다리고 있다. 나는 그녀들이 나를 발견하길 바란다.

그녀들 역시 잘못했기 때문이다. 똑똑히 들어둬라. 젠과 캣, 그 둘도 잘못을 저질렀다. 그러니 패디와 나머지 나쁜 놈들을 처단할 수 없다면 그녀들이라도 벌을 받게 해야 한다.

지금 내 앞에는 굳게 닫힌 문 두 개가 있다. 오른쪽 문은 가장자리에 꼬마전구가 다닥다닥 붙어 있다. 그 안에서 그녀들이 속닥거리는 소리가 새어나온다. 하지만 내 코앞에 있는 건 다른 문이다.

가장자리에 꼬마전구가 붙어 있진 않다. 바깥쪽에 빗장이 질러져 있을 뿐이다.

빗장을 옆으로 민다.

옆 선실 안에서는 계속 속닥거리는 소리가 들린다. 그러다 불현듯 멈춘다. 하지만 상관없다. 어차피 늦었다. 게다가 이미 밝혔다시피, 나의 마음 한구석은 그녀들이 나와서 나를 찾길 바라고 있다. 나는 빗장을 풀고 문을 연다. 헉, 숨이 멎는다.

어둠 속에 그녀가 누워 있다. 꽁꽁 묶이고 재갈이 물린 채. 흠씬 두들겨 맞은 얼굴이 나를 향한다. 하지만 그녀는 재스가 아니다.

"……베키."


갑자기 순식간에 많은 일이 벌어졌다.

옆 선실 문이 벌컥 열린다. 젠과 캣이 튀어나오며 칼을 휘두른다. 머리 위의 갑판을 쿵쿵 울리는 발소리가 들린다. 부두 쪽 멀리 어딘가에서 요란한 사이렌 소리가 들려온다. 나는 무리를 향해 돌아선다. 그녀들은 멀찌감치 서서 다가오지 않는다. 다른 이들이 오기를 기다리는 눈치다.

"네가 누군지 알아."

캣이 말한다.

"머리랑 옷에 무슨 짓을 했건 간에 말이지."

나는 대꾸하지 않는다. 내 눈은 오크녀들을 향해 있지만 뒤에서 베키의 소리가 들린다. 그녀는 가까스로 문가까지 기어간 상태다. 나는 칼을 들고 그녀의 등 뒤로 다가가 손목의 밧줄을 잘라준다.

"나머지도 풀어."

내가 지시한다. 그리고 다시 패거리를 응시한다.

잠시도 눈을 떼서는 안 된다. 위에서 더 많은 발소리가 들린다. 아직 아래로 내려오진 않았다. 아마 내가 여기 있다는 걸 모를 것이다. 젠이 소리친다.

"아래층이야! 그 녀석 여기 있어!"

위에서 다급한 목소리와 함께 내달리는 발소리가 들린다.

베키가 내 팔을 건드린다. 흘끗 뒤돌아본다. 밧줄을 모두 풀고 재갈도 빼낸 그녀가 내 뒤에 웅크리고 숨어 있다. 얼굴이 말이 아니다. 뼈가 부러졌거나 한 것 같진 않지만 호되게 얻어터진 상처로 뒤덮여 있다.

"네가 죽은 줄 알았어."

나는 조그만 목소리로 그녀에게 속삭인다.

"트릭시를 죽인 놈한테 당했어."

"놈이 널 죽였다고 말하는 걸 들었다고."

"자기는 그랬다고 생각했겠지. 정말 죽일 기세로 세게 내려쳤으니까. 하지만 난 죽지 않고 그곳으로 돌아갔어. 놈은 어디론가 사라졌고 리프가 재스랑 같이 있더라고. 그리고 디그가 나타났지. 그 후로는 네가 짐작하는 대로야."

역시 패디 녀석, 동료들한테 허풍을 떤 것이다. 그녀를 죽였다느니 시체를 버렸다느니 떠벌리면서. 하지만 곤죽이 된 얼굴을 보니 그녀의 운도 거기까지였던 모양이다.

"얼굴은 누가 그랬어?"

"여자애들."

"내 뒤에 가만히 있어."

화물칸 입구에 그림자들이 나타난다. 디그, 태미, 새시, 리프. 리프를 제외하고는 모두 칼을 들었다. 하지만 누구도 섣불리 덤비지 않는다. 서로 간격을 두고 펼쳐 선다.

"아직도 트릭시 칼을 가지고 있네."

젠이 "봤지?"라며 디그에게 외친다.

"그래서?"

디그는 같잖다는 듯 내뱉고는 자기 칼을 휙 던진다. 내가 아닌 근처의 나무상자를 향해서. 칼날이 나무에 통 박히면서 가늘게 떨린다. 놈은 그 모습을 한동안 응시하다가 다른 칼을 꺼내어 든다. 조금 전 것보다 더 크다.

"블레이드."

놈이 느릿느릿 걸렁한 어투로 얘기를 시작한다.

"형님이 네 이름을 말해주더군. 안 그래도 네 놈이 다시 나타나길 기다리고 있었어."

놈은 제 손에 든 칼로 흘끗 시선을 던진다.

"그래야 트릭시의 원수를 갚아줄 수 있으니까."

"내가 죽이지 않았어. 그쪽한테 얘기했다는 '형님'이⋯⋯."

"죄다 알려주셨지."

디그가 내 말을 가로챘다.

"선량하고 예의 바른 신사 분이야. 그렇게 친절하실 수가 없어. 하지만 넌 형님한테 단단히 찍힌 것 같아, 내 생각이지만. 아니면 형님의 동료들한테라도. 형님이 태미 할머니 댁으로 찾아왔어. 널 찾던 중에 그 집에 있던 트릭시랑 친구들을 봤다고 하시더군."

"그놈은 거짓말쟁이야."

"네놈이 내 동생을 죽이는 걸 직접 보셨다던데. 게다가 네가 사람을 죽인 게 처음도 아니라며? 형님이 동료들과 함께 쭉 널 찾아 다녔다면서, 이제 복수할 때가 됐다고 하시더군. 그래서 우리도 같이 널 찾으러 나섰지. 친구들 몇몇한테도 귀띔해뒀고. 리프가 샛길에서 널 발견하고 전화를 했지. 나머지는 쉬웠어. 뭐, 우리는 우리 몫을 해냈다고. 형님들 일이 잘 안돼서 그렇지. 하지만 어쨌거나 네가 이렇게 제 발로 찾아왔잖아?"

"나는 트릭시를 죽이지 않았어. 패디가 한 짓이야. 네가 말하는 그 '형님' 말이야. 베키가 알아. 물어보라고."

"허, 우리가 쟤 말을 한마디라도 믿을 것 같아?"

디그는 그녀에게 시선을 던지며 차갑게 내뱉었다.

“평생 거짓말만 일삼아온 애야. 그래서 나한테 차였지.”

나는 베키를 돌아본다. 그녀는 불안하고도 간절한 얼굴로 나를 바라보다가, 이내 고개를 끄덕인다.

“그래, 맞아. 우리는……”

그녀는 더 말을 잇지 못한다. 나는 다시 디그에게로 시선을 돌린다.

“그렇다니까. 우리, 그렇고 그런 사이였어. 하지만 지금은 아니지.”

그렇게 된 것이었군. 그래서 베키가 여자 깡패들 틈에 낀 것이었어. 그녀가 거칠고 깡이 세서가 아니라. 그건 알고 있었지만…… 아무튼 그녀는 디그의 여자친구였기 때문에 트릭시 일당과 어울린 것이다.

머릿속이 복잡해진다. 어지럽게 도는 마음을 다잡아야 한다. 정신 똑바로 차리고, 여기 온 이유를 기억해야 한다. 나는 디그를 향해 결정적인 질문을 던진다.

“재스는 어디 있지?”

그가 눈썹을 치켜 올린다.

“재스?”

“어딨어?”

“오호라, 재스를 원하시는구먼.”

그는 동료들을 돌아보며 큭큭 웃음을 내뱉었다.

“이 녀석이 재스를 원한대.”

그들도 큭큭댄다. 디그가 다시 고개를 돌려 나를 짓궂게 노려본다.

“근데 어쩐다? 재스는 널 원하지 않을 텐데. 그런 몰골을 하고 그 아이를 만나려고? 마지막으로 거울 본 게 언제야?”

“그 애 어딨어?”

“너에 관한 거라면 아무것도 원하지 않을 거야, 그 애는.”

그가 갑자기 목소리를 낮게 깐다.

“왠지 알아? 지금 네 모습, 무지무지 무섭거든. 너무 화가 나서 입으로 불이라도 내뿜을 기세라고. 이렇게 대단한 분노를 품은 사람은 나도 처음 보는걸. 그렇다고 겁나진 않지만. 근데 말이야, 그 애는 겁에 질리고 말걸?”

나는 떨고 있다. 그의 말이 옳다는 걸 알기 때문이다. 그 어느 때보다도 강렬한 피비린내를 느끼고 있다. 하지만 난 해낼 수 있다. 재스를 위해, 마음을 가라앉혀야 한다. 그리고 그 아이는 나를 믿어줄 것이다. 재스는 그런 아이니까. 믿음으로 똘똘 뭉친 아이니까. 아이는 나를 알아보고 믿을 것이다.

나는 그녀를 데리고 나가야 한다. 재스와 베키 모두를. 디그는 그 애의 아빠가 될 자격이 없다. 재스에겐 엄마가 필요하다. 또한 내가 필요하다. 어떠한 대가를 치르더라도, 나는 그녀를 데리고 이곳을 나갈 것이다.

"그 애를 보게 해줘."

디그는 거만하게 한쪽 입꼬리를 올리더니 화물칸 안쪽 끝에 있는 문을 향해 고갯짓을 한다.

"마음대로 해. 하지만 난 분명히 경고했다? 나중에 딴말하지 말라고."

나는 그들 모두를 휘이 둘러본다. 그들의 시선은 나에게, 내 손에 든 칼에 꽂혀 있다. 디그가 허세를 부리고 머릿수로도 우세하지만, 실은 모두 내 능력을 두려워하는 것이다. 나는 안쪽 문을 빤히 노려본다.

"물러서."

내가 명령한다.

그들이 일제히 디그를 쳐다본다. 놈이 끄덕이자, 모두 나를 주시하며 뒷걸음질을 친다. 나는 등 뒤로 손을 뻗어 베키의 손을 찾는다. 그녀의 손이 내 손을 맞잡는다.

나는 그녀를 데리고 화물칸을 가로질러 반대편으로 향한다. 아무도 움직이지 않는다. 입을 여는 이도 없다. 쥐 죽은 듯 조용한 가운데, 선체가 삐걱대는 소리와 빗방울이 갑판을 두드리는 소리만이 도드라진다.

문 앞에서 나는 베키의 손을 놓고 고개를 돌려 디그 일당을 살핀다. 다들 원래 자리에서 꼼짝하지 않고 이쪽을 바라보고 있다. 나는 고개를 되돌린다. 꼬마전구는 물론이고 빗장도 없다. 그 애가 이 안에 있다면, 갇힌 것은 아니다. 그 조그만 몸뚱이를 꽁꽁 묶어두지 않았다면.

조심스레 문을 연다.

아이가 있다. 조그만 상자 위에 앉아 밖을 내다보는 작은 소녀. 한 손에는 연필을 다른 손엔 스케치북을 쥐고 가슴께로 끌어 모아 꼭 안고 있다. 아이가 두 눈을 동그랗게 뜨고 나를 바라본다. 한참 동안 나를 보고, 드디어 나를 알아본다. 나는 다정한 미소를 지으며 나직이 속삭인다.

"재스, 나야."

그녀의 입이 점점 벌어지더니 곧 비명이 터져 나온다.

머리를 세게 얻어맞은 듯한 기분이다. 이렇게 새된 비명소리는 처음이다. 아이에게서도, 그 누구에게서도 들어본 적이 없단 말이다. 공포라는 감정을 이토록 솔직하게 드러내는 소리는 정말이지 태어나서 처음 듣는다. 그리고 정말이지…… 견딜 수가 없다. 디그가 말한 그대로가 아닌가. 아이의 비명은 나의 분노에 대한 공포이자 내 얼굴에 대한 공포, 나 자체에 대한 공포다.

"재스, 괜찮아. 나야, 오빠야."

아이는 다시 한층 더 큰 소리로 비명을 지른다.

"재스, 널 해치지 않아. 괜찮아."

또다시 아이의 비명소리. 아이는 다가오지 말라는 듯 고개를 돌리고 몸을 비틀며 비명을 질러댄다. 나는 허리를 숙여 아이의 팔에 손을 얹어본다.

아이는 뜨거운 불이 닿기라도 한 듯 내 손을 홱 뿌리친다.

"재스, 오빠 얘기 좀 들어봐."

나는 안절부절못하며 더듬더듬 속삭인다. 아이에게 다가가기 위해, 아이의 공포심을 누그러뜨리기 위해, 나는 필사적이다.

"재스, 나는 너를 데리러 왔어. 돈이랑 자동차를 마련해 왔으니까 같이 도망치면 돼. 너랑 네 엄마랑 나랑 셋이서 말이야. 우리 모두 무사할 거야."

나는 정신없이 지껄인다. 온갖 다짐과 맹세의 말이 쏟아진다. 이것이 내 계획이었다. 돈과 자동차를 갖고 함께 도망치는 것. 디그 일당 때문에 지금은 계획이 틀어져버렸지만. 하지만 나는 계속 얘기하고 약속할 것이다. 아이가 나를 향해 미소를 지어줄 때까지.

"재스, 재스……."

하지만 아이는 줄기차게 비명을 질러대다가, 선실 안쪽의 구석으로 기어가 벽에 등을 기댄 채 양손으로 귀를 틀어막고 무릎 사이로 얼굴을 묻어버린다. 베키가 가만히 나를 끌어내고는 문을 밀어 닫는다. 선실 안에서는 여전히 비명소리가 울려 퍼진다.

디그 일당이 다시 다가오기 시작한다.

"결국 이렇게 됐군."

디그가 비아냥거린다.

"게다가 굳이 내 손을 더럽힐 필요도 없게 됐어. 우리 대신 일을 처리해줄 사람들이 있거든."

그는 휴대폰으로 통화 중인 리프를 턱으로 가리킨다.

나는 아직도 멍하다. 머리가 제대로 돌아가지 않는다. 재스의 비명소리, 그 아이의 표정, 온몸으로 표출하던 아이의 공포가 내 머릿속을 잠식해 버렸다. 도무지 견딜 수가 없다. 나를 향한 공포라니. 재스의 공포라니. 다른 건 다 상관없다. 이제 나에게 다른 건 아무것도 중요하지 않다.

하지만 그건 내 심정일 뿐, 사실은 아니다. 아직 베키가 있다. 나는 하찮은 존재인지 몰라도 베키는 그렇지 않다.

"베키는 보내줘. 나는 어떻게 해도 좋아. 단 베키는 보내줘. 딸을 데리고 나가게 해줘."

"그러지."

디그가 대답한다. 그리고 잠시 후에 다시 말한다.

"저 여자애한테 딸이 있다면 말이야."

침묵이 흐른다. 무겁고 섬뜩한 침묵. 비는 멎었다. 비명소리도. 나는 가까스로 입을 연다.

"그러니까 네 말은……?"

"베키한테 물어봐."

나는 그녀를 돌아본다. 여전히 불안해하고 얼빠진 저 얼굴.

"사실대로 말해."

“나, 저 아이를 사랑해.”

“사실대로 말해.”

나는 그녀를 추궁한다.

“우린 단짝이었어. 지금도 그렇고. 태미 할머니 댁에서 내가 아이를 돌봐주면서 친해졌어. 서로 죽고 못 사는 사이라고. 아이는 나를 철석같이 믿어. 세상 그 누구보다도 나를 믿지. 아이한테는 아빠가 없어. 디그한테 물어봐. 아빠라는 작자는 혼자 내뺐어. 하룻밤 사랑, 그 후로는 모습을 보인 적이 없지.”

“내가 알고 싶은 건 그게 아니야.”

또 한 번의 침묵. 나는 그녀를 향해 울부짖는다. 어두운 선실 안에 나의 고함소리가 메아리친다.

“재스의 엄마는 누구지? 누구냐고!”

그녀는 고개를 떨구고 기어가는 목소리로 대답한다.

“트럭시야.”


디그가 천천히 앞으로 나선다. 양옆에 여자애들 넷을 거느리고. 지금 이 순간, 그들 모두가 나에겐 그림자다. 심지어 그들의 눈동자도 보이지 않는다. 어쩌면 내가 보지 않는 것인지도. 이젠 자포자기한 심정이 되어버렸다. 더 이상 신경 쓸 것도 없고, 그 무엇도 상관없게 되었다.

재스가 나를 원치 않는다. 게다가 베키는 거짓말쟁이다.

그림자들이 걸음을 멈춘다. 디그가 상체를 숙여 가까이 다가온다.

큼직한 칼이 움직이는 것이 보인다. 점점 더 빠른 속도로 어둠을 가른다. 내 안의 또 다른 자아가 스르르 분리되며 아우성을 친다. 조심해, 내 안의 내가 외친다. 피해, 반격해, 뭐든 좀 하라고. 아직 시간은 있어.

나도 안다. 이런 상황을 경험해본 적 있으니까. 하지만 나는 움직이지 않는다. 죽은 듯 내 손안에 드러누운 칼을 가만히 내려다볼 뿐이다.

칼날이 이마를 파고들며 뜨거운 고통을 선사한다. 두 눈이 피로 뒤덮이고 나는 바닥으로 쓰러진다. 비명소리가 들린다. 처음엔 베키, 그다음은 문 뒤의 재스가 내지르는 소리다. 그리고 나역시 비명을 지른다.

여자애들이 악을 써대며 내 주위를 에워싼다. 폭풍 같은 발길질이 이어진다. 나는 공처럼 몸을 만다. 누군가가 내 머리채를 잡아채고 고개를 홱 젖힌다.

핏줄기 사이로 디그의 얼굴을 마주한다. 내 손엔 트릭시의 칼이 쥐여져 있다. 당장 놈에게 찔러 넣고 싶지만, 몸이 말을 듣지 않는다. 놈도 그걸 알고 있다.

놈이 싱긋 미소를 짓나 싶더니, 내 몸을 번쩍 들어 올려 어둠속으로 내동댕이친다. 그 와중에도 여자애들은 나에게 들러붙어

주먹질과 발길질에 손톱으로 할퀴기까지 한다. 내 눈엔 아무것도 보이지 않는다. 눈을 타고 흘러내리는 피 때문에 시야는 온통 검붉은색이다.

비척비척 일어서는 내 몸속으로 디그의 칼이 쑤시고 들어온다. 어느덧 나는 갑판 위로 나와 있고, 비가 다시 부슬부슬 내린다. 나는 주위를 돌아보며 머리를 굴리려 안간힘을 쓴다. 하지만 내 마음은 산산이 흩어져 안개 속을 헤매고 있다.

디그가 갑판으로 나오고, 패거리들도 뒤이어 나온다. 그들이 다시 다가와 나를 발로 걷어차며 배와 선창을 잇는 나무판자까지 밀어낸다. 나는 느릿느릿 강둑으로 기어올라 쓰러질 듯 비틀대며 좁은 보행로로 들어선다.

그들은 따라오지 않는다. '샐리 로즈' 갑판에 선 채 나에게 야유를 보내고 있다. 그리고 웬일인지 재스의 비명소리가 다시 들린다. 그 소리가 내 머릿속에 각인돼버린 모양이다. 모르겠다. 내가 아는 건, 그 아이가 나를 원하지 않는다는 사실뿐이다.

나는 강둑 아래로 비틀비틀 내려간다. 칼에 찔린 상처에서 피가 쿨렁쿨렁 새어나오고 머리는 심장이 뛰듯 두방망이질 친다. 내 몸은 만신창이다. 심하게 다쳤음을 알겠다. 길 아래쪽에 부둣가를 순찰 중인 짭새들이 보인다. 하지만 지금은 저들이 문제가 아니다.

근처의 바지선에서 괴한 둘이 튀어나온다. 아는 놈들이다. 레니와 투덜이 돼지. 짭새들의 눈을 피해 바지선에 숨어서 나를 기다린 것이다.

나는 사방을 둘러본다.

뒤에서 다가오는 제3의 괴한, 그 왼편에 황무지를 가로질러 오는 네 번째 놈, 그리고 다소 떨어진 곳의 폐선에서 기어 나오는 또 다른 사내까지.

패디는 보이지 않는다.

하지만 이제 와서 패디고 뭐고 다 무슨 소용이겠는가? 어차피 다 끝난 일이다. 내가 패디를 잡는 것보다 놈들에게 내가 잡히는 게 먼저일 것이다. 이제 난 죽은 목숨인 거다, 알아듣겠나? 완전히 끝장난 거다. 지금도 도망치려고 몸부림을 치지만, 도대체 어디로 도망친단 말인가? 어디로 갈 수 있겠는가? 끽해야 1~2미터쯤 가다가 꼼짝없이 붙들릴 텐데.

자수하고 싶어도 지금은 짭새들에게 갈 수도 없다. 그들이 있는 곳은 너무 멀다. 게다가 아직도 나를 발견하지 못했다. 그리고 나에겐 소리칠 힘도 남지 않았다.

한 가지 선택만이 남았다. 딱 하나뿐이다. 금방이라도 무너져 내릴 듯한 낡은 창고. 놈들에게 잡히기 전에 그곳에 닿을 가능성은 희박하고 설령 가능하다 해도 그 안에 딱히 숨을 만한 곳도 없을 것이다. 하지만 정말 달리 선택의 여지가 없지 않은가?

뛴다. 있는 힘껏 달린다.

하지만 다리가 말을 듣지 않는다. 이건 달리는 게 아니라 휘청거리며 걷는 거다. 이마를 크게 다친데다 피가 끊임없이 얼굴을 타고 흘러내린다. 칼은 아직 지니고 있지만 지금의 나에겐 있으나마나다. 기진맥진하여 쓸모없는 나처럼.

뒤돌아본다.

다섯 놈이 모두 나를 뒤쫓고 있다. 굳이 서두르진 않는다. 그럴 이유가 없으니까. 내가 멀리 도망치지 못할 거란 사실을 그들도 잘 안다. 마른 풀밭 위로 발을 질질 끌며 간신히 창고 입구를 넘어 들어간다.

말했다시피 숨을 곳이 별로 없다. 그러나 놈들이 나를 보기 전에 이곳을 가로질러 맞은편 창문에만 닿을 수 있다면, 놈들은 내가 사무실 중 한 곳에 숨어들었을 거라고 착각할지도 모른다.

문제는, 이제 몸을 가누기조차 힘들고 피 때문에 앞을 보기도 어렵다는 것이다. 하지만 어느새 창고 안을 반쯤 가로질렀고 아직 놈들은 나타나지 않았다. 몇 미터만 더 가면…….

창문이다.

다행히 오래전에 유리가 다 깨져 나갔고 창문 너머는 역시 황무지다. 뒤를 돌아본다. 놈들은 아직 도착하지 않았지만 언제 들이닥칠지 모른다.

문틀을 꼭 붙들고 천천히 기어오른다. 몸이 천근만근이다. 문틀에 남은 유리 부스러기에 다리가 긁힌다. 다음 순간, 나는 창고 밖의 바닥으로 털썩 떨어진다.

하지만 이제 아예 움직일 수가 없다. 피를 철철 쏟아내며 창고 벽에 기댄 채 일어서지 못한다.

벽 안쪽에서 소리가 들린다. 여러 명의 발소리가 창고를 가로지른다. 몇 명인지는 잘 모르겠다. 아무려면 어떠랴. 더 이상 시도해볼 수 있는 것도 없는데. 이대로라면 놈들에게 잡히지 않는다 해도 곧 죽은 목숨이다.

하지만 놈들은 나를 찾아냈다.

나를 향해 걸어오는 사람의 형체가 보인다.

한눈에 알아볼 수 있다. 우리의 오랜 친구, 투덜이 돼지 자식. 놈은 창고 건물 바깥을 돌아서 나를 향해 걸어오고 있다. 의기양양한 태도로 여유까지 부리며.

그래, 이해한다. 굳이 서두를 필요 없지, 뚱땡이 아저씨. 어차피 댁도 지쳤을 테니 오히려 다행이잖아, 안 그래? 댁은 지금 혼자고 내 눈엔 당신의 마음이 훤히 보여. 머리가 쿵쿵쿵쿵 울리지만, 새대가리 같은 당신의 조그만 뇌 정도는 충분히 읽을 수 있다고.

투덜이 놈은 이렇게 생각하겠지. 다른 녀석들을 부를 필요도 없겠어. 저 꼬맹이는 나 혼자서도 처치할 수 있다고.

놈이 가까이 다가오고…… 이제 무슨 일이 벌어질까? 나는 칼을 꽉 움켜쥔 채 잠시 후의 상황을 예상해본다. 놈은 건물 벽과 바닥 틈으로 자라난 쐐기풀을 피해 벽에서 멀찍이 떨어져 이쪽으로 다가오고 있다.

곧장 나를 향해서.

내가 마음만 먹는다면 저놈을 정통으로 맞힐 수 있다. 세상에서 가장 크고 뚱뚱한 과녁이니까. 아직 손목을 쓸 힘 정도는 남아 있다. 단 한 방에 놈을 쓰러뜨릴 수 있다. 어려운 일도 아니다.

저놈은 지금 자기가 얼마나 큰 위험에 처했는지 짐작이나 할까?

상상도 못하겠지. 거침없이 다가오는 걸 보니. 나는 칼자루를 움켜쥐고 칼날에 손가락을 얹은 채 팔을 접어 던질 준비를 한다. 놈이 우뚝 멈춰 선다. 놈과 나 사이의 거리는 몇 미터밖에 남지 않았지만, 이제 놈은 움찔하는 순간 세상을 하직하는 거다. 이제야 놈도 그 사실을 알아챈 듯하다.

내가 먼저 말을 건다.

"패디는 어디 있지, 뚱땡이 아저씨?"

대답을 기대하진 않는다. 하지만 놈은 두꺼운 목소리로 퉁명스레 대답한다.

"경찰하고 볼일이 있어서."

경찰이라고? 훗, 결국은 잡혔군. 정말로 짭새들이 놈을 체포할 거라고 믿진 않았는데 말이야. 어쨌든 나의 밀고가 먹혀든 셈이다. 그래도 여전히 내 손으로 놈을 죽이고 싶지만. 투덜이 놈이 코를 훌쩍 들이마신다.

"좋아할 거 없어. 어차피 네놈한테 도움 될 일은 없으니까."

맞는 말이다. 사람들이 양쪽에서 모습을 드러낸다. 다른 괴한들이다. 놈들이 천천히 다가와 둘러싸고 나를 내려다본다. 여차하면 칼을 던질 자세로 앉은 나를.

"어서 해, 꼬맹아."

레니가 말한다.

"어디 던져보라고."

나도 그러고 싶다. 미치도록 이 칼을 던지고 싶다. 하지만 그럴 수 없다. 피와 눈물이 동시에 내 얼굴을 적신다. 재스 때문에, 나 때문에, 절대 이루어지지 않을 모든 것 때문에 나는 울고 있다.

놈들이 점점 더 다가오는 게 보이지만 이제는 눈앞이 흐릿하다. 이젠 더 이상 한 치 앞의 일도 짐작할 수 없다. 손이 비틀리면서 칼이 떨어진다. 놈들이 내 주머니를 뒤져 돈을 꺼낸다. 놈들이 농담을 주고받으며 낄낄댄다.

그다음은 늘씬하게 얻어맞을 차례다. 눈앞에 불이 번쩍이나 싶더니, 머리가 스르르 바닥으로 떨어진다. 어둠 속으로 널브러지는 나를 향해 레니가 상체를 숙이는 순간, 허공을 가르는 날카롭고 묵직한 굉음. 들어본 적 있는 소리다.

하지만 지금 나는 제정신이 아니다. 제대로 생각할 수조차 없다. 모든 게 뒤죽박죽이 되었고, 모든 게 비정상이다. 또 한 번 굉음이 울려 퍼진다. 이번에는 확실히 알겠다.

총성이다.

내가 총에 맞았냐고? 난 모른다, 구경꾼 양반. 이젠 뭐가 뭔지 아무것도 모르겠으니까. 내 몸은 이미 감각을 잃었다. 캄캄한 우주를 표류하는 먼지처럼 둥둥 떠다니는 기분이다. 내가 누구인지, 어디에 있는지, 무엇인지 전혀 모르겠다. 하지만 목소리가 들린다. 아득히 먼 곳에서 들리는 듯 아련하고 나직한 목소리.

"블레이드."

그 목소리의 주인을 나는 알고 있다.

메리 할멈이다.

# 블레이드 1 열다섯 살 소년의 위험한 도망기

**초판 1쇄 발행** 2012년 2월 8일

**초판 22쇄 발행** 2024년 8월 13일

**지은이** 팀 보울러
**옮긴이** 신선해
**펴낸이** 김선식

**부사장** 김은영
**본부장** 임보윤
**콘텐츠사업10팀장** 김정택    **콘텐츠사업10팀** 이슬, 이나영, 김유리
**마케팅본부장** 권장규    **마케팅2팀** 이고은, 배한진, 양지환    **채널2팀** 권오권
**미디어홍보본부장** 정명찬
**브랜드관리팀** 안지혜, 오수미, 김은지, 이소영    **뉴미디어팀** 김민정, 이지은, 홍수경, 변승주, 서가을
**지식교양팀** 이수인, 염아라, 석찬미, 김혜원, 백지은, 박장미, 박주현
**편집관리팀** 조세현, 김호주, 백설희    **저작권팀** 한승빈, 이슬, 윤제희
**재무관리팀** 하미선, 윤이경, 김재경, 임혜정, 이슬기
**인사총무팀** 강미숙, 지석배, 김혜진, 황종원
**제작관리팀** 이소현, 김소영, 김진경, 최완규, 이지우, 박예찬
**물류관리팀** 김형기, 김선민, 주정훈, 김선진, 한유현, 전태연, 양문현, 이민운
**외부스태프** 클로이(표지 일러스트)

**펴낸곳** 다산북스    **출판등록** 2005년 12월 23일 제313-2005-00277호
**주소** 경기도 파주시 회동길 490 3층    **전화** 02-704-1724    **팩스** 02-703-2219
**이메일** dasanbooks@dasanbooks.com    **홈페이지** dasan.group    **블로그** blog.naver.com/dasan_books

ISBN 978-89-6370-795-2 (44840)
ISBN 978-89-6370-799-0 (세트)



다산북스(DASANBOOKS)는 독자 여러분의 책에 관한 아이디어와 원고 투고를 기쁜 마음으로 기다리고 있습니다.
책 출간을 원하는 아이디어가 있으신 분은 이메일 dasanbooks@dasanbooks.com 또는 다산북스 홈페이지
'투고 원고'란으로 간단한 개요와 취지, 연락처 등을 보내 주세요. 머뭇거리지 말고 문을 두드리세요.